Άτροπος

αρχικός τίτλος: Atropos
Μεταφράστηκε από: Athanasia Serepisou

Αφιερωμένο σε όλους εκείνους, που δε βλέπουν την ώρα να διαβάσουν αυτές τις ιστορίες

1

Ο άντρας κατέβηκε από το λεωφορείο της γραμμής 19, στην Πλατεία Μπράτσι, στο Σαν Λατζάρο ντι Σαβένα, έφτασε στο κτίριο, αγόρασε ένα αντίγραφο της εφημερίδας *Il Resto Del Carlino* κι άρχισε να την ξεφυλλίζει.

Κάθισε σε ένα από τα παγκάκια στην άκρη της πλατείας, για να διαβάσει την εφημερίδα και δεν βρήκε σημαντικές ειδήσεις: το πρωτοσέλιδο ήταν γεμάτο με θέματα της επικαιρότητας, ενώ στο εσωτερικό, βρήκε ειδήσεις για την οικονομία και, παρακάτω, σελίδες με τοπικές ειδήσεις της περιοχής της Μπολόνια, από την πόλη ως όλη την επαρχία.

Έριξε μία ματιά και στις μικρές αγγελίες, χωρίς να βρει κάτι ενδιαφέρον.

Δίπλωσε την εφημερίδα και, κρατώντας την κάτω από το μπράτσο του, περπάτησε κατά μήκος της οδού Εμίλια, στην κατεύθυνση προς Ίμολα.

Όταν έφτασε στην είσοδο της Τράπεζας, στη διασταύρωση με την οδό Τζούσι, περίπου 100 μέτρα παρακάτω, έσπρωξε την πρώτη βαριά πόρτα με το μεταλλικό πλαίσιο, μετά τη δεύτερη και μπήκε.

Εκείνη την ώρα το πρωί, υπήρχαν ελάχιστοι πελάτες και, σε λίγη ώρα, αφότου μπήκε, κατάφερε να είναι μπροστά από το πρώτο ταμείο, που ελευθερώθηκε, από τα τρία που ήταν ανοιχτά εκείνη τη στιγμή.

«Καλημέρα», τον χαιρέτισε η υπάλληλος, «πώς μπορώ να σας φανώ χρήσιμη;»

«Θα ήθελα να μιλήσω με το διευθυντή, αν δεν είναι απασχολημένος».

«Όπως θέλετε. Υπάρχει κάποιο πρόβλημα;», ρώτησε η γυναίκα, που απέπνεε ένα φρουτώδες άρωμα, τόσο βαρύ, που καταντούσε να είναι, σχεδόν, ενοχλητικό.

«Όχι, μην ανησυχείτε. Απλά, σκεφτόμουν, πώς να επενδύσω καλύτερα και θα ήθελα να μιλήσω μαζί του ή μαζί της, σε περίπτωση που είναι γυναίκα, για να πάρω μία απόφαση».

«Γι' αυτό, είναι διαθέσιμοι κι οι επενδυτικοί μας σύμβουλοι. Πιστεύω ότι μπορείτε να μιλήσετε, με την ησυχία σας, με κάποιον από αυτούς. Είναι όλοι τους έξυπνοι άνθρωποι. Εκτός κι αν επιθυμείτε να κάνετε μία απευθείας συζήτηση με τον διευθυντή ή έχετε συγκεκριμένους λόγους, που θέλετε να τον απασχολήσετε», εξήγησε η γυναίκα.

«Θα ήθελα να μιλήσω, απευθείας, με τον διευθυντή».

I

Εκείνη την ημέρα, ο Νταβίντε Παλιαρίνι, επέστρεφε από το γυμναστήριο, όπου περνούσε μία ή δύο ώρες, κάθε μεσημέρι της εβδομάδας, εκτός από τα Σαββατοκύριακα.

Έμενε μόνος του, σε μία πολυκατοικία στην οδό Βενέτσια, στο Σαν Λατζάρο ντι Σαβένα.

Είχε πάρει εκείνη την απόφαση, μετά από ένα χρόνο αρραβώνα κι ένα χρόνο συγκατοίκησης, με τη σύντροφό του.

Είχαν συμφωνήσει από κοινού ότι δεν πήγαινε άλλο. Δεν μπορούσαν να μείνουν για πάντα μαζί γιατί, αντίθετα από ότι σκέφτονταν στην αρχή, όπως φαινόταν, δεν ήταν πραγματικά φτιαγμένοι ο ένας για τον άλλον.

Ρυθμοί ζωής και οπτικές, που διέφεραν πάρα πολύ, όσον αφορούσε το πώς περνούσαν την ημέρα τους αλλά και τη διαχείριση των χρημάτων.

Και, τελικά, το σκέφτηκαν καλά κι αποφάσισαν να πουν αντίο κι ο καθένας να πάρει το δρόμο του.

Έφτασε μπροστά στην πόρτα του κτιρίου, ανέβηκε τη σκάλα και μπήκε στο σπίτι.

Το διαμέρισμά του ήταν στον πρώτο όροφο ενός όχι πολύ ψηλού κτιρίου, που βρισκόταν μέσα στο πράσινο ενός ιδιωτικού κήπου με φυτά και δέντρα διαφόρων ειδών και μία περίφραξη, που οριοθετούσε την ιδιοκτησία.

Τα προτερήματα ήταν, τουλάχιστον, τρία: η σκιά, που δημιουργούσαν τα δέντρα, το οποίο σήμαινε μείωση των υψηλών θερμοκρασιών του καλοκαιριού, ένα άγγιγμα κομψότητας στην κατοικία και το γεγονός ότι, δύσκολα, μία πολυκατοικία με εσωτερικό κήπο, έλκυε τους διανομείς διαφημιστικών εντύπων.

Έχοντας ακουμπήσει κάτω τον αθλητικό σάκο που χρησιμοποιούσε στο γυμναστήριο κι ο οποίος είχε μέσα, κυρίως, μία αλλαξιά ρούχα και τα απαραίτητα για το ντους, τον άνοιξε, ετοιμάζοντάς τον για την επόμενη μέρα κι αποφάσισε να τον ελαφρύνει λίγο.

Λάτρευε τα μυθιστορήματα περιπέτειας συγγραφέων, όπως ο Κλάιβ Κάζλερ, παρόλο που μέχρι πριν λίγους μήνες, συνήθιζε να διαβάζει και θρίλερ και, γενικά, ιστορίες γεμάτες σασπένς. Αλλά, μετά το αυτοκινητιστικό δυστύχημα, στο οποίο είχε εμπλακεί, είχε αποφασίσει να τα αφήσει στην άκρη, για κάποιο χρονικό διάστημα.

Ήταν δική του υπαιτιότητα κι αυτό ήταν αδιαπραγμάτευτο και δεν μπορούσε να το συγχωρήσει στον εαυτό του: εκείνο το γεγονός είχε, σίγουρα, σημαδέψει την ψυχή του.

Προσπαθούσε, με κάθε τρόπο, να μην το σκέφτεται και συχνά το κατάφερνε αλλά, εκεί που δεν το περίμενε, η ανάμνηση επέστρεφε για να τον αρπάξει.

Αν είχε αποφύγει να πάρει εκείνο το χάπι...

Αλλά, τον είχε σαγηνεύσει το καινούργιο. Του είχαν πει: «Θα δεις πώς θα νιώσεις. Θα σε κάνει να πετάς στα αστέρια. Δοκίμασέ το: μετά θα μπορείς να το έχεις με έκπτωση».

Κι έτσι, είχε δοκιμάσει λέγοντας, ωστόσο, ότι δεν θα το ξανάκανε. Ήταν μόνο, από περιέργεια, για να καταλάβει πώς αισθανόσουν, αν δοκίμαζες αυτό το πράγμα.

Βγαίνοντας από τη ντισκοτέκ στην οποία πήγαινε συχνά- για να περάσει ένα σαββατόβραδο πέρα από τα συνηθισμένα και με την ελπίδα πως, ίσως, γνώριζε καινούργια άτομα με τα οποία θα μπορούσαν να γίνουν φίλοι ή ακόμα και την αδελφή ψυχή, παρόλο που ήξερε κι ο ίδιος ότι θα χρειαζόταν χρόνος, για να χτίσει μία τέτοια σχέση- πήγε στο αυτοκίνητό του κι έβαλε μπροστά, για να γυρίσει σπίτι.

Από την ώρα που πήρε εκείνο το αναβράζον χάπι (πιες το σε ένα μικρό ποτήρι, τον είχαν συμβουλέψει), είχε περάσει τουλάχιστον μία ώρα και, όταν ο Νταβίντε βρισκόταν στον περιφερειακό της Μπολόνια με κατεύθυνση προς το σπίτι, άρχισε να νιώθει ανεβασμένος και να τον διακατέχει μία ευφορία. Πάτησε τέρμα το γκάζι, γιατί αισθανόταν την ανάγκη να εκτονώσει με κάποιο τρόπο εκείνη την ευφορία και το αποτέλεσμα ήταν το επιθυμητό, αλλά δεν είχε σκεφτεί το ενδεχόμενο των απρόοπτων, δεδομένης της υπερβολικής ταχύτητας.

Αντιλήφθηκε, πολύ αργά, ένα παιδί, που περνούσε τη διάβαση και το χτύπησε στην αριστερή πλευρά, ρίχνοντας το στο έδαφος και παρασέρνοντάς το για, περίπου, 100 μέτρα.

Ούτε που παρατήρησε την παρουσία των γονέων κι έφυγε, χωρίς να σταματήσει, με το σώμα του γεμάτο αδρεναλίνη.

Κάθε φορά που του ερχόταν στο μυαλό αυτό το επεισόδιο, ο Νταβίντε Παλιαρίνι έκλεινε τα μάτια, με την ελπίδα να διώξει εκείνες τις βασανιστικές αναμνήσεις και, συχνά, τα κατάφερνε, όχι πάντα, όμως.

Όταν κατάλαβε ότι είχε έρθει η ώρα για το βραδινό, έκλεισε το μυθιστόρημα που διάβαζε εκείνη τη στιγμή, τοποθετώντας το πάνω στο τραπεζάκι του σαλονιού και ετοίμασε ένα πιάτο με ζυμαρικά.

Η βραδιά πέρασε ήσυχα και, πριν τα μεσάνυχτα, είχε ήδη κοιμηθεί.

II

Ξυπνώντας νωρίς το πρωί, για να καταφέρει να πάρει πρωινό με ηρεμία, πριν πάει στη δουλειά, ο Στέφανο Τζαμάνι, ούτε που φανταζόταν πως εκείνη η ημέρα, θα ήταν τόσο βασανιστική.

Πρώτα, έκανε ένα ντους, μετά ετοίμασε ένα φλιτζάνι καφέ, που το συνόδευσε με μία φέτα ψημένο ψωμί και, μετά, βγήκε.

Έφτασε στο Αρχηγείο της Αστυνομίας στις 8:30, μετά από μισή ώρα δρόμο, στην κίνηση της οδού Εμίλια, στο σημείο που ένωνε το Σαν Λατζάρο ντι Σαβένα, όπου έμενε, με την Μπολόνια.

Μισούσε την κυκλοφοριακή συμφόρηση, ιδίως αν αυτή δημιουργούνταν από μία μάζα ανθρώπων, που βιάζονταν να φτάσουν στη δουλειά.

Γιατί δεν ξεκινούν πιο νωρίς; αναρωτιόταν κάθε τόσο, αλλά χωρίς να βρίσκει, ποτέ, μία λογική εξήγηση.

Όταν έφτασε στη δουλειά, πάνω στο γραφείο του τον περίμεναν διάφορα σημειώματα, ορισμένα από τα οποία, τα είχε γράφει εκείνος το προηγούμενο βράδυ, για υπενθύμιση.

Τα διάβασε γρήγορα, μετά τα πέταξε στο καλάθι των αχρήστων.

«Πώς πάει, Επιθεωρητά;», τον ρώτησε ένας πράκτορας, που περνούσε.

«Καλά, ευχαριστώ», απάντησε, ευγενικά. «Εσείς; Όλα καλά;»

«Ναι, ευχαριστώ».

«Τέλεια. Λοιπόν, σας εύχομαι να έχετε μία καλή ημέρα κι ας ελπίσουμε να είναι ήρεμη, μέχρι το βράδυ.»

«Ας το ελπίσουμε», έγνεψε ο πράκτορας, αποχωρώντας.

Λίγα λεπτά, αργότερα, ο αρχηγός του Τμήματος Ανθρωποκτονιών, εμφανίστηκε στο γραφείο του Τζαμάνι, κι από το ύφος που είχε, δε φαινόταν να πρόκειται για μία τυπική επίσκεψη.

«Γεια σου, Τζαμάνι, σε χρειάζομαι», είπε, χωρίς προλόγους.

«Να προετοιμαστώ για το χειρότερο;», ρώτησε ο επιθεωρητής.

«Εύχομαι να μην είναι κάτι πολύπλοκο, μα σίγουρα, θα είναι κάτι δυσάρεστο. Δεχθήκαμε ένα τηλεφώνημα από κάποια, που είπε ότι πήγε στο σπίτι της κόρης της και τη βρήκε νεκρή».

«Θα προτιμούσα να ξεκινούσε διαφορετικά η ημέρα», είπε ο Τζαμάνι. «Υπάρχουν περαιτέρω πληροφορίες; Θέλω να πω, που να προέρχονται από το άτομο που κάλεσε;»

«Η κυρία είπε ότι έφτασε στο σπίτι της κόρης της κι ότι εκείνη δεν άνοιξε, παρόλο που χτύπησε πολλές φορές το κουδούνι. Έτσι, η κυρία, που φαίνεται ότι έχει κλειδιά του διαμερίσματος, γύρισε σπίτι, πήρε τα κλειδιά και , όταν άνοιξε την πόρτα, τη βρήκε πεσμένη στο πάτωμα του σαλονιού».

«Καταλαβαίνω», είπε ο Τζαμάνι και, μετά από μία σύντομη παύση, πρόσθεσε: «Γιατί θα πρέπει να είναι δολοφονία; Δε θα μπορούσε να πέθανε από φυσιολογικά αίτια; Να είχε κάποιο ατύχημα;»

«Δεν γνωρίζω», απάντησε ο αρχηγός. «Πιστεύω, ότι το καλύτερο θα ήταν να πάμε στο σημείο και να προσπαθήσουμε να καταλάβουμε περισσότερα, όσον αφορά αυτό το συμβάν. Η κυρία, που τηλεφώνησε, περιμένει να πάμε και της είπα να παραμείνει στη διάθεσή μας, για αρκετή ώρα».

«Σύμφωνοι», έγνεψε ο Τζαμάνι. «Τώρα, πάω να ελέγξω».

Η κοπέλα ήταν, ακόμη, στη θέση που την είχε βρει η μητέρα της, πεσμένη στο πάτωμα.

«Δεν έχω ακουμπήσει τίποτα, σας διαβεβαιώνω γι' αυτό», είπε η κυρία- αφού της έδειξαν το σήμα τους- για να απαλλαγεί, αμέσως, από την ευθύνη για κάτι που δεν έκανε.

«Ήσαστε πολύ καλή», της απάντησε ο Τζαμάνι. «Μπορώ να μάθω το όνομά σας;».

«Κιάρα. Κιάρα Μπαλτζάνι», συστήθηκε. «Κι αυτή είναι η κόρη μου», πρόσθεσε, δείχνοντας προς το πτώμα της κοπέλας, σαν να ήταν, ακόμη, ζωντανή.

«Καταλαβαίνω. Μπορείτε να μου πείτε το όνομα της κόρης σας, αν έχετε την καλοσύνη;»

«Μα...φυσικά, να με συγχωρείτε. Είμαι ακόμη σε κατάσταση σοκ, λόγω αυτού του συμβάντος. Τη λένε...την έλεγαν...Λουτσία Μιστρόνι».

«Σας ευχαριστώ», είπε ο Τζαμάνι και, στη συνέχεια, πρόσθεσε: «Θα μπορούσα να μάθω, για ποιο λόγο δεν διστάσατε να καλέσετε την αστυνομία; Θέλω να πω, ο θάνατος θα μπορούσε να οφείλεται σε έμφραγμα ή σε οποιοδήποτε άλλο φυσικό αίτιο, σωστά;». Και απευθυνόμενος στον πράκτορα Μάρκο Φινόκι, που τον συνόδευε: «Σημειώνουμε τα πάντα».

Ο πράκτορας συγκατένευσε.

«Η ερώτησή σας είναι εύλογη αλλά φαίνεται πως, εδώ και λίγο καιρό, η κόρη μου δεχόταν απειλητικά τηλεφωνήματα. Γι’ αυτό θεώρησα, αμέσως, ότι ήταν ένας μη φυσικός θάνατος και γι’αυτό σας κάλεσα».

«Απειλητικά τηλεφωνήματα; Και ξέρετε ποιος καλούσε;»

«Όχι, αν και, πάντα, είχα την αμφιβολία, ή την πεποίθηση- αν προτιμάτε- και την ίδια είχε κι η κόρη μου, ότι αυτός που την καλούσε ήταν ένας από τους πρώην αρραβωνιαστικούς της», εξήγησε η γυναίκα. «Η σχέση τους τελείωσε με αρκετά άσχημο τρόπο, καθώς μάλωσαν πολύ έντονα. Προς το τέλος του αρραβώνα τους, μάλωναν συχνά».

«Καταλαβαίνω», συγκατένευσε ο Τζαμάνι, «Πρέπει να ξέρουμε το καθετί για την κόρη σας. Ηλικία, τι δουλειά έκανε, τις προτιμήσεις της, διευθύνσεις και ονόματα των φίλων της. Κι αυτός ο πρώην αρραβωνιαστικός; Μπορείτε να μας πείτε το όνομά του; Οποιαδήποτε πληροφορία γνωρίζετε για εκείνον. Και...κάτι ακόμη: η κόρη σας ήταν παντρεμένη; Αρραβωνιασμένη; Ελεύθερη; Ξέρετε, δεν θέλουμε να παραλείψουμε κάποιο στοιχείο».

«Απ΄όσο ξέρω, τώρα η Λουτσία ήταν ελεύθερη».

Ο Επιθεωρητής έκανε μία μικρή παύση, για να κοιτάξει λίγο τριγύρω.

Το διαμέρισμα, που βρισκόταν στον πρώτο όροφο μίας πρόσφατα κατασκευασμένης πολυκατοικίας, στην περιφέρεια της Μπολόνια, ήταν όμορφο, από εκείνα τα μοντέρνα, με μινιμαλιστική επίπλωση και συνδυασμούς, που είχαν γίνει με καλό γούστο. Στα παράθυρα δεν υπήρχαν τέντες και, κατά τη διάρκεια της ημέρας, το φως του ήλιου φώτιζε, πλήρως, κάθε του χώρο.

«Το διαμέρισμα ανήκε στην κόρη σας;», ρώτησε ο πράκτορας Φινόκι.

«Ναι, φυσικά». Φαινόταν, ότι η ερώτηση ήταν περιττή, για την κυρία Μπαλτζάνι.

Το διαμέρισμα είχε πληρωθεί εξ ολοκλήρου από την κόρη της, όπως εξήγησε η μητέρα.

Κι εξήγησε, επίσης, ότι η Λουτσία Μιστρόνι, είχε μία πολύ σημαντική θέση στην εταιρία στην οποία εργαζόταν, παρόλο που η κόρη της δεν της είχε εξηγήσει, ποτέ, καλά τι είδους θέση ήταν.

«Λοιπόν; Μπορείτε να μας πείτε το όνομα του πρώην αρραβωνιαστικού της κόρης σας;», ρώτησε ο Τζαμάνι.

«Ναι, με συγχωρείτε», είπε η κυρία Μπαλτζάνι. «Το άτομο που ψάχνετε, λέγεται Πάολο Καρνεβάλι. Αν δεν έχει μετακομίσει, έμενε στην οδό Κρακοβία, κοντά στο Πάρκο ντέι Τσέντρι, στο νούμερο...10, νομίζω».

«Τέλεια. Για την ώρα, σας ευχαριστούμε, κυρία. Να θυμάστε ότι οποιαδήποτε πληροφορία μας δοθεί, μπορεί να είναι χρήσιμη για την έρευνά μας. Και κάτι άλλο: η Επιστημονική Αστυνομία θα πρέπει να ελέγξει κάθε σπιθαμή αυτού του διαμερίσματος, με την ελπίδα ότι αυτό θα βοηθήσει στο να βρεθεί ο ένοχος, γι' αυτό το έγκλημα. Γι' αυτό το λόγο, για τις επόμενες ημέρες, θα είναι απολύτως αδύνατο, να μπείτε στο διαμέρισμα. Θα βάλουμε αμέσως τις ταινίες».

Η κυρία συγκατένευσε με κατανόηση.

«Θα κάνω ό,τι είναι δυνατό, για να βρεθεί ο δολοφόνος».

Χαιρέτησαν και, βγαίνοντας και πάλι στο δρόμο, ο επιθεωρητής Τζαμάνι κι ο πράκτορας Φινόκι, επέστρεψαν προς το Αρχηγείο.

III

Δεν ήταν κάτι σπουδαίο, μα ίσως, τώρα, είχαν βρει ένα δρόμο να ακολουθήσουν, ενόσω περίμεναν τα αποτελέσματα των αναλύσεων από το διαμέρισμα της Λουτσία Μιστρόνι.

Κοντά στην ώρα του μεσημεριανού, ο Επιθεωρητής Τζαμάνι, συνοδευόμενος από το Μάρκο Φινόκι, βρισκόταν στον αριθμό 10 της οδού Κρακοβία, για να μιλήσουν με τον Πάολο Καρνεβάλι.

Χτύπησαν το κουδούνι, χωρίς να πάρουν απάντηση, περίμεναν για λίγο και κατάφεραν να μπουν στο κτίριο, όταν έφτασε μία ηλικιωμένη κυρία, η οποία επέστρεφε από έναν περίπατο με τοn σκύλο της.

«Μπορούμε να μπούμε, κυρία;», ρώτησε ο Τζαμάνι..

«Λυπάμαι, δεν επιτρέπουμε την είσοδο σε πλανόδιους μικροπωλητές. Γι' αυτό, αν είστε από αυτούς, μπορείτε να με βγάλετε από τον κόπο και να αλλάξετε προορισμό».

«Ψάχνουμε τον κύριο Καρνεβάλι. Τον γνωρίζετε;»

«Ποιος τον ψάχνει;» θέλησε να μάθει η γυναίκα, επιφυλακτική σε ό,τι είχε να κάνει με τους ξένους.

«Πρέπει να του μιλήσουμε. Δεν έχουμε πρόθεση να τον ενοχλήσουμε, ούτε να τον βλάψουμε σωματικά», εξήγησε ο Επιθεωρητής, δείχνοντας το σήμα του.

«Ω, συμφορά μου...», αναφώνησε η ηλικιωμένη. «Τι

έκανε το παιδί; Μου φαίνεται καλός άνθρωπος».

«Μην ανησυχείτε», την καθησύχασε ο πράκτορας Φινόκι. «Θέλουμε, απλά, να του μιλήσουμε».
«Παρόλα αυτά, νομίζω ότι τέτοια ώρα είναι στη δουλειά», εξήγησε η γυναίκα.

«Και πότε μπορούμε να τον βρούμε; Ξέρετε τι ώρα επιστρέφει;»

«Αν δεν έχει κάποια υποχρέωση μετά τη δουλειά, συνήθως, τον συναντώ τις καθημερινές, μεταξύ 18:00-18:15. Βγαίνω με τον Τόμπι, για τη βόλτα του, νωρίς το βράδυ και, όταν γυρίζω, εκείνος παρκάρει ή ανεβαίνει τα σκαλιά».

«Ξέρετε να μας πείτε, τι αυτοκίνητο έχει ο κύριος Καρνεβάλι;»

Η γυναίκα εξήγησε ότι την έπιαναν κάπως απροετοίμαστη, γιατί δεν ήταν και ειδικός, όσον αφορούσε στα αυτοκίνητα. Τα μοναδικά μέσα μεταφοράς που γνώριζε καλά ήταν τα λεωφορεία, που τα χρησιμοποιούσε για να πηγαίνει από το σπίτι ως το κέντρο της πόλης, την Κυριακή το απόγευμα.

«Σας ευχαριστούμε για τη βοήθειά σας, κυρία», είπε ο Τζαμάνι, «Θα ξαναπεράσουμε απόψε».
Οι δυο άνδρες χαιρέτισαν την κυρία και τον Τόμπι, που δεν θα την ακολουθούσε αν, τουλάχιστον, ένας από τους δύο δεν τον χάιδευε κι επέστρεψαν στο αυτοκίνητο με το οποίο είχαν πάει εκεί.

Δεν είχε νόημα να περιμένουν τόσες ώρες, μέχρι να φτάσει ο Πάολο Καρνεβάλι, έτσι αποφάσισαν να πάνε στο Αρχηγείο, όπου ο Τζαμάνι θα επωφελούνταν, ακούγοντας οτιδήποτε νεότερο από την Επιστημονική Αστυνομία κι από τον παθολογοανατόμο που θα αναλάμβανε να διεξάγει τη νεκροψία.

Οι γονείς του χαίρονταν, πραγματικά, για εκείνον, επειδή τον έβλεπαν χαρούμενο και περηφανεύονταν γι' αυτόν σε συγγενείς και οικογενειακούς φίλους.

Πέραν του ότι πήγε στο Πανεπιστήμιο, κάνει και κάτι χρήσιμο και προσοδοφόρο, με αυτά τα λίγα που μπορούσε να μαζεύει.

«Δεν θα είναι πολλά, μα για ένα φοιτητή, είναι σίγουρα

καλύτερο από το τίποτα».

Έτσι μνημόνευαν τη *δουλίτσα*, που είχε βρει ο γιος τους.

«Φαίνεται ότι δεν είναι ο μόνος κι, έτσι, γνώρισε κι άλλους συνομηλίκους του, με τους οποίους έβγαινε, κάποιες φορές, για βόλτα, βρίσκονταν στο πάρκο Τζιαρντίνι Μαργκερίτα ή στην Πιάτσα Ματζόρε, το απόγευμα του Σαββάτου, διασκέδαζαν και, κάποιες φορές, έτρωγε έξω μαζί τους. Με τα λίγα που κερδίζει, καταφέρνει να τα βγάζει πέρα, ακόμη και χωρίς να χρειαστεί να του δώσουμε χρήματα».

Ήταν εύκολη δουλειά, αφού έπρεπε, απλά, να μοιράζει φυλλάδια. Όσο για κάποιον που δεν ήξερε πώς να κάνει αυτή τη δουλειά; Αρκούσε να μοιράζει τα διαφημιστικά φυλλάδια τριγύρω. Στις πολυκατοικίες, στους δημόσιους χώρους ή ακόμη και στο δρόμο και το πρόβλημα λυνόταν. Δεν απαιτούνταν κάτι άλλο, ούτε υπήρχε κάποιου άλλου είδους υποχρέωση.

Εύκολο, παιχνιδάκι.

Κι αυτό έκανε κάθε απόγευμα, μία, το πολύ δύο ώρες την ημέρα και μόνο τις καθημερινές, όταν τελείωνε από τα μαθήματα της Σχολής. Τα Σαββατοκύριακα ξεκουραζόταν, διασκέδαζε και ξόδευε ένα μικρό μέρος των χρημάτων που είχε κερδίσει: επειδή ήταν επιμελής, είχε συμφωνήσει με τους γονείς του, να κρατούν τα μισά. Τώρα, που είχε τη δυνατότητα, ήθελε να συμβάλλει στα έξοδα του σπιτιού, στο βαθμό που μπορούσε.

Έτσι, συνέχιζε τη δουλειά, με τη φυσική αφέλεια της ηλικίας του, χωρίς καν να αναρωτιέται τι πράγμα διαφήμιζαν αυτά τα φυλλάδια.

IV

Το βράδυ της ίδιας ημέρας, στις 18:30, ο Επιθεωρητής Τζαμάνι κι ο πράκτορας Φινόκι, επέστρεψαν στην οδό Κρακοβία, για να μιλήσουν με τον Πάολο Καρνεβάλι.
Χτύπησαν το κουδούνι και, μέσα σε λίγα λεπτά, βρίσκονταν μέσα στο διαμέρισμα.

«Με ειδοποίησαν, λίγο μετά την άφιξή σας», εξήγησε ο άντρας.
«Σας περίμενα. Παρακαλώ, αν θέλετε, περάστε στο σαλόνι».
Κάθισαν σε μία ροτόντα, μεσαίου μεγέθους και, μετά τις συστάσεις, ο Τζαμάνι άρχισε να μιλά.
«Μας συγχωρείτε για το ακατάλληλο της ώρας. Δεν ξέρω αν συνηθίζετε να δειπνείτε νωρίς, αλλά μάλλον θα σας βγάλουμε λίγο εκτός προγράμματος».
«Μη σας προβληματίζει», απάντησε ο Καρνεβάλι. «Κυρίως, θέλω να μάθω το λόγο της επίσκεψής σας».
«Θα θέλαμε να μιλήσουμε για τη Λουτσία Μιστρόνι».
«Τι έκανε; Της συνέβη κάτι;»
Φαινόταν να μη γνωρίζει τίποτα γι' αυτό που είχε συμβεί στην πρώην αρραβωνιαστικιά του ή, αν το ήξερε, το έκρυβε καλά.
«Σήμερα το πρωί, η μητέρα της τη βρήκε νεκρή, μέσα στο διαμέρισμά της».
Ο Πάολο Καρνεβάλι έκλεισε, για μία στιγμή, τα μάτια του και μετά τα άνοιξε πάλι και είπε:
«Λυπάμαι πάρα πολύ. Πώς έγινε; Βρήκατε κάτι; Φαντάζομαι, ότι για να είστε εδώ, είναι ακόμη νωρίς για να κατονομάσετε τον ένοχο».
«Ερευνούμε την υπόθεση», εξήγησε ο Τζαμάνι. «Για την ώρα, ξέρουμε μόνο ότι η μητέρα της πήγε στο σπίτι της κόρης της και, επειδή δεν έπαιρνε απάντηση, επέστρεψε για να πάρει τα δικά της κλειδιά για το διαμέρισμα. Όταν άνοιξε την πόρτα, η Λουτσία Μιστρόνι ήταν πεσμένη στο πάτωμα».
Τουλάχιστον, προς ώρας, δεν είπε κάτι για τα απειλητικά τηλεφωνήματα.
«Ελπίζω, να βρείτε γρήγορα τον ένοχο. Γιατί ήρθατε να μιλήσετε μαζί μου; Δεν έχω δει τη Λουτσία, από τότε που χωρίσαμε, δηλαδή εδώ και λίγους μήνες».
«Πρέπει να εξετάσουμε κάθε στοιχείο και ο πρώην αρραβωνιαστικός είναι ένα εξ αυτών».
«Όπως σας είπα, δε γνωρίζω τίποτε, γι' αυτό το θέμα. Δεν έχω δει τη Λουτσία εδώ και κάποιους μήνες».
«Γνωρίζουμε ότι, τελευταία, μαλώνατε συχνά», είπε ο Επιθεωρητής.
«Η μητέρα της σας το είπε αυτό;»

«Μάλιστα».

«Κατάλαβα. Ωραία, τον τελευταίο καιρό του αρραβώνα μας μαλώναμε αλλά αυτό δε σημαίνει πως εγώ είμαι ο ένοχος».

«Δε θέλουμε να πούμε κάτι τέτοιο. Όπως σας είπα, πρέπει να ακολουθήσουμε κάθε στοιχείο που μπορεί να μας οδηγήσει στον ένοχο γι' αυτό το συμβάν. Γιατί μαλώνατε;»

Υπήρξε μία σύντομη παύση, στην οποία ο Πάολο Καρνεβάλι σκέφτηκε, προτού απαντήσει: «Θα έλεγα ότι η παραμικρή πρόφαση μπορούσε να ξεκινήσει μία έντονη συζήτηση μεταξύ μας. Η σχέση μας, για κάποιο λόγο, είχε πάρει αυτή την τροπή, τους τελευταίους μήνες. Μαλώναμε, ακόμη και για τα πιο απλά πράγματα».

Ο πράκτορας Φινόκι κρατούσε σημειώσεις, καταγράφοντας το καθετί.

«Καταλαβαίνω», είπε ο Επιθεωρητής. «Εδώ και καιρό, φαίνεται ότι η δεσποινίς Μιστρόνι δεχόταν απειλητικά τηλεφωνήματα. Υποπτεύεστε ποιος μπορεί να ήταν; Απ' όσο ξέρετε, υπάρχει κάποιος που θα μπορούσε να φτάσει σε αυτό το σημείο; Κάποιος που να γνώριζε τη Λουτσία και με τον οποίο να έγινε κάτι πολύ δυσάρεστο;»

«Λυπάμαι. Δεν γνωρίζω κάτι».

Απ' ό, τι φαινόταν, δε θα αποκόμιζαν κάτι από τον κύριο Καρνεβάλι, τουλάχιστον για την ώρα.

«Σύμφωνοι. Σε περίπτωση που σκεφτείτε κάτι για τη δεσποινίδα Μιστρόνι, καλέστε μας και ζητήστε εμένα».

Ο άντρας συγκατένευσε.

«Α, κάτι τελευταίο», είπε ο Επιθεωρητής Τζαμάνι, αποχωρώντας, ακριβώς πριν κατέβει τις σκάλες, «Να παραμείνετε στη διάθεσή μας».

V

«Μπορώ να πληρώσω με κάρτα;», ρώτησε η γυναίκα.
«Φυσικά», απάντησε η υπάλληλος του γυμναστηρίου.
«Τέλεια. Τι έντυπο πρέπει να συμπληρώσω για την εγγραφή;»
«Αυτό εδώ. Συμπληρώστε το μόνη σας και, όπου έχετε απορία, ρωτήστε μας», τη συμβούλεψε η ξανθιά γυναίκα, πίσω από τον πάγκο. «Με κεφαλαία, παρακαλώ».
Η άλλη γυναίκα συμφώνησε και πήρε το στυλό, που ήταν δεμένο με ένα κορδονάκι.
«Μαριολίνα Σπατζέζι; Διαβάζω σωστά;», ρώτησε η υπάλληλος.
«Μάλιστα».
«Και μένετε στην οδό Σαν Βιτάλε, στον αριθμό 12, σωστά;»
«Ακριβώς».
«Τέλεια. Θα έλεγα πως όλα είναι ευανάγνωστα».
Μετά, της έδωσε ένα φυλλάδιο στο οποίο διευκρινιζόταν ο κανονισμός του γυμναστηρίου.
Η Μαριολίνα Σπατζέζι το δίπλωσε, το έβαλε στην τσάντα και, βγαίνοντας, χαιρέτισε την άλλη γυναίκα, προτού πάρει το δρόμο της επιστροφής για το σπίτι.
Δεν έβλεπε την ώρα να ξεκινήσει: εδώ και καιρό είχε υποσχεθεί στον εαυτό της ότι θα πήγαινε στο γυμναστήριο, ελεύθερα, χωρίς δέσμευση από ωράρια κι, επιτέλους, εκείνη την ημέρα αποφάσισε να πάει.

Περνούσε από μπροστά, σχεδόν κάθε μέρα, γιατί ήταν στη διαδρομή από το σπίτι στη δουλειά της και, συχνά, προτιμούσε να περπατά, παρά να παίρνει τη συγκοινωνία. Θεωρούσε τη συγκοινωνία φορέα ιώσεων και, στο τέλος-τέλος, το περπάτημα, όπως λένε όλοι, κάνει καλό στην υγεία.

Εκείνο το βράδυ, έφτασε σπίτι και, αφού πήρε την αλληλογραφία και έφαγε ένα γρήγορο δείπνο, μία πίτσα που παρήγγειλε, πήγε να κοιμηθεί στις 21:00: κατάκοπη, από τη δύσκολη μέρα στη δουλειά, αποκοιμήθηκε αμέσως.

Όταν ξύπνησε την επόμενη μέρα, ενώ έπαιρνε πρωινό, έλεγξε την αλληλογραφία, την οποία είχε ακουμπήσει στο τραπεζάκι του σαλονιού.

Μερικά διαφημιστικά, μία κάρτα που της είχε στείλει μία φίλη που ήταν διακοπές στη Β. Ευρώπη κι ένας λευκός φάκελος, με γραμματόσημα, που έγραφε «x Μαριολίνα Σπατζέζι» και στον οποίο η διεύθυνση ήταν γραμμένη με μικρά γράμματα.

Δεν ήξερε ποιος είναι ο αποστολέας, γιατί, προφανώς, ο ίδιος δεν ήθελε να φανερωθεί ή, ίσως, γιατί θα αποκαλυπτόταν με κάποιο τρόπο από το περιεχόμενο του φακέλου ή για κάποιον άλλο λόγο, τον οποίο η Μαριολίνα δε γνώριζε.

Ακούμπησε την κούπα με το λάτε καφέ της στο τραπεζάκι και άνοιξε το φάκελο, περίεργη να δει ποιο θα μπορούσε να είναι το περιεχόμενό του.

Επειδή ήταν ελαφρύς, ο φάκελος δε φαινόταν να έχει κάτι μέσα.

Στην πραγματικότητα, όμως, κάτι είχε μέσα και, συγκεκριμένα, μία επαγγελματική κάρτα, που έγραφε:

Μάσσιμο Τροβαϊόλι
Διευθυντής Μάρκετινγκ
Tecno Italia Ε.Π.Ε

Στο κάτω μέρος της κάρτας, υπήρχε το τηλέφωνο της εταιρίας, ένας αριθμός κινητού, εταιρικό ενδεχομένως, και η διεύθυνση ενός προσωπικού e-mail.

Με τα χέρια της να τρέμουν, η Μαριολίνα έριξε το φάκελο στο πάτωμα κι αυτός πέταξε, για λίγο, προτού ακουμπήσει κάτω. Το ξαναδιάβασε και κάθισε, για να προσπαθήσει να καταλάβει τι είχε συμβεί.

VI

Τα αποτελέσματα των ερευνών της Επιστημονικής Αστυνομίας,
στο διαμέρισμα της Λουτσία Μιστρόνι, καθώς και η νεκροψία

που της έγινε, βγήκαν ιδιαίτερα γρήγορα και, σχεδόν, ταυτόχρονα.

«Τελικά, στο σπίτι της κοπέλας δε βρέθηκε κάτι ενδιαφέρον, τουλάχιστον κατόπιν του αρχικού ελέγχου. Θα παραμείνει όμως σφραγισμένο, μέχρι το τέλος αυτής της ιστορίας», διευκρίνισε ο Τζαμάνι, γιατί ήξερε ότι η μόλυνση ενός τόπου εγκλήματος είχε πιθανότητες να αλλοιώσει το αποτέλεσμα των ερευνών και να καθυστερήσει την κατάληξή τους. Επιπλέον, ανά πάσα στιγμή, θα μπορούσε να χρειαστεί να επιστρέψουν στο διαμέρισμα, για περαιτέρω έλεγχο.

Το διαμέρισμα φαινόταν να είναι σε πλήρη τάξη και τα πάντα φαίνονταν να είναι στη θέση τους. Αυτό, μπορεί να σήμαινε ότι ο ένοχος δεν έψαχνε για κάτι συγκεκριμένο, όταν πήγε στο σπίτι της Λουτσία.

Και, επιπλέον, η κλειδαριά στην πόρτα της εισόδου ήταν στη θέση της, χωρίς ενδείξεις παραβίασης.

Άρα, η Λουτσία Μιστρόνι, ενδεχομένως, ήξερε το δολοφόνο της.

Η νεκροψία δεν έδειξε σημάδια μάχης. Η γυναίκα είχε χτυπήσει στο κεφάλι, ενδεχομένως επρόκειτο για θανάσιμο κτύπημα και λόγω αυτού να έπεσε κάτω.

«Αυτά που έχουμε, ως τώρα, δε μας οδηγούν πουθενά», είπε ο Επιθεωρητής Τζαμάνι, μιλώντας με τον αρχηγό Λούτσι, στο γραφείο του.

«Προτείνω να ψάξουμε καλύτερα, στους συγγενείς, τους φίλους και τους γνωστούς της», είπε ο Αρχηγός. «Τουλάχιστον, θα καταφέρουμε να πάρουμε περισσότερες πληροφορίες για την κοπέλα».

«Συμφωνώ».

«Να ζητήσετε τη βοήθεια του πράκτορα Φινόκι. Μοιραστείτε τα καθήκοντα, κατά πρώτοις. Να πάτε μαζί στη μητέρα και μετά, με βάση όσα γνωρίζει να σας πει, μιλήστε με τα άτομα που γνώριζαν την κόρη της».

Όταν τελείωσε η συζήτηση, ο Τζαμάνι κι ο Φινόκι, βγήκαν για να πάνε να μιλήσουν ξανά, με τη μητέρα της Λουτσία Μιστρόνι.

Η κίνηση στο δρόμο, εκείνο το πρωί, ήταν ανυπόφορη. Ωστόσο κατάφεραν να φτάσουν στον προορισμό τους σε λογικό χρόνο. Η γυναίκα τους είχε δώσει τη διεύθυνσή της, αμέσως πριν βγει από το διαμέρισμα της κόρης της, την προηγούμενη ημέρα.

Όταν η γυναίκα είδε τους δύο αστυνομικούς, έμπαινε στο σπίτι, έχοντας περάσει από τον μανάβη.

Τους ζήτησε να περάσουν μέσα και τους ρώτησε αν ήθελαν κάτι να πιουν.

«Είστε πολύ ευγενική», είπε με ευγνωμοσύνη ο Επιθεωρητής, «θα δεχτώ, ευχαρίστως, ένα ποτήρι νερό».

«Το ίδιο και για μένα, ευχαριστώ», είπε ο Μάρκο Φινόκι.

Η γυναίκα έβαλε νερό σε δύο, αρκετά ευμεγέθη, γυάλινα ποτήρια και τα σέρβιρε στους επισκέπτες της.

«Έχουμε και πάλι ανάγκη τη βοήθειά σας», έκανε την αρχή ο Επιθεωρητής, αφού ήπιε μία γουλιά.

«Πείτε μου».

«Καταφέρατε να κάνετε μία λίστα με όλα τα άτομα που γνώριζε η κόρη σας; Αναφέρομαι σε συγγενείς, γνωστούς και φίλους. Όσον αφορά το εργασιακό περιβάλλον, αρκεί να μας πείτε το όνομα της εταιρίας».

Η γυναίκα πήρε ένα φύλλο χαρτί, ξεκίνησε να γράφει και, όταν τελείωσε, οι δύο αστυνομικοί κατάλαβαν ότι είχαν να κάνουν αρκετή δουλειά, για να καταφέρουν να μιλήσουν με όλους, στο συντομότερο δυνατό χρόνο.

Ο Τζαμάνι πήρε το χαρτί, το δίπλωσε και το έβαλε στην τσέπη του.

«Από την τελευταία φορά, που ειδωθήκαμε, σας ήρθε στο μυαλό κάτι που πιστεύετε ότι θα μας βοηθήσει στην έρευνά μας;», ρώτησε στη συνέχεια.

«Προς το παρόν, όχι, αλλά δεν το έχω ξεχάσει. Μόλις έχω κάτι για εσάς, δεν θα διστάσω να σας καλέσω».

«Σας ευχαριστούμε», είπε ο Μάρκο Φινόκι.

«Τώρα, καλύτερα να πηγαίνουμε, κυρία. Μας περιμένει η δουλειά». Αυτή τη φορά μίλησε ο Τζαμάνι.

Οι δύο αστυνομικοί σηκώθηκαν, σχεδόν ταυτόχρονα, χαιρέτησαν τη γυναίκα και βγήκαν.

Συνειδητοποίησαν πως το χαρτί, που τους έδωσε η γυναίκα, ήταν πολύ λεπτομερές: για κάθε όνομα της λίστας, διευκρινιζόταν το είδος της γνωριμίας ή της συγγένειας και, για όσους γνώριζε, είχε σημειώσει και τη διεύθυνσή τους.

Ο Τζαμάνι αποφάσισε να ξεκινήσουν με τα ονόματα, για τα οποία είχαν πλήρη στοιχεία και να άφηναν στους πράκτορες που δούλευαν στο γραφείο, τη δουλειά του να συμπληρώσουν τη λίστα με τα στοιχεία που έλειπαν.

Ο Επιθεωρητής θα ασχολούνταν με τους συγγενείς κι ο πράκτορας Φινόκι με τους φίλους.

Προτού ξεκινήσουν το δύσκολο έργο της συλλογής πληροφοριών, ξαναπέρασαν από το Τμήμα και ο Τζαμάνι εκμεταλλεύτηκε την ευκαιρία, για να βγάλει δύο φωτοτυπίες της λίστας, που είχε κάνει η γυναίκα: μία φωτοτυπία κράτησε ο πράκτορας Φινόκι, μία έδωσε στον πράκτορα, στον οποίο ανατέθηκε η αναζήτηση των στοιχείων που έλειπαν, κι ο Τζαμάνι ξανάβαλε στην τσέπη του την πρωτότυπη.

VII

Το λεωφορείο ήταν αρκετά γεμάτο, εκείνη την ώρα της ημέρας: πολλοί μαθητές πήγαιναν στο σχολείο κι έπιαναν το μεγαλύτερο μέρος των καθισμάτων. Έτσι κι αλλιώς, όμως, ο άντρας δεν είχε πρόβλημα να στέκεται, γιατί ήξερε ότι η διαδρομή που έπρεπε να κάνει ήταν αρκετά σύντομη.

Φτάνοντας στη στάση, που ήταν πλησιέστερη στον προορισμό του, κατέβηκε και περπάτησε στο πεζοδρόμιο.

Διέσχισε τον περιφερειακό δρόμο και άρχισε να προχωρά στην οδό Ματζόρε, κατευθυνόμενος προς το κέντρο της πόλης. Μετά από, περίπου, 500 μέτρα, έστριψε στα δεξιά για να βγει στην Λεωφόρο Σαν Βιτάλε και μπήκε σε ένα ανθοπωλείο, μέσα στη στοά.

«Καλημέρα σας», ξεκίνησε να μιλά, «σκέφτομαι να αγοράσω μερικά λουλούδια. Κάνετε και κατ'οίκον παραδόσεις, σωστά;»

«Φυσικά», απάντησε η κοπέλα.

«Ωραία».

«Τι λουλούδια σκεφτόσαστε να πάρετε;»

«Χρυσάνθεμα», απάντησε ο άντρας. «Μία όμορφη ανθοδέσμη από χρυσάνθεμα».

Η κοπέλα στάθηκε, για λίγο, χωρίς να πει τίποτα, σκεπτόμενη από μέσα της αυτό που της ζήτησε και, μετά, ξεκίνησε να ετοιμάζει την ανθοδέσμη».

«Υπάρχει η δυνατότητα να μιλήσω με τον ιδιοκτήτη;»

«Δεν είναι εδώ, αυτή τη στιγμή».

«Πότε μπορώ να τον βρω;»

«Γενικά, περνά από το μαγαζί, απόγευμα προς βράδυ».

«Κάθε μέρα;»

«Συνήθως, ναι, εκτός κι αν έχει κάποια συγκεκριμένη υποχρέωση, που δεν του το επιτρέπει».

«Ευχαριστώ, για τις πληροφορίες και για τα λουλούδια. Μπορείτε να τα κρατήσετε εδώ ως το βράδυ;»

«Φυσικά».

«Ωραία, θα σας δω το βράδυ».

«Γνωρίζεστε;», ρώτησε η κοπέλα, αναφερόμενη στο αφεντικό της και στον άντρα που τον έψαχνε.

«Αν θέλετε, μπορώ να τον ενημερώσω ότι ο τάδε πέρασε από εδώ και θα περάσει πάλι στο τέλος της ημέρας».

«Μη σας απασχολεί, δεν υπάρχει πρόβλημα. Μπορώ, άνετα, να περάσω, ακόμη και χωρίς να τον ενημερώσετε για το οτιδήποτε».

Η κοπέλα συμφώνησε και, λίγα λεπτά, αφότου βγήκε ο άντρας, αναλογίστηκε την παράξενη συμπεριφορά του.

Εκείνο το βράδυ, χωρίς η κοπέλα να έχει κάνει κάποια νύξη για την πρωινή επίσκεψη του άνδρα, ο τελευταίος κι ο ιδιοκτήτης του καταστήματος, μίλησαν για περίπου μία ώρα, στο μπαρ δίπλα στο κατάστημα.

Όταν χωρίστηκαν, ο ανθοπώλης ξαναμπήκε στο μαγαζί, πήρε την ανθοδέσμη με τα χρυσάνθεμα και το τοποθέτησε πάλι στο ντουλαπάκι, στο βάθος του καταστήματος.

VIII

Ο Επιθεωρητής Τζαμάνι κι ο πράκτορας Φινόκι, μοίρασαν τα καθήκοντα: ο ένας θα επικοινωνούσε με τους φίλους της Λουτσία Μιστρόνι, ενώ ο άλλος θα μιλούσε με τους συγγενείς.

Για την ώρα, το πιο σημαντικό ήταν να βρουν πληροφορίες, αναφορικά με την κοπέλα και τα άτομα με τα οποία επικοινωνούσε πιο πολύ.

Οι οποιεσδήποτε εξελίξεις θα έρχονταν αργότερα, ως λογική συνέπεια.

Ξεκίνησαν νωρίς το πρωί, τηλεφωνώντας σε καθένα από τα άτομα, προκειμένου να προγραμματίσουν τις συναντήσεις: αυτό θα εξυπηρετούσε, εκτός από τη συλλογή χρήσιμων πληροφοριών και στο να τους γνωρίσουν και να σχηματίσουν μία πρώτη γνώμη για εκείνους.

Ο Στέφανο Τζαμάνι κατάφερε να συναντήσει, μέσα στην ίδια ημέρα, τον Ντάριο Μπανιάρα και τη Λούνα Παλτρινιέρι.

Και οι δύο, του είπαν, ήταν παλιοί φίλοι της εκλιπούσης και οι δύο έμειναν άναυδοι, όταν έμαθαν την είδηση.

Ο κύριος Μπανιάρα ήταν κτηματομεσίτης, που δούλευε σε μία εταιρία στην Οδό Ντε λα Μπάρκα.

Εκείνος κι ο Επιθεωρητής έδωσαν ραντεβού στο γραφείο του πρώτου, όπου ο Τζαμάνι έφτασε στην ώρα του, παρά την κίνηση.

«Χαίρετε, είστε ο Ντάριο Μπανιάρα;», είπε πρώτος ο Τζαμάνι.

«Ναι, εγώ είμαι».

«Χαίρομαι που σας γνωρίζω. Ονομάζομαι Τζαμάνι...Στέφανο».

«Καλημέρα σας. Πώς μπορώ να σας βοηθήσω;», ρώτησε ο κτηματομεσίτης. «Για μένα ήταν βαρύ πλήγμα. Είμαι, ακόμη, σοκαρισμένος. Θα είναι χαρά μου να σας βοηθήσω, στον βαθμό μου μπορώ».

«Ευχαριστώ», είπε ο Τζαμάνι, «Καταρχήν, θα μπορούσατε να μου πείτε, πώς γνωρίζατε τη Λουτσία Μιστρόνι και πόσο καιρό γνωριζόσασταε;».

«Πολύ καιρό», απάντησε ο Μπανιάρα, «ήμαστε συμμαθητές στο Λύκειο».

«Καταλαβαίνω. Οπότε, μπορώ να φανταστώ ότι γνωριζόσασταε αρκετά καλά».

«Ναι, φυσικά».

«Και, όταν τελειώσατε το Λύκειο; Συνεχίσατε να βλέπεστε συχνά;»

«Ναι, αν και δεν ήταν με σταθερή συχνότητα. Οργανώναμε καμία βραδιά φίλων, μαζί. Εγώ, εκείνη και η Λούνα, μία άλλη συμμαθήτριά μας από το Λύκειο. Θα έλεγα ότι η συχνότητα με την οποία βλεπόμαστε δεν ήταν σταθερή γιατί, τουλάχιστον από τότε που αρραβωνιάστηκε με τον Πάολο, συνέβαινε συχνά να βγαίνουν μόνοι οι δυο τους».

«Πότε ειδωθήκατε, για τελευταία φορά;»

«Την προηγούμενη εβδομάδα. Ήμαστε οι τρεις μας. Γενικά, όταν συναντιόμαστε, δεν ήταν ο Πάολο».

«Πώς έτσι;», ρώτησε ο Επιθεωρητής.

«Ήταν κοινή απόφαση. Ήθελε να είναι μία έξοδος με φίλους, χωρίς αρραβωνιαστικιές και αρραβωνιαστικούς».

«Κι ο Πάολο...Καρνεβάλι, συμφωνούσε; Συμμεριζόταν κι εκείνος αυτή την άποψη;»

«Ναι, τη συμμεριζόταν. Στην αρχή, δεν ήταν πολύ σύμφωνος με το γεγονός ότι θα βρισκόμαστε μόνοι οι τρεις μας ίσως από ζήλια...δεν ξέρω να σας πω. Ωστόσο, τελικά, φαίνεται ότι μετά συμφώνησε, χωρίς προβλήματα».

«Καταλαβαίνω. Νωρίτερα αναφέρατε τη...Λούνα;»

«Ναι, τη Λούνα Παλτρινιέρι. Μιλήσατε και μαζί της;»

«Όχι, ακόμη, αλλά έχω ραντεβού μαζί της σε μία ώρα, στο μπαρ που εργάζεται».

Ο Ντάριο Μπανιάρα συγκατένευσε.

«Κι εκείνη είναι πολύ έντιμη κοπέλα».

Εκείνη τη στιγμή μπήκε μία υποψήφια πελάτισσα, που ρώτησε αν μπορούσε να μιλήσει με κάποιον κτηματομεσίτη. Ήθελε να αγοράσει ένα διαμέρισμα.

«Δώστε μου μία στιγμή και θα είμαι κοντά σας», απάντησε ο Μπανιάρα και, απευθυνόμενος στον Τζαμάνι, είπε: «Αν θέλετε,

30

μπορώ να ζητήσω στην κυρία να επιστρέψει, αργότερα».

«Μην σας προβληματίζει, κάνετε με την ησυχία σας τη δουλειά σας. Θα τα ξαναπούμε, σύντομα».

Ο κτηματομεσίτης ευχαρίστησε τον Τζαμάνι και, καθώς έβγαινε ο Επιθεωρητής, ζήτησε από την πελάτισσα να περάσει.

Την καθορισμένη ώρα, ο Στέφανο Τζαμάνι έφτασε στο μπαρ της Λούνα Παλτρινιέρι, στην οδό Αντρέα Κόστα, σχετικά κοντά στο κτηματομεσιτικό γραφείο, όπου δούλευε ο Μπανιάρα.

«Χαίρετε, είστε η Λούνα;», ρώτησε ο Τζαμάνι, όταν δεν υπήρχαν πελάτες μέσα.

«Ναι, εγώ είμαι».

«Επιθεωρητής Τζαμάνι».

«Χαίρομαι που σας γνωρίζω. Θα θέλατε έναν καφέ;»

«Μετά χαράς, σας ευχαριστώ».

Η κοπέλα του έφτιαξε τον καφέ και του τον σέρβιρε με ένα φακελάκι λευκή ζάχαρη, ένα φακελάκι καστανή ζάχαρη και ένα κουτάκι μέλι.

Πίνοντας τον καφέ του σκέτο, ο Τζαμάνι είπε: «Πρέπει να μιλήσω μαζί σας για τη Λουτσία Μιστρόνι».

«Θα κάνω το παν, για να σας βοηθήσω».

«Σας ευχαριστώ. Καταρχήν, μπορείτε να μου πείτε πώς ήταν η σχέση σας με την κοπέλα; Ξέρω ότι ήσαστε συμμαθήτριες στο Λύκειο».

«Σωστά. Από πού το ξέρετε, αν επιτρέπετε;».

«Μιλούσα, μέχρι πριν λίγο, με τον κύριο Μπανιάρα. Εκείνος μου είπε ότι όλοι σας ήσαστε μαζί στο σχολείο. Ελπίζω να μην υπάρχει πρόβλημα.»

«Καταλαβαίνω. Ωστόσο, όχι, δεν υπάρχει πρόβλημα».

Ο Τζαμάνι ήπιε την τελευταία γουλιά του καφέ του κι η σερβιτόρα, αφού τακτοποίησε το φλιτζάνι, το πιατάκι και το κουταλάκι στο πλυντήριο πιάτων, διηγήθηκε στον Επιθεωρητή ότι, πράγματι, οι τρεις τους ήταν συμμαθητές στο σχολείο, τα είχαν βρει από την αρχή της σχολικής χρονιάς και διατήρησαν τη φιλία τους, ακόμη και μετά τις τελικές εξετάσεις. Ο καθένας είχε τη δική του δουλειά. Κατάφερναν, ωστόσο, να βλέπονται, τουλάχιστον μία φορά την εβδομάδα, μέσα στο Σαββατοκύριακο.

«Μια και αναφέρατε τη δουλειά, ξέρετε να μου πείτε πού εργαζόταν η δεσποινίς Μιστρόνι; Η μητέρα της δεν μπόρεσε να μας πει με ακρίβεια».

Του είπε το όνομα της εταιρίας και ότι δούλευε ως υπεύθυνη του γραφείου εξωτερικού μάρκετινγκ και, στη συνέχεια, πρόσθεσε: «Να με συγχωρείτε, απλά, το να μιλώ για εκείνη, τώρα, με θλίβει πάρα πολύ».
Και άρχισε να κλαίει.

«Σας καταλαβαίνω και, προφανώς, λυπάμαι για αυτό που συνέβη. Εμείς, ωστόσο, πρέπει να συνεχίσουμε να κάνουμε τη δουλειά μας και να βρούμε τον ένοχο».
«Το ξέρω», είπε η κοπέλα, συγκατενεύοντας. «Ελπίζω, να τον βρείτε σύντομα».
«Το εύχομαι».
«Ευχαριστώ»
«Παρακαλώ», είπε ο Τζαμάνι. «Μπορούμε να βασιζόμαστε στη βοήθειά σας, ανά πάσα στιγμή;»
«Φυσικά».
«Τέλεια», την ευχαρίστησε ο Επιθεωρητής. «Για την ώρα, θα έλεγα ότι αρκεί. Θα ξαναπεράσω, όταν χρειαστώ και πάλι να μιλήσω μαζί σας».
«Θα σας περιμένω».
Ο Τζαμάνι χαιρέτησε την κοπέλα με ένα χαμόγελο και βγήκε από το μπαρ με ζωντανή, ακόμη, την ελπίδα ότι θα βρει τη λύση στην υπόθεση.
Του απέμενε, ακόμη, να μιλήσει με δύο φίλους της Λουτσία Μιστρόνι και, στο μεταξύ, είχε αποκτήσει ακόμη μία πληροφορία: έπρεπε, άμεσα, να επισκεφθεί και τον εργοδότη της.
Στη διαδρομή με το αυτοκίνητο προς το γραφείο, ο Στέφανο Τζαμάνι αναρωτήθηκε πώς να πήγαινε η αναζήτηση πληροφοριών του πράκτορα Φινόκι.

IX

Ο πράκτορας Φινόκι είχε αναλάβει να μιλήσει με τους συγγενείς της Λουτσία Μιστρόνι.

Η μητέρα της είχε σημειώσει μόνο τον αδελφό Άτος, έναν θείο και μία ξαδέλφη.

Αποδείχτηκε πως όλοι είχαν ενημερωθεί για το δυστυχές γεγονός, από την κυρία Μπαλτζάνι και, όταν ο πράκτορας κατάφερε να μιλήσει με τον αδελφό, εκείνος άρχισε να κλαίει, λέγοντας ότι δεν είχε σταματήσει από την ώρα που το έμαθε.

Έμενε μόνος στην οδό Σαν Φελίτσε, σε ένα μικρό, μα λειτουργικό, διαμέρισμα.

«Μπορώ να σας μιλήσω για την αδελφή σας, τη Λουτσία;», ρώτησε ο Μάρκο Φινόκι, αφού συστήθηκε.

«Φυσικά, καθίστε».

Κάθισαν στο σαλόνι, με το φως της ημέρας που φώτιζε το χώρο, μέσα από το τζάμι του παραθύρου.

«Πώς ήταν οι σχέσεις μεταξύ σας;», θέλησε να μάθει ο πράκτορας.

«Άψογες, θα έλεγα, παρόλο που, τώρα τελευταία δεν βλεπόμαστε συχνά, γιατί ήμουν συνέχεια στο δρόμο, με τη δουλειά».

«Καταλαβαίνω. Τι δουλειά κάνετε, αν επιτρέπετε;»

«Εγκαταστάσεις αυτόματων μηχανημάτων. Συχνά, κινούμαι εκτός πόλης και κάθε φορά, είμαι μακριά από το σπίτι για, τουλάχιστον, μία εβδομάδα».

«Θα πρέπει να είναι πολύ ενδιαφέρουσα δουλειά, τουλάχιστον επειδή ταξιδεύετε συχνά και βλέπετε πολλά καινούργια μέρη».

«Έτσι θα ήταν, αν είχα λίγο περισσότερο καιρό να τα γυρίσω και όχι να είμαι κλεισμένος μέσα σε μία εταιρία, συναρμολογώντας αυτόματα μηχανήματα, τη νύχτα. Η μόνη διασκέδαση που έχουμε είναι το βράδυ, όταν πάμε για φαγητό και δοκιμάζουμε την τοπική γαστρονομία».

«Σίγουρα είναι μία απαιτητική δουλειά», συγκατένευσε ο Φινόκι.

«Πότε ειδωθήκατε, για τελευταία φορά, με την αδελφή σας;»

«Περίπου, πριν δύο εβδομάδες».

«Ήταν κάποια συγκεκριμένη περίσταση;»

«Όχι. Μόλις είχα γυρίσει από ένα επαγγελματικό ταξίδι και την Κυριακή, είχαμε αποφασίσει να δειπνήσουμε μαζί. Μία πίτσα, για να πούμε τα νέα μας».

«Και πώς σας είχε φανεί εκείνη την ημέρα; Ήρεμη, ή είχε κάτι που σας παραξένευε; Την απασχολούσε κάτι, ενδεχομένως;»

«Μου είπε για τα τηλεφωνήματα που δεχόταν. Τη φόβιζαν γιατί, εκτός των άλλων, δεν μπορούσε να καταλάβει ποιος μπορεί να ήταν».

«Δεν είχε την παραμικρή ιδέα ποιος μπορεί να ήταν;»

«Όχι».

«Δεν είχε κάνει καταγγελία στην αστυνομία;»

«Δεν γνωρίζω».

«Καταλαβαίνω».

«Μπορώ να σας ρωτήσω πώς βρίσκεστε στο σπίτι, τέτοια ώρα; Συνήθως, δουλεύετε αυτή την ώρα».

«Αυτή είναι μία αρκετά ήρεμη εβδομάδα, χωρίς ταξίδια και, όταν δουλεύω εδώ, δουλεύω με βάρδιες. Μέχρι την Παρασκευή δουλεύω από τις δύο το μεσημέρι ως τις δέκα το βράδυ».

«Ωραία. Θα σας ζητήσω να παραμείνετε στη διάθεσή μας, στην περίπτωση που χρειαστούμε τη βοήθειά σας με κάτι».

«Θα κάνω ό, τι χρειαστεί για να σας βοηθήσω να βρείτε τον ένοχο».

«Σας ευχαριστώ».

Ο πράκτορας Φινόκι χαιρέτισε τον αδελφό της Λουτσία Μιστρόνι και βγήκε και πάλι στο δρόμο.

Το βράδυ θα συναντούσε τον θείο και την ξαδέλφη της κοπέλας.

Έδωσαν ραντεβού στο Αρχηγείο της Αστυνομίας. Ο Λουίτζι Μιστρόνι, η κόρη του Λάουρα και η γυναίκα του Αντόνια Τσιπόλα, οδηγήθηκαν σε μία αίθουσα αναμονής και, όταν ο πράκτορας Φινόκι επέστρεψε απ' έξω, ξεκίνησαν να συζητούν.
«Με συγχωρείτε που σας ενόχλησα την ώρα του δείπνου. Δεν θα αργήσουμε, ωστόσο», είπε ο πράκτορας.
«Δεν υπάρχει πρόβλημα», είπε ο θείος της Λουτσία.
«Μιλάμε, σχεδόν, με όλους όσοι ήταν κοντά με την ανηψιά και ξαδέλφη σας», εξήγησε ο Μάρκο Φινόκι, απευθυνόμενος στους συγγενείς. «Σκοπεύουμε να αντλήσουμε όσο πιο πολλές πληροφορίες μπορούμε, γιατί μπορεί να μας βοηθήσουν να λύσουμε την υπόθεση».
«Εμείς είμαστε διατεθειμένοι να σας βοηθήσουμε, με αυτά τα λίγα που μπορούμε να κάνουμε».
«Σας ευχαριστούμε», είπε ο Φινόκι και μετά έκανε μία διακοπή, ρωτώντας τους όλους αν θα ήθελαν να πιουν κάτι, π.χ. νερό ή καφέ, αλλά αρνήθηκαν, λέγοντας ότι μόλις τελείωναν από εκεί, θα πήγαιναν για δείπνο».
«Σύμφωνοι. Πρώτα απ' όλα, θα μπορούσατε να μου πείτε πώς ήταν οι σχέσεις σας με τη Λουτσία;»
Η θεία απάντησε εκ μέρους όλων: «Καλές, αν και δεν βλεπόμαστε κάθε εβδομάδα. Ξέρετε...ο καθένας είχε τις υποχρεώσεις του. Η Λουτσία ήταν πολύ απασχολημένη με τη δουλειά της και, λόγω αυτού, συνήθως είτε μιλούσαμε στο τηλέφωνο ή βλεπόμαστε στο τέλος της εβδομάδας».
Ο σύζυγος και η κόρη της συγκατένευσαν, επιβεβαιώνοντας στον πράκτορα ότι όλα όσα είπε η γυναίκα ήταν αλήθεια. Η άλλη περίπτωση ήταν, αν κάποιος από αυτούς ήταν ο ένοχος, είχαν συμφωνήσει μεταξύ τους να προστατέψουν ο ένας τον άλλον».
«Πόσο καιρό είχατε να δείτε τη Λουτσία;»
«Εγώ...δύο εβδομάδες», είπε η ξαδέλφη Λάουρα. «Είχαμε πάει για βόλτα στο κέντρο της Μπολόνια, ένα μεσημέρι Σαββάτου, έτσι για να ξεσκάσουμε λίγο και γιατί μας είχε πει για τα τηλεφωνήματα που δεχόταν κι αισθανόταν την ανάγκη να είναι με κάποιον που εμπιστευόταν».

«Οπότε είχε πει και σ'εσάς για τα τηλεφωνήματα».

«Μας είχε μιλήσει γι' αυτό σε ένα οικογενειακό γεύμα, περίπου πριν από δύο ή τρεις εβδομάδες», εξήγησε ο θείος.

«Καταλαβαίνω», συγκατένευσε ο Φινόκι. «Γνωρίζετε αν υπήρχε κάποιος, που κατά την άποψή σας, θα μπορούσε να βρίσκεται σε τέτοια ρήξη με τη Λουτσία; Ή με τον οποίο θα μπορούσε, έστω, να έχει μαλώσει;»

«Δεν μας έρχεται κάτι στο μυαλό», είπε η κυρία Τσιπόλα, αφού συζήτησαν για λίγο χαμηλόφωνα.

«Ευχαριστώ. Για την ώρα, θα έλεγα ότι αρκεί. Θα σας ζητήσω να παραμείνετε στη διάθεσή μας. Τώρα, σας αφήνω να πάτε για δείπνο».

Χαιρετήθηκαν. Λίγο αφότου οι θείοι και η ξαδέλφη της Λουτσία Μιστρόνι βγήκαν από τα Αρχηγείο της Αστυνομίας, ο πράκτορας Φινόκι ετοιμάστηκε να γυρίσει σπίτι.

X

Το επόμενο πρωί, ο αρχηγός Λούτσι ζήτησε από τον Τζαμάνι και τον Φινόκι να τον ενημερώσουν, αναφορικά με την υπόθεση της Λουτσία Μιστρόνι.

«Παίρνουμε καταθέσεις από φίλους και συγγενείς», εξήγησε ο Επιθεωρητής, «στη συνέχεια, θα μπορέσουμε να μιλήσουμε και με τον εργοδότη της κοπέλας. Δεν αποκλείεται ο ένοχος να είναι και κάποιος συνάδελφός της».

«Οι συγγενείς με τους οποίους μίλησα», πρόσθεσε ο πράκτορας Φινόκι «αποκάλυψαν το ζήτημα των απειλητικών τηλεφωνημάτων που λάμβανε η κοπέλα. Φαίνεται ότι φοβόταν πολύ, τουλάχιστον από όσο μου έδωσε να καταλάβω η ξαδέλφη της».

«Ωραία, συνεχίζουμε να ψάχνουμε και να πάτε, άμεσα, στα άτομα που σας απομένει να δείτε», κατέληξε ο Λούτσι.

Ο Τζαμάνι και ο Φινόκι συγκατένευσαν και βγήκαν για να πάνε να μιλήσουν με τον εργοδότη και τους δύο φίλους που απέμεναν στη λίστα, που τους είχε δώσει η μητέρα της Λουτσία Μιστρόνι.

Ο Επιθεωρητής ξεκίνησε με τη Μπεατρίτσε Σαντίνι, που ήταν ιδιοκτήτρια καταστήματος ψιλικών στην οδό Σαν Φελίτσε.

Όταν έφτασε, δεν ήταν κανείς στο κατάστημα.

«Ενοχλώ;»

«Τι θα θέλατε;», ρώτησε η ιδιοκτήτρια.

Ο Τζαμάνι της έδειξε το σήμα του και πρόσθεσε ότι ήθελε να μιλήσει μαζί της, για τη Λουτσία Μιστρόνι.

«Ήταν ένα πολύ μεγάλο πλήγμα για μένα, δεν μπορώ να το χωνέψω. Την είδηση μού τη μετέφερε η μητέρα της», είπε η Μπεατρίτσε Σαντίνι, που δεν φαινόταν να εκπλήσσεται από την επίσκεψη ενός Επιθεωρητή της Αστυνομίας.

«Καταλαβαίνω. Μπορείτε να μου πείτε πώς ακριβώς το μάθατε;»

«Το έμαθα τυχαία. Πήγαινα στο σπίτι της κόρης της, γιατί ήθελα να τα πούμε. Δεν την βρήκα και, παραμένοντας για μία στιγμή στην πόρτα της εισόδου, είδα τη μητέρα της να περνά. Με ρώτησε γιατί ήμουν εκεί, αν έψαχνα τη Λουτσία και πώς δεν είχα μάθει ακόμη τι της είχε συμβεί. Έπεσα από τα σύννεφα, δεν ήξερα τίποτα. Ένιωσα τόση φρίκη και, όταν μου είπε ότι η αστυνομία έκανε έρευνα πάνω στο θέμα, πρόσθεσε ότι σας είχε δώσει μία λίστα με άτομα που ήξερε η Λουτσία, συγγενείς και στενούς φίλους κι, έτσι, περίμενα την επίσκεψή σας».

«Καταλαβαίνω. Πώς ήταν οι σχέσεις σας με τη Λουτσία;».

«Τα πηγαίναμε πολύ καλά. Γενικά, η Λουτσία δεν μάλωνε ποτέ και με κανέναν. Ήταν μία κοπέλα με υπέροχο χαρακτήρα».

Ο Τζαμάνι συγκατένευσε.

«Μήπως κατά τύχη γνωρίζετε αν τώρα τελευταία της είχε συμβεί

κάτι που θα μπορούσε να επηρεάσει την προσωπική της ζωή;»
«Όχι. Τίποτα που να γνωρίζω».
Μπήκε ένας πελάτης, ζήτησε ένα πακέτο τσιγάρα και, όταν εκείνος βγήκε, ο Τζαμάνι χαιρέτισε, με τη σειρά του, την κοπέλα.
«Για την ώρα, θα έλεγα ότι αρκεί. Σας ζητώ να παραμείνετε στη διάθεσή μας και, σε περίπτωση που σας έρθει στο μυαλό κάτι το οποίο θεωρείτε σημαντικό, να μας ενημερώσετε».
Εκείνη συγκατένευσε κι εκείνος της άφησε τον αριθμό τηλεφώνου του Αρχηγείου.
«Μπορείτε να με ζητήσετε. Είμαι ο Επιθεωρητής Τζαμάνι».
«Σύμφωνοι».

Το τελευταίο άτομο επικοινωνίας που είχε δώσει η μητέρα της Λουτσία Μιστρόνι ήταν ο Φούλβιο Κοστέλο, ένας υπάλληλος του ταχυδρομείου της οδού Εμίλια, στη συνοικία Ματσίνι.
Όταν ο Επιθεωρητής Τζαμάνι έφτασε στον προορισμό του, υπήρχε λίγος κόσμος εκεί, έτσι μπόρεσε να ρωτήσει, χωρίς κανένα πρόβλημα, ποιος ήταν υπεύθυνος για το ταχυδρομείο και, στη συνέχεια, να ζητήσει να μιλήσει για λίγο με τον υπάλληλό τους.
Ο υπεύθυνος μίλησε για λίγο με τον άντρα, για να του εξηγήσει την κατάσταση και, στη συνέχεια, ο Φούλβιο Κοστέλο βγήκε από το γκισέ και πήγε πίσω, για να μιλήσει με τον Τζαμάνι.
«Με συγχωρείτε για την ενόχληση. Είμαι ο Επιθεωρητής Τζαμάνι. Θα ήθελα να πούμε δύο κουβέντες, σχετικά με τη Λουτσία Μιστρόνι».
«Θεέ μου, τι συνέβη;» ρώτησε ο άντρας, χωρίς να γνωρίζει τι είχε συμβεί τις τελευταίες ώρες.
«Αποδήμησε εις Κύριον. Λυπάμαι που σας το λέω με αυτόν τον τρόπο. Υποθέτουμε ότι δεν πρόκειται για φυσικό θάνατο».
Ο υπάλληλος του ταχυδρομείου έμεινε σιωπηλός για λίγο και μετά ρώτησε αν είχαν ιδέα για το ποιος μπορούσε να είναι ο ένοχος.
«Δυστυχώς, όχι ακόμη, αλλά δουλεύουμε σκληρά για να τον βρούμε, το συντομότερο δυνατόν». «Καταλαβαίνω. Εύχομαι να γίνει γρήγορα αυτό».
«Κι εμείς το ευχόμαστε», είπε ο Τζαμάνι. «Τώρα, θα ήθελα να

σας κάνω μερικές ερωτήσεις, αν δεν σας πειράζει».

«Ευχαρίστως».

«Σας ευχαριστώ. Πρώτα απ' όλα θα ήθελα να ξέρω πώς γνωριστήκατε με τη Λουτσία».

«Τυχαία, κατά τη διάρκεια ενός ταξιδιού στον Καναδά».

«Καταλαβαίνω. Και κρατήσατε επαφή».

Ο Κοστέλο συγκατένευσε.

«Μιλούσατε συχνά;» ρώτησε ο Επιθεωρητής.

«Όχι κάθε εβδομάδα, αλλά μιλούσαμε συχνά».

«Πριν από πόσο καιρό γνωριστήκατε;»

«Πριν από δύο χρόνια».

«Και μπορώ να σας ρωτήσω, αν τυχόν υπήρχε κάτι παραπάνω από φιλία, μεταξύ σας;»

«Γιατί με ρωτάτε κάτι τέτοιο;»

«Για να λύσουμε μία υπόθεση όπως αυτή, χρειαζόμαστε πληροφορίες και τις αναζητούμε παντού».

«Καταλαβαίνω. Όχι, λοιπόν».

«Ωραία. Και μήπως τυχόν γνωρίζετε κάτι σχετικά με κάποιον που θα ήθελε να τη σκοτώσει; Ή κάποιο γεγονός, που θα μπορούσε να οδηγήσει σε μία τέτοια κατάληξη;»

«Όχι», απάντησε ο άντρας, αφού σκέφτηκε για λίγο. «Δυστυχώς, δεν μπορώ να σας βοηθήσω σ' αυτό. Σε περίπτωση που μου έρθει κάτι στο μυαλό, θα σας ενημερώσω».

«Σας ευχαριστώ».

Ο υπεύθυνος του ταχυδρομείου, ξεπρόβαλε στην πόρτα του δωματίου, που βρισκόταν στο πίσω μέρος του ταχυδρομείου. «Φούλβιο;».

Ο άντρας γύρισε και είπε: «Νομίζω είναι ώρα να γυρίσω στη θέση μου».

«Σύμφωνοι», είπε ο Τζαμάνι, καταλαβαίνοντας την κατάσταση.

«Σας ζητώ να παραμείνετε στη διάθεσή μας και να μην διστάσετε να επικοινωνήσετε μαζί μας, σε περίπτωση που σας έρθει στο μυαλό κάτι που μπορεί να μας φανεί χρήσιμο».

«Κανένα πρόβλημα», είπε ο υπάλληλος του ταχυδρομείου.

Ο Επιθεωρητής συγκατένευσε και μετά χαιρέτισε και βγήκε και πάλι στο δρόμο.

Τώρα, έμενε μόνο να ακούσει τι είχε να πει ο εργοδότης της

δεσποινίδας Μιστρόνι και, μετά, θα είχε αρκετό υλικό, πάνω στο οποίο θα μπορούσε να κάνει κάποιες υποθέσεις και κάποιες σκέψεις.

XI

Ο Νταβίντε Παλιαρίνι πάσχιζε να βγάλει από το μυαλό του αυτό το γεγονός. Το έβλεπε στον ύπνο του το βράδυ, σαν επαναλαμβανόμενο εφιάλτη και, σίγουρα, δεν ήθελε να συμβεί.

«Βλάκας», επαναλάμβανε στον εαυτό του, «είμαι ένας βλάκας, σκότωσα ένα παιδί!»

Περίμενε την ετυμηγορία, ελπίζοντας ότι με έναν καλό δικηγόρο, θα καταφέρει να μειώσει, τουλάχιστον, την ποινή. Στο μεταξύ, ζούσε μέσα στις τύψεις.

Στα μισά εκείνης της ημέρας, χτύπησε το κουδούνι του σπιτιού.

«Ποιος είναι;», ρώτησε από το θυροτηλέφωνο.

«Ένα συστημένο. Πρέπει να υπογράψετε».

Ο ταχυδρόμος.

Ο Παλιαρίνι κατέβηκε στην είσοδο της πολυκατοικίας, υπέγραψε, πήρε το φάκελο και ανέβηκε ξανά στο διαμέρισμά του.

Αποστολέας ήταν το Δικαστήριο της Μπολόνια.

Θέμα: Ειδοποίηση για δικαστική παράσταση.

Άνοιξε το φάκελο και έμαθε ότι, ακριβώς σε δύο εβδομάδες, στις 10, θα έπρεπε να παρουσιαστεί στο δικαστήριο και ότι αν δεν έβρισκε συνήγορο υπεράσπισης, θα οριζόταν κάποιος από το κράτος.

Ακούμπησε το φάκελο στο τραπεζάκι του σαλονιού και σχημάτισε τον αριθμό τηλεφώνου του έμπιστου δικηγόρου του.

«Φτάσαμε στο τέλος», είπε ο Παλιαρίνι, αφού η υπάλληλος γύρισε τη γραμμή στο γραφείο του δικηγόρου.

«Αρκεί να παραμείνουμε ψύχραιμοι και θα δείτε ότι θα τη γλυτώσουμε».

Ο δικηγόρος ήξερε, ήδη, όλα τα γεγονότα, αφού του τα είχε πει όλα ο ίδιος ο Παλιαρίνι, την επομένη του δυστυχήματος.

«Θα με καταδικάσουν», είχε πει, «δεν έχω κανένα καλό χαρτί στα χέρια μου, για να αθωωθώ».

Ο δικηγόρος και τότε είχε προσπαθήσει να ηρεμήσει τον πελάτη του, λέγοντάς του ότι είχε βρει κάτι που θα τον βοηθούσε να επιτύχει, τουλάχιστον μειωμένη ποινή, αν όχι απλή πληρωμή ενός προστίμου. Αν και είχε υπόψη ότι δεν θα ήταν ευχάριστο να συναντήσει τους γονείς του θύματος.

«Θα τα καταφέρουμε», του επανέλαβε ο δικηγόρος, «θα δείτε ότι θα τα καταφέρουμε».

Το κατάλαβε αμέσως: εκείνη η μέρα πλησίαζε κι ο Νταβίντε Παλιαρίνι ήταν πολύ προβληματισμένος, παρά τα λόγια του δικηγόρου του.

Όταν ο Παλιαρίνι κι ο δικηγόρος συναντήθηκαν στο γραφείο του τελευταίου, έκαναν καταρχάς μία νέα σύνοψη του γεγονότος.
«Είχα βγει από τη ντισκοτέκ. Όταν βρέθηκα στην οδική αρτηρία του περιφερειακού της Μπολόνια, ήμουν σε ευφορία, πάτησα τέρμα το γκάζι, χωρίς να καταλαβαίνω την ταχύτητα με την οποία πήγαινα. Φτάνοντας σε μία διασταύρωση όπου το φανάρι ήταν πράσινο, χτύπησα ένα παιδί που περνούσε τη διάβαση».
«Το άτομο εκείνο περνούσε το δρόμο, ενώ γνώριζε ότι δεν έπρεπε να το κάνει, εκείνη την ώρα. Φαντάζομαι ότι το φανάρι για τους πεζούς ήταν κόκκινο».
Ο Παλιαρίνι συγκατένευσε, ελπίζοντας να θυμάται καλά και η μνήμη του να μην είχε θολώσει από τα ναρκωτικά».
«Ορίστε, βλέπετε; Ήδη, βρήκαμε ένα στοιχείο υπέρ μας».
«Σύμφωνοι», είπε ο Παλιαρίνι, «αλλά πως θα αντιμετωπίσουμε το γεγονός ότι οδηγούσα ενώ είχα πάρει εκείνα τα καταραμένα τα χάπια; Ανάθεμά με, δεν θα τα έπαιρνα ποτέ, με ξεγέλασε εκείνος ο τύπος μέσα, που μου τα έδωσε. Μου είπε :'Θα δεις ότι θα νιώσεις καλύτερα'. Και με έπεισε».
Ο δικηγόρος σκέφτηκε για λίγο.
«Το ζήτημα με τα χάπια δεν είναι υπέρ σας», είπε τελικά, «αλλά θα τα καταφέρουμε, με κάποιο τρόπο. Πρέπει να με εμπιστευτείτε».
«Ας ελπίσουμε. Και τι μπορώ να κάνω αυτές τις μέρες; Κάτι συγκεκριμένο; Εξυπηρετεί κάποια δήλωσή μου;»
«Για την ώρα, όχι. Θα τα πείτε όλα στο δικαστήριο. Προσπαθήστε να παραμείνετε ήρεμος και θα δείτε πως όλα θα λυθούν».
«Βασίζομαι στην εμπειρία σας».
«Πολύ καλά. Τώρα, γυρίστε στο σπίτι και χαλαρώστε. Θα επικοινωνήσω εγώ μαζί σας με κάποιο τρόπο».

«Σας υπερευχαριστώ».
«Παρακαλώ. Η δουλειά μου είναι».

Αφού χαιρετήθηκαν, ο δικηγόρος άρχισε να σκέφτεται πώς να χειριστεί αυτή την υπόθεση στο δικαστήριο κι ο Νταβίντε Παλιαρίνι γύρισε σπίτι. Ακολούθησε τη συμβουλή που του έδωσε ο δικηγόρος: απόλυτη χαλάρωση, μέχρι την ημέρα της ακροαματικής διαδικασίας.

XII

Νωρίς το πρωί, εκείνης της ημέρας, η Μαριολίνα Σπατζέζι άκουσε να χτυπά το κουδούνι, πήγε στο θυροτηλέφωνο και ρώτησε ποιος ήταν.

Η απάντηση που πήρε ήταν: «Κάποια λουλούδια για σας, κυρία».

«Ανεβείτε», είπε η γυναίκα, αρχίζοντας να κάνει υποθέσεις για τον πιθανό αποστολέα αυτού του ευχάριστου δώρου.

Όταν είδε τον ανθοπώλη να κρατά την ανθοδέσμη, άλλαξε έκφραση.

«Πε..περάστε, παρακαλώ», είπε τραυλίζοντας, στον άντρα που είχε μπροστά της. Της φαινόταν ότι τον είχε ξαναδεί, ίσως ήταν ο ανθοπώλης που είχε το μαγαζί λίγο πιο κάτω από το σπίτι της, πάνω στον ίδιο δρόμο.

«Ακουμπήστε τα εκεί πάνω, παρακαλώ».

Ο άντρας διέσχισε το διαμέρισμα, ακολούθησε τις οδηγίες που του δόθηκαν και, μετά, χαιρέτησε βιαστικά, λέγοντας ότι έπρεπε να γυρίσει γρήγορα στο μαγαζί, γιατί ήταν μόνος και είχε αφήσει μόνο μία ειδοποίηση στην πόρτα της εισόδου, για να καταλάβουν οι πελάτες ότι θα επέστρεφε σε λίγα λεπτά.

Η Μαριολίνα Σπατζέζι έκλεισε ξανά την πόρτα και κατευθύνθηκε γρήγορα στην ανθοδέσμη, που μόλις της είχε παραδοθεί.

Μία ανθοδέσμη με χρυσάνθεμα; σκέφτηκε.

Είδε ότι πάνω στη μεμβράνη που τύλιγε τα λουλούδια, ήταν καρφιτσωμένος ένας φάκελος που έγραφε «ΓΙΑ ΤΗ ΜΑΡΙΟΛΙΝΑ».
Τον άνοιξε και μέσα βρήκε μόνο μία επαγγελματική κάρτα από χαρτόνι.

ΜΑΣΙΜΟ ΤΡΟΒΑΪΟΛΙ
Διευθυντής Μάρκετινγκ
Tecno Italia Ε.Π.Ε

Η γυναίκα ένιωσε τάση για λιποθυμία και έπρεπε, κυριολεκτικά, να καθίσει για να αποφύγει να πέσει.
Γύρισε την κάρτα και είδε ότι από πίσω έγραφε «ΤΑ ΛΕΜΕ ΣΥΝΤΟΜΑ!» με στυλό διαρκείας.
Μετά από λίγο σηκώθηκε από την καρέκλα, πήρε ένα ποτήρι και το γέμισε, δύο φορές, με νερό. Είχε ανάγκη να πιει νερό.
Το έπλυνε και μετά πήγε στο μπάνιο, για να δροσίσει το πρόσωπό της.
Πώς ήταν δυνατόν;
Από μία κοινή πεποίθηση που, κατά κάποιο τρόπο, είχε περάσει και στην ίδια, πάντα είχε συνδεδεμένα τα χρυσάνθεμα με τους πεθαμένους και ο Μάσιμο Τροβαϊόλι...
Πήρε το τηλέφωνο και κάλεσε την Άμεσο Δράση.
«Με...καταδιώκουν...», είπε μετά βίας, όταν κάποιος απάντησε από την άλλη μεριά της γραμμής.
«Ηρεμήστε, κυρία», είπε ο υπάλληλος του τηλεφωνικού κέντρου «κι εξηγήστε μου καλύτερα».
«Με...καταδιώκει...ένας νεκρός».
«Αυτό δεν είναι δυνατόν. Είστε σίγουρα καλά;»
«Ναι. Καλά είμαι», είπε εκείνη. «Με καταδιώκει...ένας νεκρός!» ούρλιαξε.
«Πού μένετε;» ρώτησε ο τηλεφωνητής, προσπαθώντας να συντομεύσει τη διαδικασία «Σας στέλνω κάποιον».
Η γυναίκα έδωσε τη διεύθυνσή της και έκλεισε το τηλέφωνο, ικετεύοντάς τους να κάνουν γρήγορα.
Όταν έφτασαν οι δύο πράκτορες, που ήταν σε περιπολία, βρήκαν τη Μαριολίνα Σπατζέζι σε κατάσταση πανικού.

«Προσπαθήστε να ηρεμήσετε, κυρία. Θέλουμε να θυμηθείτε καλά τι συνέβη», της εξήγησε ο ένας από τους δύο πράκτορες.

Η γυναίκα τους είπε για τον φάκελο που έλαβε, πριν λίγες ημέρες και για τα λουλούδια που έλαβε εκείνο το πρωί.

«Ποιος είναι ο Μάσιμο Τροβαϊόλι;», ρώτησε ο ένας πράκτορας.

«Ο πρώην σύντροφός μου».

«Κι εκείνος έχει κάτι εναντίον σας; Πώς χωρίσατε, συνέβη με άσχημο τρόπο;»

«Έχει...πεθάνει!», ούρλιαξε η γυναίκα. «Έχει...πεθάνει...αυτός που με καταδιώκει!»

Η Σπατζέζι συνέχισε να ουρλιάζει, κάνοντας πάντα μία παύση στη λέξη «πεθάνει», κάθε φορά που την πρόφερε.

«Μας συγχωρείτε», είπε ο άλλος πράκτορας, «δεν έχουμε ξεκαθαρίσει αυτό το συγκεκριμένο θέμα. Πρέπει να μας συγχωρήσετε. Ζητάμε συγγνώμη».

«Δεν υπάρχει πρόβλημα», απάντησε η γυναίκα, μετά από μία στιγμή ησυχίας, στην οποία προσπάθησε να ηρεμήσει τα νεύρα της.

«Είδατε ποιος σας έφερε αυτά τα λουλούδια;», τη ρώτησε, όταν οι δύο πράκτορες ήταν σίγουροι ότι είχε περάσει η κρίση.

«Μου φάνηκε...πως ήταν...ο ανθοπώλης...εδώ κάτω...πάνω στην οδό Σαν Βιτάλε, αλλά δεν είμαι σίγουρη. Όταν κάνω βόλτα, περπατώ πάντα γρήγορα και δεν ασχολούμαι πολύ με τα μαγαζιά».

«Θα το ελέγξουμε», τη διαβεβαίωσε ένας από τους πράκτορες της περιπολίας, στρεφόμενος μετά προς το συνάδελφό του, με ένα βλέμμα ανησυχίας. «Στο μεταξύ, εσείς πρέπει να παραμείνετε ψύχραιμη. Μας το υπόσχεστε;»

«Θα προσπαθήσω», απάντησε η γυναίκα. «Θα προσπαθήσω».

«Ωραία. Εμείς θα αναλάβουμε, αμέσως, να ρίξουμε φως σε αυτό το ζήτημα. Ίσως, πρόκειται για κάποιος λάθος».

«Φοβάμαι», είπε η Σπατζέζι. «Κάντε κάτι, σας παρακαλώ», τους ικέτευσε, σαν να μην άκουσε τα τελευταία λόγια των πρακτόρων. «Ηρεμήστε και πιείτε ένα ποτήρι κρύο νερό».

Ο πράκτορας που ήταν πιο κοντά στη βρύση, πήρε ένα ποτήρι που βρήκε εκεί, το γέμισε και το έδωσε στη γυναίκα.

«Πιείτε με μικρές γουλιές και θα δείτε ότι θα σας βοηθήσει να νιώσετε καλύτερα».

Η γυναίκα ήπιε, ακολουθώντας τη συμβουλή και, παραμένοντας καθιστή, ρώτησε αν οι δύο πράκτορες θα είχαν πρόβλημα, αν δεν τους συνόδευε ως την έξοδο».

«Δεν υπάρχει πρόβλημα, κυρία».

Η Μαριολίνα Σπατζέζι έμεινε μόνη, καθιστή κι ακίνητη να σκέφτεται αυτό που συνέβη, εφησυχασμένη από τα λόγια των δύο πρακτόρων: εκείνοι θα ασχολούνταν με το πρόβλημα, ελπίζοντας να το λύσουν.

Όταν οι δύο πράκτορες, σύμφωνα με τις κατευθυντήριες της Σπατζέζι, έφτασαν στο ανθοπωλείο, βρήκαν ένα σημείωμα στην πόρτα: ΕΠΙΣΤΡΕΦΩ ΑΜΕΣΩΣ.

Αυτός που, προφανώς, ήταν ο ιδιοκτήτης έφτασε με γρήγορο βήμα, επιταχύνοντας στα τελευταία μέτρα, βλέποντας τους δύο πράκτορες να περιμένουν.

«Εμένα θέλετε;» ρώτησε. «Συνέβη κάτι για το οποίο μπορώ να σας βοηθήσω;»

«Μπορούμε να μπούμε;» είπε ο ένας από τους πράκτορες.

«Παρακαλώ, παρακαλώ, φυσικά».

Ο άντρας άνοιξε την γυάλινη πόρτα και ζήτησε στους δύο αστυνομικούς να περάσουν μέσα.

«Παρακαλώ, πείτε μου. Τι συνέβη; Δεν σας κάλεσα εγώ. Δεν μου έκλεψαν τίποτα».

«Δεν είμαστε γι' αυτό εδώ», επέσπευσε τις διαδικασίες ο πράκτορας.

«Εξηγείστε μου, τότε».

«Κάποιο άτομο είπε ότι έλαβε μία ανθοδέσμη από έναν νεκρό», ξεκίνησε να αφηγείται ο πράκτορας, που ήταν πιο πολλά χρόνια στην αστυνομία.

«Αδύνατον», είπε ο ανθοπώλης. «Οι νεκροί δεν στέλνουν σε κανέναν λουλούδια».

«Λέει, επίσης, ότι της παραδόθηκαν από εσάς ή από κάποιον που δουλεύει για σας».

Το βλέμμα του άνδρα έγινε πιο σκοτεινό.

«Δεν καταλαβαίνω πού θέλετε να καταλήξετε».

«Θέλουμε, απλά, να καταλάβουμε τι έγινε», εξήγησε ο νεότερος

πράκτορας. «Αυτό το άτομο είναι πάρα πολύ τρομοκρατημένο».
«Πότε έγινε;»
«Πριν λίγο…να πούμε πριν δύο ώρες;»
«Δώστε μου μία στιγμή, να σκεφτώ».
Ο ανθοπώλης έκανε μία σύντομη παύση και, μετά, άρχισε πάλι να μιλά.
«Δουλεύω μόνος. Εδώ δεν υπάρχουν υπάλληλοι και τέτοια πράγματα. Δεν έχω την οικονομική δυνατότητα γι' αυτό. Τα κάνω όλα εγώ: υποδέχομαι τους πελάτες, τους εξυπηρετώ και, αν χρειαστεί, κάνω και κατ' οίκον παραδόσεις».
«Όταν φτάσαμε, δεν ήσαστε εδώ. Κάνατε κάποια παράδοση;»
«Προφανώς».
«Τίποτα δεν είναι προφανές στο επάγγελμά μας», είπε ο ένας πράκτορας, σαν να ήθελε να δώσει να καταλάβει ότι δεν ήταν εκεί για κοινωνική επίσκεψη.
«Με συγχωρείτε», είπε ο άντρας. «Λοιπόν, ναι, έλειψα για δέκα ίσως και δεκαπέντε λεπτά, για να κάνω μία παράδοση».
«Σύμφωνοι. Τώρα, μπορείτε να μας πείτε αν κάνατε κάποια παράδοση, περίπου, πριν δύο ώρες;»
Μετά από μία σύντομη παύση, ο ανθοπώλης απάντησε: «Νομίζω πως ναι. Ήταν μία κυρία, ίσως δεσποινίς. Δεν θυμάμαι να σας πω με σιγουριά: δεν ρωτώ για την προσωπική ζωή των πελατών μου. Εν πάσει περιπτώσει, ήταν γυναίκα».
«Θυμάστε όνομα;»
«Όχι, λυπάμαι».
«Σκεφτείτε καλά. Προσπαθήστε ακόμη λίγο. Αυτές οι πληροφορίες μπορεί να μας φανούν χρήσιμες».
«Σας διαβεβαιώνω ότι δεν θυμάμαι», είπε μετά από λίγο. «Δυστυχώς, βλέπω πολύ κόσμο μέσα στην ημέρα και, συνήθως, δεν θυμάμαι τα ονόματά τους».
«Δεν υπάρχει πρόβλημα», τον διαβεβαίωσε ο ένας πράκτορας.
«Θυμάστε, τουλάχιστον, ποιος σας ανέθεσε την παράδοση;»
«Ένας άντρας. Ναι, άντρας ήταν».
«Μπορείτε να μας δώσετε κάποια, επιπλέον, πληροφορία;».
«Μμμ…ξεχώριζε. Ήταν ένας άντρας που ξεχώριζε».
«Άλλες λεπτομέρειες;»
«Θα πρέπει να το σκεφτώ. Ξέρετε, αυτό το άτομο ήρθε εδώ, χθες

βράδυ, ενώ ετοιμαζόμουν να κλείσω το μαγαζί, για το οποίο έχει περάσει λίγο η ώρα».

«Μην σας ανησυχεί, έχετε όσο χρόνο χρειάζεστε. Αν σας έρθει κάτι στο μυαλό, μη διστάσετε να μας ενημερώσετε».

«Μείνετε ήσυχοι», είπε ο άντρας με τη στάση του σώματος να υποδηλώνει ότι τους αποχαιρετά. «Τώρα, αν δεν σας πειράζει, έχω δουλειά», πρόσθεσε, βλέποντας μία γυναίκα να μπαίνει στο μαγαζί.

«Φυσικά, κάνετε δουλειά σας: οι πελάτες προηγούνται. Μας συγχωρείτε για την ενόχληση».

Οι δύο πράκτορες άφησαν το ανθοπωλείο και περπάτησαν κάτω από τη στοά, με κατεύθυνση προς τους Πύργους της Μπολόνια.

«Αυτός ο άντρας δεν μας τα είπε καλά», είπε ο πιο μεγάλος πράκτορας, «για μένα, κάτι κρύβει».

«Κι εγώ έτσι πιστεύω», συμφώνησε ο άλλος, «μα δεν μπορώ να πω τι».

XIII

Η πρώτη ακροαματική διαδικασία στην οποία παρευρέθηκε ο Νταβίντε Παλιαρίνι, επειδή χτύπησε εκείνο το παιδί στην οδική αρτηρία του περιφερειακού δρόμου της Μπολόνια, ήταν πολύ ντροπιαστική για εκείνον. Παρατέθηκαν τα γεγονότα και, στη συνέχεια, υπεβλήθησαν ερωτήσεις στον κατηγορούμενο, μπροστά στον δικαστή.

Μετά τις ερωτήσεις του κατηγόρου και του συνηγόρου, ακούστηκε από το κοινό ένα ουρλιαχτό «Ντροπή σου», τόσο δυνατό, που έγινε διαπεραστικό.

Ο Παλιαρίνι χλόμιασε και παρέμεινε εγκλωβισμένος στην καρέκλα, χωρίς να ξέρει πού να κοιτάξει. Θα ήθελε να βυθιστεί, ακόμη και να εξαφανιστεί, παρά να βρίσκεται σε αυτή τη θέση, εκείνη την ώρα.

Μετά από λίγο, γύρισε προς το συνήγορό του και, χωρίς να μιλήσει, το βλέμμα του έλεγε ικετευτικά *τι πρέπει να κάνω;* Ο άλλος, πάντα χωρίς να ανοίξει το στόμα του, απάντησε με ένα ερωτηματικό βλέμμα, καθώς ούτε και ο ίδιος ήξερε τι θα ήταν καλύτερο: σίγουρα, το να μην δώσει βάση στο γεγονός, κάνοντας κάτι για την αντίδραση που ήδη είχε ξεσπάσει, θα έκανε την κατάσταση πολύ λιγότερο προβληματική από το να δείξει την ντροπή που του ζητούσε αυτός ο άνθρωπος, που είχε το κουράγιο να ουρλιάξει έτσι δημοσίως, μέσα στην αίθουσα ενός δικαστηρίου.

Τελικά, ο Παλιαρίνι σηκώθηκε από τη θέση του μάρτυρα και πήγε δίπλα στο συνήγορό του, με βήμα σχετικά αργό, αλλά χωρίς να δείχνει σημάδια που θα μπορούσαν να δείξουν στο άγνωστο άτομο που ούρλιαξε, ότι πέτυχε το στόχο του.

Η ακροαματική διαδικασία έληξε, χωρίς οριστική απόφαση, σε αναμονή της επόμενης.

Ο συνήγορος συνόδευσε, κυριολεκτικά, τον πελάτη του ως την έξοδο, για να αποφύγει δυσάρεστα γεγονότα, παρόμοια με αυτό που συνέβη στην αίθουσα και, μετά, του είπε ότι θα μιλούσαν σύντομα, για να συναντηθούν εκ νέου και να αποφασίσουν τη γραμμή που θα ακολουθούσαν στην επόμενη ακροαματική διαδικασία.

Ο Επιθεωρητής Τζαμάνι κι ο πράκτορας Φινόκι πήγαν μαζί να μιλήσουν με τον εργοδότη της Λουτσία Μιστρόνι.

Η κοπέλα δούλευε στην εταιρία Piazzi & Co. ως υπάλληλος γραφείου και ασχολούνταν με τα λογιστικά.

Όταν μίλησαν στην υποδοχή, οδηγήθηκαν και οι δύο στις δερμάτινες πολυθρόνες που βρίσκονταν μπροστά στο γκισέ και, λίγα λεπτά αργότερα, τους δέχτηκε ο ιδιοκτήτης της εταιρίας.

Ήταν ένας άντρας γύρω στα πενήντα, με πολύ απλή εμφάνιση και με τρόπους ούτε αγενείς ούτε με υπεροψία, ο οποίος έδειχνε χαρούμενος που βοηθούσε τους λειτουργούς της αστυνομίας στην πρόοδο των εργασιών τους.

«Με τι ασχολείστε, κατά κύριο λόγο;» ρώτησε ο Τζαμάνι.

«Εισαγωγές-εξαγωγές διαφόρων ειδών», είπε ο άντρας.

«Κι η δεσποινίς Μιστρόνι εργαζόταν πολύ καιρό μαζί σας;»

«Δεν θυμάμαι ακριβώς, αλλά ενδεικτικά σας λέω ότι ήταν γύρω στον ένα χρόνο».

Ο Τζαμάνι και ο Φινόκι συγκατένευσαν.

«Απ'όσο γνωρίζατε, πώς ήταν οι σχέσεις μεταξύ της κοπέλας και των συναδέλφων της;»

«Απ' όσο μπορούσα να δω ο ίδιος, ήταν καλές. Από αυτής της άποψης με θεωρώ τυχερό: όπως φαίνεται, όλοι οι υπάλληλοι αυτής της εταιρίας τα πάνε καλά, υπάρχει πάντα ήρεμο κλίμα».

«Καταλαβαίνω», είπε ο Επιθεωρητής.

«Και γνωρίζετε να μας πείτε αν τυχόν η δεσποινίς Μιστρόνι είχε προβλήματα, εκτός εταιρίας;» ρώτησε ο Φινόκι. «Θέλω να πω, αν υπήρχε κάποιο επεισόδιο στο παρελθόν για το οποίο ίσως να μίλησε μαζί σας ή με κάποιον άλλον».

«Πάντα, ήταν ένα πολύ διακριτικό άτομο».

«Και μεταξύ των συναδέλφων, δεν υπάρχει κανένας που να του μιλούσε πιο ανοικτά;»

«Είχα μάθει ότι ήταν αρραβωνιασμένη με ένα παλιό υπάλληλό μας, ο οποίος δούλευε εδώ, μέχρι πριν ένα μήνα. Δεν πιστεύω ότι υπήρχαν άλλα άτομα με τα οποία να μιλούσε πιο ανοικτά».

Ο Τζαμάνι κι ο Φινόκι αντάλλαξαν μία ματιά: ο Πάολο Καρνεβάλι δεν τους είπε ποτέ κάτι τέτοιο και, ίσως, να ήταν η περίπτωση στην οποία θα έπρεπε να εμβαθύνουν περισσότερο, επί του θέματος.

Διαισθανόμενοι ότι, τουλάχιστον όπως φαινόταν, αυτή η συζήτηση δεν θα τους οδηγούσε σε κάτι άλλο, οι δυο τους ευχαρίστησαν τον άνδρα, με τον οποίο ο Τζαμάνι αντάλλαξε επαγγελματικές κάρτες και, μετά, έφυγαν.

XIV

Το επόμενο πρωί, ο Τζαμάνι έλαβε ένα τηλεφώνημα από την Επιστημονική Αστυνομία, για να τον ενημερώσουν για τα τελευταία νέα, σχετικά με τη Λουτσία Μιστρόνι: οι πιο λεπτομερείς εξετάσεις είχαν δείξει μία μη ανιχνεύσιμη ποσότητα μελατονίνης και, όταν ο Επιθεωρητής ζήτησε εξηγήσεις, ο συνομιλητής του, του είπε ότι επρόκειτο για ένα ηρεμιστικό, που βοηθούσε στον ύπνο αλλά το οποίο, σε υπερβολικές δόσεις, μπορούσε να έχει σοβαρές παρενέργειες, μεταξύ των οποίων και ο ίλιγγος.

«Οπότε η κοπέλα μπορεί να πήρε οικειοθελώς πολλά χάπια με αυτή την ουσία, να χτύπησε το κεφάλι της και να πέθανε», είπε ο Τζαμάνι.

«Ναι. Στην πραγματικότητα, μπορεί να ισχύει και κάποια άλλη υπόθεση».

«Ποια;»

«Υπάρχει και μελατονίνη σε σταγόνες. Αν, πράγματι, η δεσποινίς Μιστρόνι γνώριζε τον δολοφόνο της, ο τελευταίος, ίσως επειδή δεν τον υποπτευόταν, μπορεί να της έριξε υπερβολική δόση στο ποτό της, η κοπέλα να το ήπιε και...έτσι να επήλθε το δυστύχημα».

«Δεν πρέπει να αποκλείσουμε αυτό το ενδεχόμενο. Θα το έχουμε υπόψη, ευχαριστώ».

Όταν τελείωσε η τηλεφωνική συνομιλία, ο Τζαμάνι πήγε να ψάξει τον Φινόκι, για να του αναφέρει τα τελευταία νέα που είχε λάβει.

«Μου φαίνεται ότι αυτό το πράγμα, θα γίνεται όλο και πιο πολύπλοκο», είπε ο πράκτορας.

Ο Επιθεωρητής συγκατένευσε.

«Κι αν η κοπέλα είχε, για κάποιο λόγο, κουραστεί από τον τρόπο που πήγαιναν τα πράγματα; Για κάποιο λόγο, που εμείς δεν γνωρίζουμε, μπορεί να ήθελε να...»

«Αυτοκτονήσει;»

«Ναι».

«Χωρίς να αφήσει ούτε ένα σημείωμα με εξηγήσεις;»

Και οι δύο έμειναν σκεπτικοί. Μετά, ο Τζαμάνι είπε, κάπως απρόθυμα: «Ίσως να πρέπει να ξεκινήσουμε από την αρχή».

«Με ποια έννοια;»

«Να ακολουθήσουμε τα βήματά μας, να κάνουμε πάλι ερωτήσεις σε όλους και να προσπαθήσουμε να επαναξιολογήσουμε κάθε στοιχείο, που έχουμε στη διάθεσή μας, γνωρίζοντας για τη μελατονίνη».

«Καταλαβαίνω», είπε ο Φινόκι.

«Δεν έχουμε καιρό για χάσιμο», τον προέτρεψε ο Επιθεωρητής. «Κάνουμε επανεκκίνηση και ξεκινάμε από το μηδέν».

«Μπορώ να σας αφήσω αυτό», ρώτησε το κορίτσι μία κυρία που είδε κάτω στην είσοδο του σπιτιού της, ενώ επέστρεφε.

Η κυρία την ευχαρίστησε, διπλώνοντας και βάζοντας το φυλλάδιο, μέσα στην τσάντα της.

Κι εκείνη την ημέρα, το κορίτσι είχε κάνει το καθήκον της και ήταν ευχαριστημένο, γιατί ο άντρας με τον οποίο μίλησε κι ο οποίος της ανέθεσε αυτή τη δουλειά, της είχε εξηγήσει ότι μπορούσε να βγάλει χρήματα, κάνοντας κάτι χρήσιμο για την κοινωνία και για το οποίο πολύς κόσμος θα μπορούσε να την ευχαριστεί, συναντώντας της στον δρόμο.

Όταν έφτασε στο σπίτι, εξήγησε στους γονείς της ότι δεν της είχε μείνει ούτε ένα φυλλάδιο και ότι, αφού έπινε ένα χυμό φρούτων, θα έτρεχε να κάνει τα μαθήματα της επόμενης ημέρας.

Βλέποντάς την ευτυχισμένη, εκείνοι αισθάνονταν περήφανοι για εκείνη.

XV

Λίγο πριν την ώρα του δείπνου, ο Τζαμάνι δέχθηκε ένα τηλεφώνημα από τη μητέρα της Λουτσία Μιστρόνι.
«Σας ενοχλώ;», ρώτησε ευγενικά η γυναίκα.
«Δεν με ενοχλείτε καθόλου. Πείτε μου, σας ήρθε κάτι στο μυαλό, που θα μπορούσε να βοηθήσει τη δουλειά μας;»
«Ίσως, αλλά δεν είμαι σίγουρη».
«Εξηγήστε μου».
«Κάθε μέρα σκέφτομαι ξανά και ξανά την κόρη μου, τι μπορεί να της συνέβη και γιατί. Προσπαθώ να θυμηθώ αν τυχόν μου είχε μιλήσει για κάποιο συγκεκριμένο γεγονός και, ίσως, υπάρχει κάτι...»
«Τι πράγμα;»
«Θυμάμαι ότι μία μέρα μου τηλεφώνησε, για να μου πει ότι το βράδυ θα περνούσε από το σπίτι μου, για να μου φέρει κανόλι Σικελίας. Μου αρέσουν πολύ και το ήξερε, έτσι κάθε τόσο σταματούσε σε κάποιο ζαχαροπλαστείο και μου αγόραζε μερικά. Και, τελικά, εκείνη τη φορά μου είπε ότι της συνέβη κάτι περίεργο. Μερικές μέρες, πριν, της είχαν παραδώσει στο σπίτι μία ανθοδέσμη από χρυσάνθεμα, χωρίς καμία κάρτα. Δεν ήξερε ποιος ήταν ο αποστολέας».
Ο Επιθεωρητής συγκατένευσε και μετά ρώτησε: «Δεν έχετε κάτι

υπόψη;»

«Το μόνο που μπορώ να σκεφτώ είναι ότι τα χρυσάνθεμα και τα απειλητικά τηλεφωνήματα που δεχόταν συνδέονταν μεταξύ τους».

«Πράγματι, τα χρυσάνθεμα τα χρησιμοποιούν συχνά, για τους πεθαμένους».

Η γυναίκα το επιβεβαίωσε και μετά πρόσθεσε: «Δεν ξέρω πώς μπορεί να σας φανεί χρήσιμη αυτή η πληροφορία, ωστόσο θα επικοινωνώ μαζί σας κάθε φορά που θα μπορώ να θυμηθώ οτιδήποτε άλλο, σχετικά με την κόρη μου».

Ο Τζαμάνι την ευχαρίστησε και, αφού τελείωσε το τηλεφώνημα, πήγε αμέσως να ψάξει τον Φινόκι για να τον ενημερώσει.

Η δίκη του Νταβίντε Παλιαρίνι δεν είχε άλλη ακροαματική διαδικασία: ο άντρας βρέθηκε νεκρός στο σπίτι του και, για την ακρίβεια, στην αυλή της πολυκατοικίας, στην οποία έμενε.

Η αστυνομία έφτασε μέσα σε μία ώρα από το ανώνυμο τηλεφώνημα, που έλαβε το πρωί εκείνης της ημέρας.

Πήραν κατάθεση από όλους τους ενοίκους της πολυκατοικίας που ήταν παρόντες, για να συγκεντρώσουν τον μεγαλύτερο δυνατό αριθμό πληροφοριών, σχετικά με τον άντρα.

Όλοι τους είπαν ότι ήταν ένας ήσυχος άνθρωπος και, κυρίως, διακριτικός, χωρίς κανέναν εμφανή εχθρό ή κάποιον που να μπορούσε να έχει ύποπτη σχέση μαζί του, κανέναν που να είχε το παραμικρό κίνητρο, για να τον σκοτώσει.

Οι πράκτορες ρώτησαν τα άτομα που κατέθεσαν, αν πίστευαν ότι μπορεί να αυτοκτόνησε, αλλά όλοι απάντησαν ότι το θεωρούσαν απίθανο: ο Παλιαρίνι δεν φαινόταν να σκέφτεται τέτοια πράγματα.

Όποια κι αν ήταν η αλήθεια, στο διαμέρισμα του άνδρα μπήκαν οι ταινίες της αστυνομίας, εν αναμονή της άφιξης της Επιστημονικής Αστυνομίας, η οποία θα συνέλλεγε τα απαραίτητα στοιχεία.

«Πάντα υπάρχει μία άσχημη ιστορία, όταν συμβαίνουν τέτοια πράγματα», είπε ένας από τους δύο πράκτορες περιπολίας, που έσπευσαν στο σημείο. Το έκανε, κυρίως, για να σπάσει τη σιωπή: και οι δύο είχαν σοκαριστεί από το γεγονός.

Όταν επέστρεψαν, ανέφεραν όλα όσα είχαν μάθει στον αρχηγό Λούτσι.

«Θα πρέπει να περιμένουμε να μάθουμε κάτι άλλο, πιο συγκεκριμένο από την Επιστημονική Αστυνομία κι από τα αποτελέσματα της νεκροψίας, μετά η υπόθεση θα ανατεθεί σε κάποιον, αν θεωρηθεί αναγκαίο», είπε ο αρχηγός και, μετά, χαιρέτισε τους δύο πράκτορες, συγχαίροντάς τους για την δουλειά που είχαν κάνει».

Έχοντας στα χέρια μία εφημερίδα που είχε αγοράσει λίγο πριν, ο άντρας μπήκε στην υπεραγορά της Βιλανόβα στο Καστενάζο και, αφού κοίταξε μερικές βιτρίνες καταστημάτων, κάποια στιγμή που δεν είχε ουρά, πήγε στο γκισέ των πληροφοριών.

«Καλημέρα», του είπε μία από τις κοπέλες που ήταν εκεί, «πώς μπορώ να σας βοηθήσω;»

«Πρέπει να μιλήσω με τον ιδιοκτήτη της υπεραγοράς. Έχω να τον ρωτήσω κάτι πολύ σημαντικό».

Οι δύο συνάδελφοι που βρίσκονταν πίσω από το γκισέ των πληροφοριών, εκείνη την ώρα ξαφνιάστηκαν από την ασυνήθιστη ερώτηση που άκουγαν. Κοιτάχτηκαν στα μάτια και μετά εκείνη, που δεν την είχε ρωτήσει είπε: «Δεν γνωρίζω αν είναι διαθέσιμος για να δεχτεί πελάτες, αυτή την στιγμή. Ειλικρινά, δεν γνωρίζω ούτε αν είναι στη θέση του, τώρα».

Και οι δύο ήλπιζαν ότι ο συνομιλητής τους θα παραιτούνταν, αλλά αντιθέτως είπε: «Για μένα δεν είναι πρόβλημα να περιμένω. Θα μπορούσατε να ενημερωθείτε αν ο διευθυντής είναι διαθέσιμος, αυτή τη στιγμή και αν ή πότε μπορώ να του μιλήσω, τελικώς; Θα σας ήμουν ευγνώμων».

Μετά από μία ακόμη ματιά, μεταξύ των δύο συναδέλφων στο γκισέ, εκείνη που φαινόταν να είναι λίγο πιο μεγάλη και, ως εκ τούτου, να έχει πιο πολλή εμπειρία, έκανε ένα εσωτερικό τηλεφώνημα, στο τέλος του οποίου είπε στον άνδρα: «Ο διευθυντής θα μπορέσει να σας δεχθεί σε 20 λεπτά, περίπου. Στο μεταξύ, αν θέλετε, μπορείτε να ανέβετε τις σκάλες που θα βρείτε στο βάθος από εκεί και αριστερά».

«Σας ευχαριστώ πολύ», είπε ο άντρας χαιρετώντας τες.

XVI

Όταν ο Τζαμάνι ανέφερε στον Μάρκο Φινόκι τις πληροφορίες

που πήρε από την μητέρα της Λουτσία Μιστρόνι, ο πράκτορας τις άκουσε ελαφρά ανακουφισμένος, γνωρίζοντας ότι μπορεί εκείνη την ώρα να στρωνόταν μπροστά τους ένας δρόμος τον οποίο θα μπορούσαν να ακολουθήσουν, για να φτάσουν στον ένοχο γι' αυτή τη δολοφονίας.

«Κάποιος παρέδωσε στο σπίτι της χρυσάνθεμα, ίσως κάποιος ανθοπώλης», είπε ο Επιθεωρητής.

«Με συγχωρείτε, μπορώ να σας διακόψω;»

Ο Τζαμάνι κι ο Φινόκι γύρισαν και διαπίστωσαν ότι αυτός που μιλούσε ήταν ένας άλλος πράκτορας, που περνούσε δίπλα τους.

«Μιλούσατε για χρυσάνθεμα. Άκουσα καλά;»

Οι άλλοι δύο συγκατένευσαν.

«Που δόθηκαν με κατ' οίκον παράδοση;»

«Ναι», απάντησαν με μία φωνή.

«Ωραία. Δεν ξέρω αν έχει καμία σχέση αλλά, όχι πολύ ώρα πριν, μας τηλεφώνησε μία κυρία, λέγοντάς μας ότι της παρέδωσαν μία ανθοδέσμη από χρυσάνθεμα και ότι της συνέβαιναν παράξενα πράγματα».

«Τι είδους πράγματα;» ρώτησε ο Τζαμάνι..

«Μαζί με τα λουλούδια υπήρχε και μία επαγγελματική κάρτα του πρώην συντρόφου της».

«Ήθελε να προσπαθήσει να τα ξαναβρούν;»

«Αδύνατον: ο άντρας αυτός έχει πεθάνει».

Μετά από μία στιγμή σιωπής, ο Τζαμάνι είπε: «Ποιος της έστειλε τα λουλούδια;»

«Ένας ανθοπώλης που βρίσκεται στην οδό Σαν Βιτάλε που, εκτός των άλλων, είναι και ο δρόμος που μένει εκείνη».

«Θα ήθελα να πούμε λίγες κουβέντες ακόμη με αυτόν τον ανθοπώλη».

Ο πράκτορας εξήγησε πού βρίσκεται το κατάστημα.

«Αυτή η κυρία είναι καλά τώρα;»

«Φαίνεται να έχει συνέλθει λίγο».

«Ωραία».

«Ωστόσο δεν συνηθίζεται να λαμβάνεις λουλούδια από έναν πεθαμένο».

«Θα το χαρακτήριζα ως απίθανο», διευκρίνισε ο Επιθεωρητής.

«Όντως», επιβεβαίωσε ο επιθεωρητής Φινόκι..

«Ωραία. Με συγχωρείτε αν διέκοψα τη συζήτησή σας, αλλά μπορεί να είναι μία χρήσιμη πληροφορία. Τώρα σας αφήνω να κάνετε τη δουλειά σας».

Ο Επιθεωρητής τον ευχαρίστησε για την πληροφορία που τους έδωσε και, μετά, μαζί με τον πράκτορα Φινόκι έφυγε για να πάει να βρει εκείνον τον ανθοπώλη.

Φτάνοντας εκεί, μπήκαν στο μαγαζί και βρήκαν έναν άντρα που ετοιμαζόταν να φτιάξει μία σύνθεση από λουλούδια.

«Πείτε μου, πώς μπορώ να σας βοηθήσω», είπε.

«Θα θέλαμε να πούμε δύο κουβέντες μαζί σας, αν δεν σας πειράζει», είπε ο Τζαμάνι, δείχνοντας το σήμα του.

«Είστε της αστυνομίας», συμπέρανε ο ανθοπώλης.

«Ακριβώς. Θα θέλαμε να μιλήσουμε για λίγο μαζί σας».

«Δεν έκανα κάτι κακό. Είστε σίγουροι πως δεν ήρθατε στο λάθος άνθρωπο;»

«Θα έλεγα ότι δεν κάνουμε λάθος, τουλάχιστον από τις πληροφορίες που μας δόθηκαν».

«Τότε, θα πρέπει να έχει γίνει κάποιο λάθος».

«Θεωρώ πως θα το διαπιστώσουμε σύντομα. Στο μεταξύ, μπορείτε να μας πείτε αν γνωρίζετε κάποια κοπέλα με το όνομα Λουτσία Μιστρόνι;»

Ο άντρας δίστασε για λίγο, μα μετά απάντησε: «Δεν ξέρω. Βλέπω πολλούς πελάτες κάθε μέρα, οπότε μπορεί να την γνωρίζω μπορεί και όχι».

«Σκεφτείτε καλά», είπε ο Μάρκο Φινόκι. «Μπορεί να της παραδώσατε λουλούδια, προσφάτως;»

«Αυτή τη στιγμή δεν θυμάμαι κάτι τέτοιο. Ίσως να προσπαθήσω να θυμηθώ και μετά να επικοινωνήσω ξανά μαζί σας, σε περίπτωση που έχω χρήσιμες πληροφορίες επί του θέματος».

«Όπως θέλετε», είπε ο Επιθεωρητής. «Για την ώρα, σας αφήνουμε στην εργασία σας. Μας συγχωρείτε για τη διακοπή, ωστόσο να παραμείνετε στη διάθεσή μας».

«Εννοείται», είπε ο άντρας.

Ο Τζαμάνι κι ο Φινόκι βγήκαν από το μαγαζί και μπαίνοντας και πάλι στα γραφεία τους, σκέφτονταν το ενδεχόμενο ότι ο ανθοπώλης θα μπορούσε να είναι κατά συρροή δολοφόνος: συχνά, ένας κατά συρροή δολοφόνος είναι ένα άτομο υπεράνω υποψίας, με χαρακτήρα, φαινομενικά, ήρεμο κι ο οποίος δρα, όταν στο μυαλό του λειτουργήσει κάτι που δεν μπορεί να το ελέγξει.

Μία άλλη πιθανότητα είναι ότι αυτό το άτομο έχει ένα καλά καθορισμένο κίνητρο, όπως για παράδειγμα τη βαθιά αποστροφή απέναντι σε συγκεκριμένους τύπους ανθρώπων.

Τα κίνητρα που μπορούν να ωθήσουν έναν κατά συρροή δολοφόνο στο να σκοτώσει είναι τέτοια, που ένα από τα πιο δύσκολα πράγματα είναι η ανάλυση της συμπεριφοράς ενός εγκληματία.

Για την ώρα, το μόνο πράγμα που συνέδεε τη Λουτσία Μιστρόνι και την άλλη γυναίκα, που είχε επικοινωνήσει με την αστυνομία, ήταν μία ανθοδέσμη από χρυσάνθεμα, τα οποία μπορεί να είχαν παραδοθεί από τον ίδιο ανθοπώλη.

Είχαν ακόμη λίγα στοιχεία στα χέρια τους, ώστε να μπορούν να προχωρήσουν την έρευνα για τη δολοφονία της δεσποινίδας Μιστρόνι, αλλά στο μυαλό του Επιθεωρητή Τζαμάνι άρχισε να διαμορφώνεται μία ιδέα, βάσει της οποίας είχαν να κάνουν με κάτι πολύ πιο πολύπλοκο από μία απλή δολοφονία.

Η Μαριολίνα Σπατζέζι τακτοποιούσε κάποια πράγματα στο σπίτι, όταν χτύπησε το κουδούνι.

«Ένα πακέτο για σας», είπε ένας άντρας στο θυροτηλέφωνο, «Θα πρέπει να υπογράψετε».

Η γυναίκα κατέβηκε τις σκάλες, υπέγραψε σε μία φόρμα, πήρε το πακέτο και ανέβηκε πάλι στο σπίτι.

Δεν είχε την παραμικρή ιδέα για το ποιος θα μπορούσε να της είχε στείλει κάτι και τίποτε δεν υποδείκνυε τον αποστολέα.

Το πακέτο ήταν αρκετά ελαφρύ.

Το ακούμπησε στο τραπεζάκι του σαλονιού και προσπάθησε να το ανοίξει.

Της πήρε λίγο χρόνο, καθώς έπρεπε να κόψει αρκετές λωρίδες σελοτέιπ, αλλά στο τέλος κατάφερε να δει τι περιείχε: έναν φάκελο και άλλο ένα, λίγο πιο μικρό, κουτί.

Άνοιξε τον φάκελο.

Μέσα υπήρχε ένα λευκό χαρτί, διπλωμένο σε τρία κομμάτια.

Το ξεδίπλωσε και διάβασε αυτό που έγραφε.

Σε περιμένω.

Ήταν δύο πολύ απλές λέξεις, γεμάτες, όμως, με ένα πολύ απειλητικό περιεχόμενο, αν σκεφτεί κανείς ότι ανάμεσα στις πτυχώσεις του χαρτιού, υπήρχε μία επαγγελματική κάρτα του Μάσιμο Τροβαϊόλι, ίδια με εκείνη που είχε φτάσει με το ταχυδρομείο, λίγο καιρό πριν.

Η γυναίκα ένιωσε ένα ρίγος να διαπερνά την πλάτη της.

Σ' αυτή τη φάση φοβόταν να ανοίξει και το δεύτερο κουτί που είχε μπροστά της, αλλά κάτι της έλεγε πως έπρεπε να το κάνει..

Πήρε μία βαθιά ανάσα και, μετά, άνοιξε το κουτί που είχε μέσα το πακέτο.

Το περιεχόμενο ήταν πολύ ψιλό και τρομακτικό: κρυμμένο σε χαρτί υγείας, εκτός από άλλο ένα κουτί, με ακόμη πιο μικρές διαστάσεις από το προηγούμενο, η Μαριολίνα Σπατζέζι βρήκε μία φωτογραφία του πρώην συντρόφου της.

Όχι μία οποιαδήποτε φωτογραφία: ήταν ένα κηδειόσημο με το πρόσωπο του εκλιπόντος και κάποια ιερή φράση στο πίσω μέρος.

Αυτό το θέαμα προκάλεσε στη γυναίκα άλλο ένα ρίγος, το οποίο έφτασε από τη βάση του λαιμού ως τα πόδια της.

Τρέμοντας, είχε ακόμη να ανοίξει και το τρίτο κουτί.

Ο φόβος μεγάλωνε, αλλά η γυναίκα αισθανόταν ότι έπρεπε να φτάσει ως το τέλος.

Μετά από άλλη μία βαθιά αναπνοή, βρήκε το κουράγιο και άνοιξε το κουτί, που βρισκόταν μπροστά της.

Φαινόταν να είναι το τελευταίο.

Έκοψε με το ψαλίδι την κολλητική ταινία που το έκλεινε και μετά κοίταξε μέσα.

Και σ' αυτή την περίπτωση το περιεχόμενο ήταν κρυμμένο μέσα σε χαρτί υγείας.

Ήταν ένα διπλωμένο χαρτί Α4 και, αφού το άνοιξε, αρχικά, η γυναίκα σοκαρίστηκε και γι' αυτό το ακούμπησε στο τραπεζάκι και κάθισε, για να μην πέσει κάτω.

Το χαρτί ήταν η αγγελία του θανάτου του Μάσιμο Τροβαϊόλι.

XVII

Ο Επιθεωρητής Τζαμάνι βρισκόταν σε ένα φαύλο κύκλο, όσον αφορά τις έρευνες για το θάνατο της Λουτσία Μιστρόνι.

Είχαν πάρει καταθέσεις, τουλάχιστον μία φορά, από όλα τα άτομα που συνδέονταν με την κοπέλα, αλλά δεν είχαν βρει κάτι το ιδιαίτερο. Όλοι τους ανέφεραν ότι επρόκειτο για ένα καλό άτομο που δεν είχε πειράξει ούτε τρίχα σε άνθρωπο και ότι δεν μπορούσαν να σκεφτούν κάποιο λόγο για τον οποίο κάποιος θα έφτανε στο σημείο να τη σκοτώσει.

Όμως, υπήρχαν κάποια στοιχεία που μπορούσαν να κάνουν κάποιον να σκεφτεί μόνο το αντίθετο: η κοπέλα δεχόταν ανώνυμα τηλεφωνήματα από κάποιον, γεγονός που οδηγούσε στην υπόθεση ότι κάποιος μπορεί να είχε μπει στο σπίτι της κοπέλας κι εκείνη του άνοιξε την πόρτα με τη θέλησή της.

Ήταν πολύ μπερδεμένα όλα στο μυαλό του Τζαμάνι, ο οποίος προσπαθούσε, πάντα, να συνδέσει και τη μελατονίνη που είχε βρεθεί στο σώμα της, κατά τη διάρκεια της νεκροψίας και δεν ήξερε πού να την προσθέσει.

Έπειτα ήταν και τα χρυσάνθεμα.

Η κοπέλα είχε λάβει μία ανθοδέσμη από αυτά και το ίδιο είχε συμβεί και στην άλλη γυναίκα, της οδού Σαν Βιτάλε.

Αυτή η τελευταία ένιωθε ότι την ακολουθούσε ο νεκρός πρώην σύντροφός της, ή τουλάχιστον αυτό είπε στους πράκτορες που πήγαν στο σπίτι της, όταν εκείνη κάλεσε την αστυνομία, την ίδια μέρα που εμφανίστηκε κι ο ανθοπώλης.

Ο Επιθεωρητής δεν ήξερε πού να στραφεί. Η Μιστρόνι μπορεί να ήταν μόνο μία σταγόνα στον ωκεανό και στην πραγματικότητα η κατάσταση να ήταν πιο μπερδεμένη, απ'όσο φαινόταν.

Και σκεπτόμενος ότι, όσον αφορούσε το θάνατο της κοπέλας

έψαχνε στο απόλυτο σκοτάδι, ο Τζαμάνι δεν τολμούσε να σκεφτεί τι ήταν σωστό να κάνει.

Αν πράγματι είχαν να κάνουν με έναν κατά συρροή δολοφόνο, εκείνος θα δρούσε κατά μικρά διαστήματα ή με μία σταθερή συχνότητα.

Στην αντίθετη περίπτωση, το μόνο πράγμα που ερχόταν στο μυαλό του Επιθεωρητή ήταν ότι για εκείνον αυτά ήταν απλές αερολογίες του μυαλού του, ότι αυτό που συνέβη στη γυναίκα της οδού Σαν Βιτάλε δεν συνδεόταν με τη Λουτσία Μιστρόνι και ότι ο ένοχος για το θάνατο της κοπέλας έπρεπε να αναζητηθεί ανάμεσα στα άτομα με τα οποία είχε ήδη μιλήσει και ότι κάποιος από αυτούς μάλλον είχε πει ψέματα.

«Δεν ξέρω τι να σκεφτώ», εξομολογήθηκε ο Τζαμάνι στον Μάριο Φινόκι. «Το μυαλό μου έχει μπερδευτεί τόσο πολύ που δεν καταλαβαίνω τίποτα από ό,τι συνέβη, πραγματικά, στη Μιστρόνι».

«Κι εγώ στην ίδια κατάσταση βρίσκομαι. Όπως φαίνεται, όλοι όσοι μιλήσαμε μαζί τους μας είπαν αυτά που ήξεραν. Όλοι μας είπαν ότι ήταν μία καλοσυνάτη κοπέλα και ότι κανείς δεν μπορούσε να έχει κίνητρο, για να φτάσει στη δολοφονία», είπε ο πράκτορας.

«Όντως. Αν κάποιος είπε ψέματα, ο ένοχος βρίσκεται ανάμεσα σε αυτούς με τους οποίους μιλήσαμε. Αν αντίθετα όλοι είπαν την αλήθεια, η κατάσταση είναι σίγουρα πολύ πιο πολύπλοκη».

Ο Φινόκι συγκατένευσε και, μετά από λίγη σκέψη, πρόσθεσε: «Κάτι μου λέει ότι δεν βρισκόμαστε μπροστά σε μία απλή δολοφονία. Μην ξεχνάμε και τον ανθοπώλη».

«Α ναι, πρέπει να έχουμε υπόψη κι αυτόν. Πώς ταιριάζει το δικό του κομμάτι σε αυτό το παζλ;»

«Πιστεύω πως πρέπει να το ανακαλύψουμε και ότι, εφόσον καταλάβουμε αυτό, ίσως καταφέρουμε να καταλάβουμε και άλλα πράγματα».

Καθώς ο πράκτορας Φινόκι έλεγε αυτή τη φράση, χτύπησε το τηλέφωνο του Επιθεωρητή.

«Παρακαλώ;»

«Λούτσι εδώ», είπε ο αρχηγός. «Έχουμε ένα πρόβλημα».

«Τι είδους πρόβλημα;» ρώτησε ο Τζαμάνι..

«Χθες, βρέθηκε το πτώμα ενός άνδρα στο Σαν Λατζάρο ντι Σαβένα. Ήταν στον κήπο της πολυκατοικίας στην οποία έμενε. Δεν έχουν γίνει γνωστά τα αίτια του θανάτου και η Επιστημονική Αστυνομία κάνει ακόμη έρευνες και εξετάζει όσα βρέθηκαν στο διαμέρισμα και στο πτώμα».

«Πιστεύω ότι έχετε αρκετά στα χέρια σας, αν αναλογιστείτε ότι εγώ κι ο πράκτορας Φινόκι κινούμαστε με ρυθμούς χελώνας με την υπόθεση της δεσποινίδας Μιστρόνι και λόγω αυτού, αν είναι δυνατόν, θα προτιμούσα να ανατεθεί η υπόθεση σε κάποιον άλλον, που έχει πιο πολύ διαθέσιμο χρόνο», είπε ο Επιθεωρητής.

«Υπάρχει μία λεπτομέρεια την οποίο δεν έχω πει ακόμη, σχετικά με τον κύριο Παλιαρίνι».

«Ποια είναι αυτή η λεπτομέρεια;», θέλησε να μάθει ο Τζαμάνι.

«Γνωρίζω ότι, με κάποιο τρόπο, έχετε να κάνετε με ανθοδέσμες από χρυσάνθεμα», είπε ο αρχηγός.

«Και; Αυτό πώς ταιριάζει εδώ;»

«Βρέθηκε μία και στο διαμέρισμα του Νταβίντε Παλιαρίνι».

Ο Επιθεωρητής έκανε μία κίνηση, θυμωμένος και μετά, είπε: «Ποια είναι η διεύθυνση;»

Ο Αρχηγός εξήγησε στον Τζαμάνι πώς να πάει στην κατοικία του κυρίου Παλιαρίνι, η οποία βρισκόταν στο δεύτερο τμήμα της οδού Βενέτσια, λίγο πριν τη διασταύρωση με την οδό Ρέτζιο Εμίλια.

Ο Επιθεωρητής τον ευχαρίστησε για τις πληροφορίες, έκλεισε το τηλέφωνο και τα είπε όλα στον Μάρκο Φινόκι.

«Πάμε, αμέσως», είπε ο Τζαμάνι, «Ξέρω πώς να πάμε, γιατί μένω σε εκείνα τα μέρη».

Εκείνο το βράδυ, η Μαριολίνα Σπατζέζι σκέφτηκε ξανά τον Μάσιμο Τροβαϊόλι, το διάστημα που πέρασαν μαζί, τις ευχάριστες αναμνήσεις και τις πιο τεταμένες στιγμές, καθώς και το γεγονός ότι ήταν αδύνατον να ήταν, πράγματι, εκείνος που της είχε στείλει τον φάκελο με την επαγγελματική του κάρτα, τα χρυσάνθεμα και το πακέτο με το μήνυμα *Σε περιμένω*, το κηδειόσημο και την αγγελία θανάτου.

Κι αν ήταν, πράγματι, εκείνος; Αυτό θα σήμαινε ότι η αυτοκτονία ήταν ψέμα, για να με κάνει να νιώσω άσχημα και να νιώσω ενοχή, επειδή διέκοψα τη σχέση μας. Κι αν είναι, στ' αλήθεια, εκείνος που μου τα έστειλε όλα αυτά, δεν μπορώ να τον καταγγείλω ότι με διώκει; Πώς μπορώ να καταγγείλω έναν πεθαμένο; Ούτε κι ότι αυτό συνέβη, μόνο κατά τα φαινόμενα. Δεν μπορώ στιγμή να ησυχάσω, γιατί εκεί που δεν το περιμένω, μου στέλνει λουλούδια και, γράμματα. Μόνο τηλέφωνο δεν με έχει πάρει! Αλλά αν με καλέσει, θα σιγουρευτώ ότι ζει και βασιλεύει. Και τότε θα τ'ακούσει! Θα του τα ψάλλω, θα του πω τόσα, που θα κουραστεί να με ακούει. Δεν μπορώ να του επιτρέψω να μου συμπεριφέρεται έτσι...παραληρώ...είναι πραγματικά νεκρός, αλλά όλα αυτά τα γεγονότα...βοήθεια! Δεν καταλαβαίνω τίποτα, πλέον...

Ο ειρμός της σκέψης της διακόπηκε από το χτύπημα του τηλεφώνου και, στο μεταξύ, η γυναίκα συνειδητοποίησε ότι δεν συμπλήρωσε ποτέ, τη φόρμα εγγραφής στο γυμναστήριο.

«Παρακαλώ;», είπε η Σπατζέζι..

Καμία απάντηση.

«Παρακαλώ;»

Και πάλι, καμία απάντηση..

«Μπορείτε να μου πείτε ποιος είναι;»

Αυτή τη φορά, άκουσε μόνο ένα ουρλιαχτό και τίποτε άλλο. Τότε, αποφάσισε να κλείσει το τηλέφωνο.

Όποιος κι αν είναι, πως μπορεί να μου φέρεται έτσι; Κάποιος θέλει να με περάσουν για τρελή. Δεν αντέχω άλλο, σταματήστε!

Άνοιξε το παράθυρο του δωματίου στο οποίο βρισκόταν και έβγαλε ένα ουρλιαχτό για να εκτονωθεί.

XVIII

Καθώς περπατούσε κατά μήκος της οδού Σαν Φελίτσε, στο κέντρο της Μπολόνια, ο άντρας είδε ένα αγόρι να κοιτά τη βιτρίνα ενός καταστήματος.

«Σου αρέσει ο μοντελισμός;» το ρώτησε.

Το αγοράκι συγκατένευσε.

«Και, συγκεκριμένα, σου αρέσει εκείνο το αεροπλάνο;»

«Ναι.»

«Δεν έχεις χρήματα να το αγοράσεις; Οι γονείς σου δεν σου δίνουν ούτε λίγα;»

Το αγοράκι δεν ήξερε αν πρέπει να απαντήσει ή να φύγει. Οι γονείς του, από όταν ήταν μικρός, τον είχαν μάθει ότι δεν έπρεπε να εμπιστεύεται πολύ τους αγνώστους και γι' αυτό, τώρα, προσπαθούσε να αποφασίσει τι να κάνει: ο άντρας που είχε μπροστά του, φαινόταν άκακος, μα του είχαν εξηγήσει ότι, κάποιες φορές, οι άνθρωποι που φαίνονται πιο ήρεμοι, μπορεί να κρύβουν πιο πολλές παγίδες κι από έναν παράφρονα.

«Μου δίνουν, μα δεν είναι αρκετά», απάντησε το αγοράκι, αφού έμεινε σιωπηλό για λίγη ώρα.

«Χωρίς να θέλω να γίνω ενοχλητικός, τι θα έλεγες αν μπορούσα να σε βοηθήσω να αγοράσεις αυτό το μοντέλο;» πρότεινε ο άντρας.

Και πάλι, μετά από λίγη ώρα, το αγοράκι απάντησε: «Αλήθεια;»

Ο άντρας συγκατένευσε. «Προφανώς, κανείς δεν κάνει κάτι για το τίποτα, αλλά αυτό που θα σου ζητήσω εγώ, για αντάλλαγμα, για σένα θα είναι περίπατος. Κυριολεκτικά, τώρα που το σκέφτομαι».

Την τελευταία φράση την είπε χαμογελώντας, για να δώσει και στο αγοράκι να καταλάβει ότι έπρεπε να φοβάται τίποτα.

Είχε ακούσει να γίνεται λόγος για ανθρώπους που αποπλανούν παιδιά, αλλά δεν τους είχε δει ποτέ του και ήλπιζε το άτομο, που είχε μπροστά του, να μην ήταν ένας από αυτούς.

Τι θα μπορούσε να του ζητήσει να κάνει, εκείνος ο άντρας;

Φοβόταν να τον ρωτήσει, αλλά μετά σκέφτηκε ότι ρωτώντας δεν θα ρίσκαρε τίποτα και ότι, στην χειρότερη περίπτωση, θα απέρριπτε την πρόταση.

Τελικά, το αγόρι αποφάσισε να αναλάβει δράση.

«Τι πρέπει να κάνω; Και τι θα κερδίσω από αυτό;» ρώτησε.

«Βλέπω ότι σε ενδιαφέρει το θέμα», είπε ο άντρας.

«Δεν είπα κάτι τέτοιο, ακόμη», ξεκαθάρισε το αγόρι. «Στο μεταξύ, θα ήθελα να ξέρω περισσότερα, μετά θα αποφασίσω».

«Σύμφωνοι. Θα σου εξηγήσω σε λίγο».

Ο Τζόρτζιο Τόζι ήταν ένας ήσυχος άνθρωπος, συνταξιούχος εδώ και λίγα χρόνια, μετά από αρκετά χρόνια εργασίας στο Δημόσιο και προσπαθούσε να απολαμβάνει στο έπακρο τις ημέρες του.

Κάθε μέρα, αφότου ξυπνούσε, έβγαινε για έναν περίπατο ως το κέντρο της Μπολόνια, μετά γυρνούσε σπίτι, συχνά με μία εφημερίδα που αγόραζε από το περίπτερο και βοηθούσε τη γυναίκα του να ετοιμάσει το μεσημεριανό.

Νωρίς το απόγευμα, καθόταν στην πολυθρόνα ξεφυλλίζοντας την εφημερίδα, που είχε φέρει σπίτι και, μετά, με την ησυχία του, πήγαινε στο μπαρ για να πει κουβεντιάσει και για να παίξει χαρτιά.

Αυτό γινόταν κάθε μέρα της εβδομάδας, εκτός από τα Σαββατοκύριακα, γιατί το Σάββατο ήταν αφιερωμένο στο μεγάλο του πάθος, το ψάρεμα, και η Κυριακή ήταν για την οικογένεια.

Ένα πρωί, που φαινόταν σαν όλα τα άλλα, γυρνώντας από τη βόλτα, η γυναίκα του είπε ότι κάποιος τον έψαχνε.

«Δεν μου είπε όνομα», εξήγησε η γυναίκα, «αλλά σε χρειαζόταν».

«Θα ξαναπάρει;»

«Δεν ξέρω. Δεν είπε τίποτα τέτοιο. Τελείωσε το τηλεφώνημα λέγοντάς μου να μην ανησυχώ και ότι δεν ήταν κάτι επείγον».

«Όποιος κι αν ήταν, αν είναι απόλυτη ανάγκη να μιλήσει μαζί μου, θα επικοινωνήσει ξανά μαζί μου, με κάποιο τρόπο».

«Αυτό σκέφτηκα κι εγώ», συγκατένευσε η γυναίκα του.

Μετά το μεσημεριανό, ο Τζόρτζιο Τόζι πήγε στο μπαρ και γύρισε λίγο πριν την ώρα του δείπνου. «Τηλεφώνησε ξανά εκείνος ο άνθρωπος;», ρώτησε ο άντρας.

«Όχι».

«Τότε, πράγματι, δεν θα ήταν κάτι σημαντικό».

Όταν ο Επιθεωρητής Τζαμάνι κι ο πράκτορας Φινόκι έφτασαν στην κατοικία του Νταβίντε Παλιαρίνι, δεν βρήκαν κανένα προφανές ίχνος διάρρηξης, το διαμέρισμα φαινόταν να είναι σε απόλυτη τάξη.

«Είναι σαν ταινία που έχω ξαναδεί», είπε ο Μάρκο Φινόκι, «Και το διαμέρισμα της δεσποινίδας Μιστρόνι ήταν τακτοποιημένο, όταν φτάσαμε την πρώτη φορά».

Ο Τζαμάνι συγκατένευσε.

Το διαμέρισμα του Παλιαρίνι ήταν μεσαίων διαστάσεων, χωρίς τίποτα διαφορετικό από την πλειοψηφία των κοινών διαμερισμάτων.

Ο Επιθεωρητής κι ο πράκτορας έψαξαν κάθε δωμάτιο, χωρίς να βρουν κάτι που δεν ήταν στη θέση του ή που να τους έκανε να σκεφτούν ότι κάποιος είχε περάσει από εδώ με κακές προθέσεις ενώ, μετά, η προσοχή των δύο ανδρών αποσπάστηκε από μία ανθοδέσμη από χρυσάνθεμα.

«Θα πρέπει να ψάξουμε για έναν λευκό φάκελο, από αυτούς που συνήθως πάνε μαζί με τα λουλούδια», επεσήμανε ο Φινόκι.

«Θα ρωτήσουμε την Επιστημονική Αστυνομία, αν έχουν βρει κάτι σχετικό».

Ο Επιθεωρητής τηλεφώνησε, αμέσως, για να ζητήσει πληροφορίες κι ο συνομιλητής του είπε ότι θα έψαχναν σε όλα τα αντικείμενα που βρήκαν στο διαμέρισμα.

«Ευχαριστώ», είπε ο Τζαμάνι κατεβάζοντας το ακουστικό και, μετά, τα είπε όλα στο Φινόκι.

«Έχουμε λίστα με άτομα, με τα οποία μπορούμε να μιλήσουμε;» ρώτησε ο πράκτορας.

«Θα ζητήσουμε να μας τη δώσουν στο Αρχηγείο», απάντησε ο Τζαμάνι.

«Σύμφωνοι. Φαίνεται ότι έχουμε να κάνουμε με έναν κατά συρροή δολοφόνο, που μάλλον χρησιμοποιεί μία ανθοδέσμη χρυσάνθεμα, σαν σήμα κατατεθέν».

«Έτσι φαίνεται, αλλά δεν είναι κατανοητό το κίνητρο με το οποίο δρα. Εκτός κι αν διαλέγει τυχαία τα θύματά του, θα πρέπει να καταλάβουμε ποιο στοιχείο τα συνδέει».

«Μπορεί να είναι μία λογική κίνηση να παρακολουθήσουμε το τηλέφωνο και το διαμέρισμα εκείνης της γυναίκας;» ρώτησε ο Φινόκι.

«Εκείνης που έλαβε τα λουλούδια από τον αποθανόντα πρώην σύντροφό της;»

«Ναι».

«Μπορεί να είναι μία πολύ καλή ιδέα, τελικά, αλλά θα πρέπει να μιλήσουμε μαζί της», είπε ο Τζαμάνι, «Δεν μπορούμε να δράσουμε, χωρίς τη συγκατάθεσή της».

«Σωστά», συγκατένευσε ο πράκτορας, «Θα πρέπει να της κάνουμε μία επίσκεψη».

XIX

Συνήθως, η Μαριολίνα Σπατζέζι ήταν άτομο που δεν φοβόταν

εύκολα, γιατί για να φοβηθεί έπρεπε να υπάρχει μία συγκεκριμένη κατάσταση ή κάτι που η ίδια να θεωρούσε εκφοβιστικό.

Αναλογιζόμενη τα συμβάντα των τελευταίων ημερών, άρχισε να πιστεύει ότι την καταδίωκε ένας, κατά κάποιο τρόπο ανισόρροπος, ένας ανώμαλος.

Δεν μπορούσε να είναι απόλυτα σίγουρη, αλλά εκείνο το βράδυ ήταν η υπέρτατη επιβεβαίωση ότι οι σκέψεις της, ίσως, είχαν μία ελάχιστη δόση αλήθειας.

Αν και ήταν μόνο 9 το βράδυ, όταν άκουσε να χτυπά το τηλέφωνο, στην αρχή σκέφτηκε ότι θα μπορούσε να είναι κάποιος που είχε πάρει λάθος αριθμό κι ότι την πήρε κατά λάθος ή ότι κάποιος ήθελε να την ειδοποιήσει ότι κάποιος από τους γονείς της δεν ήταν καλά ή ότι τους συνέβη κάτι σοβαρό τις τελευταίες ώρες.

Η πρώτη της αντίδραση, ωστόσο, ήταν να μην απαντήσει αλλά, μετά, καταλαβαίνοντας ότι το άτομο στην άλλη άκρη της γραμμής επέμενε, αποφάσισε να σηκώσει το ακουστικό, για να ξεκινήσει η επικοινωνία.

«Παρακαλώ;»

Για απάντηση πήρε μόνο σιωπή.

«Παρακαλώ;» επανέλαβε. «Ποιος είναι;»

Και πάλι, καμία απάντηση.

«Όποιος κι αν είστε, σας παρακαλώ απαντήστε. Ποιος είναι;»

Το τηλεφώνημα τερματίστηκε χωρίς η Σπατζέζι να μπορέσει να μάθει με ποιον μιλούσε αλλά, λίγα λεπτά αργότερα, το τηλέφωνο χτύπησε ξανά.

«Παρακαλώ;», είπε η γυναίκα σηκώνοντας το τηλέφωνο, αμέσως μετά το πρώτο χτύπημα.

Έμεινε μπροστά στο τηλέφωνο, περιμένοντας να δει πώς θα εξελισσόταν η κατάσταση.

«Παρακαλώ;»

Όπως φαινόταν, αυτός που καλούσε δεν ήθελε να πει ποιος είναι, ή είχε άλλους σκοπούς.

Ή *και τα δύο*, σκέφτηκε η γυναίκα.

Χωρίς να πάρει καμία απάντηση, αυτή τη φορά ήταν η Σπατζέζι εκείνη που κατέβασε το ακουστικό αλλά, προφανώς, αυτός που κάλεσε, είχε σκοπό να συνεχίσει την ενοχλητική του δράση.

«Παρακαλώ; Μπορείτε να μου πείτε ποιος είναι;» ρώτησε η γυναίκα, ξεκινώντας πάλι την επικοινωνία.

Για απάντηση, άκουσε μία αναπνοή.

«Ακούστε», είπε χάνοντας την υπομονή της, η Σπατζέζι, «δεν ξέρω με ποιον μιλώ, αλλά μπορώ να σας πω ότι αυτό που κάνετε είναι κακόγουστο. Ανεξαρτήτως ώρας, αυτά τα αστεία δεν πιάνουν και σας εγγυώμαι ότι, αν συνεχίσετε να με καλείτε και να μου στέλνετε κουτιά με αλλόκοτα περιεχόμενα, θα σας καταγγείλω. Καταλάβατε;»

Η επικοινωνία σταμάτησε απότομα, αλλά λίγα λεπτά μετά, το τηλέφωνο ξαναχτύπησε, για πολλοστή φορά.

«Πείτε μου ποιος είστε και, σας παρακαλώ», είπε η γυναίκα, «σταματήστε να με ενοχλείτε, γιατί σας το ορκίζομαι ότι θα σας ψάξω και θα σας σκοτώσω».

«Είμαι ήδη νεκρός», απάντησε μία αλλοιωμένη φωνή για να το κλείσει, αμέσως μετά.

Η Μαριολίνα Σπατζέζι δεν ήξερε τι να σκεφτεί, αλλά δεν είχε και χρόνο, καθώς ένα λεπτό αργότερα, το τηλέφωνο χτύπησε και πάλι.

«Φτάνει, ως εδώ!» είπε νευριασμένη η γυναίκα κλείνοντας, αμέσως, το τηλέφωνο και νιώθοντας την αδρεναλίνη να διατρέχει την πλάτης της.

Εκείνη τη στιγμή, έτρεμε και αισθανόταν να την καταλαμβάνει ο πανικός.

«Είπε κάτι και ξανάκλεισε αμέσως», εξήγησε ο Μάρκο Φινόκι στον Επιθεωρητή Τζαμάνι, βάζοντας το κινητό του στην τσέπη. «Δεν κατάφερα να πω τίποτα».

Αφού πήγαν στο διαμέρισμα του Νταβίντε Παλιαρίνι, οι δύο άνδρες έφτασαν στην οδό Εμιλία και ακολούθησαν το δρόμο, προς την κατεύθυνση του ιστορικού κέντρου της Μπολόνια.

Χρησιμοποίησαν τις σειρήνες για να διασχίσουν το δρόμο που ήταν ανοικτός μόνο για τα μέσα μεταφοράς, μεταξύ της διασταύρωσης με την οδό Μάζι και του περιφερειακού, έτσι έστριψαν δεξιά ως την οδό Σαν Βιτάλε.

Όταν ο πράκτορας προσπάθησε να επικοινωνήσει με τη γυναίκα,

παίρνοντας ως μόνη απάντηση «Φτάνει, ως εδώ!» ήταν στην αρχή του δρόμου.

Ήθελε, απλά, να μάθει πώς ήταν η κατάσταση εκείνη τη στιγμή και να της πει να κάνει υπομονή κι ότι εκείνοι θα έφταναν σε λίγα λεπτά να μιλήσουν.

Φτάνοντας λίγα μέτρα από την κατοικία της γυναίκας, παρακολούθησαν σε απευθείας εξέλιξη μία σκηνή την οποία, σίγουρα, θα προτιμούσαν να μην είχαν δει.

Μπροστά τους είχαν δύο αυτοκίνητα, που προχωρούσαν με μειωμένη ταχύτητα, με κατεύθυνση τους Πύργους της Μπολόνια, όταν είδαν να πέφτει, κάθετα από ψηλά, ένα σώμα, που χτύπησε πάνω στο παρμπρίζ του πρώτου οχήματος, σπάζοντάς το.

Το άτομο που οδηγούσε φρενάρισε απότομα, έτσι το όχημα που ήταν ακριβώς πίσω του δεν κατάφερε να αποφύγει τη σύγκρουση και, για λίγο, δεν ενεπλάκησαν στο ατύχημα και ο Τζαμάνι με τον Φινόκι, οι οποίοι κατέβηκαν αμέσως από το αυτοκίνητο, για να καταλάβουν τι είχε συμβεί.

Ο πράκτορας ζήτησε από την Άμεσο Δράση δύο ασθενοφόρα, ενώ ο Τζαμάνι πήγε αμέσως να ησυχάσει το άτομο που οδηγούσε το αυτοκίνητο, που είχε τη βίαιη πρόσκρουση με το σώμα που έπεσε από τον ουρανό.

«Ησυχάστε», είπε ο Επιθεωρητής, δίνοντας τα στοιχεία του. «Ήμαστε πίσω και είδαμε τι συνέβη. Ησυχάστε και θα τα λύσουμε όλα», συνέχισε μιλώντας και στη γυναίκα που οδηγούσε το δεύτερο αυτοκίνητο, που ήταν μπροστά από το δικό τους.

Ο άντρας που οδηγούσε το αυτοκίνητο με το συντετριμμένο παρμπρίζ, έτρεμε από την υπερβολική αδρεναλίνη, ενώ η γυναίκα στο δεύτερο αυτοκίνητο καταριόταν.

Το σώμα που έπεσε κατακόρυφα πάνω στο παρμπρίζ, εμφάνιζε πολλαπλά κοψίματα στο πρόσωπο και στο κρανίο, αλλά μπορούσαν να καταλάβουν ότι επρόκειτο για γυναίκα.

Ο Επιθεωρητής Τζαμάνι δεν είχε δει τη Μαριολίνα Σπατζέζι, αλλά η έκτη αίσθησή του, του έλεγε ότι αυτή η νεκρή γυναίκα ήταν εκείνη.

Μέσα σε λίγα λεπτά, τα λίγα αυτοκίνητα που υπήρχαν εκείνη την ώρα στην οδό Σαν Βιτάλε, παρακάμπτονταν από την Στράντα Ματζόρε, μέσω ενός παράπλευρου δρόμου κι ένα περιπολικό μπλόκαρε την πρόσβαση από τον περιφερειακό, αφήνοντας να περάσουν μόνο τα ασθενοφόρα, ενώ από το Αρχηγείο ενημέρωσαν τα μέσα μεταφοράς, ότι ίσχυαν άμεσα οι εκάστοτε παρακάμψεις.

Ο άντρας κι η γυναίκα που οδηγούσαν τα δύο αυτοκίνητα που ενεπλάκησαν στο συμβάν τη γλίτωσαν έχοντας μόνο τρομάξει λίγο, παρόλο που έπρεπε να αλλάξουν τα σχέδιά τους για εκείνη τη βραδιά, καθώς έπρεπε να την περάσουν μαζί με μερικούς πράκτορες, που ήρθαν για να μιλήσουν μαζί τους, για να καταγράψουν το συμβάν. Το πτώμα με το κρανίο και το πρόσωπο γεμάτα κοψίματα, χωρίς προσωπικά έγγραφα, μεταφέρθηκε στο νοσοκομείο Ματζόρε της Μπολόνια, εν αναμονή της νεκροψίας.

Χάρη στην επέμβαση της Πυροσβεστικής, ο Τζαμάνι κι ο Φινόκι κατάφεραν να μπουν στο διαμέρισμα της αποθανούσης, που, γύρω στα μεσάνυχτα, επιβεβαιώθηκε ότι η ήταν η δεσποινίς Σπατζέζι, ενώ η κυκλοφορία στην οδό Σαν Βιτάλε αποκαταστάθηκε, γύρω στις τέσσερις το πρωί της επομένης.

Κάνοντας όλες τις μετακινήσεις με τα μέσα μεταφοράς, εκείνο το πρωί ο άντρας κατάφερε να μιλήσει με τον υπεύθυνο ενός multiplex Κινηματογράφου στο Καζαλέκιο ντι Ρένο και, όντας στην περιοχή, εκμεταλλεύτηκε την ευκαιρία να πάει πέρα από την βιομηχανική ζώνη, όπου μπήκε σε ένα μεγάλο εμπορικό κέντρο, μετά από τα καταστήματα δύο διάσημων αλυσίδων καταστημάτων επίπλου και τύπου «φτιαξ' το μόνο σου».

«Θα ήθελα να συζητήσω με τον υπεύθυνο του καταστήματος», είπε και, μέσα σε λίγη ώρα, κατάφερε το σκοπό του.

Γυρίζοντας προς τη Μπολόνια, σταμάτησε και στη βιβλιοθήκη, στο κέντρο του προαστίου, κοντά σε ένα πολύ μεγάλο πάρκινγκ και, συνεχίζοντας στην κατεύθυνση προς την πρωτεύουσα της Εμίλια, έκανε μία στάση σε δύο μικρά σουπερμάρκετ.

Μπορούσε να θεωρεί τον εαυτό του ευτυχισμένο και για να εκδηλώσει την ευφορία του, άρχισε να ουρλιάζει: «Ναι, ναι, ναι, ναι, ναι, ναι!», ακόμη κι όταν ήταν μέσα στο λεωφορείο, στο δρόμο της επιστροφής, τραβώντας την προσοχή των άλλων επιβατών.

Έκανε μία χειρονομία, ζητώντας συγγνώμη και, μέσα του,

μάλωσε τον εαυτό του γιατί έπρεπε να ξέρει πώς να συγκρατεί τα συναισθήματά του.

Φτάνοντας στο κέντρο της πόλης, κατέβηκε από το λεωφορείο και περπάτησε κάτω από τις στοές, με κατεύθυνση προς τους Πύργους της Μπολόνια.

XX

Μπαίνοντας στο διαμέρισμα της δεσποινίδας Σπατζέζι, ο Επιθεωρητής Τζαμάνι κι ο πράκτορας Φινόκι ξεκίνησαν να το ερευνούν προσέχοντας να μην αλλάξουν θέση στο οτιδήποτε και να αγγίζουν οποιοδήποτε αντικείμενο μόνο φορώντας γάντια λάτεξ ή μετακινώντας τα με οτιδήποτε που δεν θα μόλυνε με οποιοδήποτε τρόπο το μέρος: όλα αυτά θα μπορούσαν να είναι αποδεικτικό στοιχείο, για όσα έγιναν εκείνο το βράδυ.
Πέρασαν τη νύχτα, σχεδόν στη σιωπή, λέγοντας μόνο μερικές λέξεις, εξαιτίας και της κούρασης.
Το διαμέρισμα δεν είχε κάτι το ιδιαίτερα περίεργο.
Ζήτησαν την άμεση παρέμβαση μίας ομάδας της Επιστημονικής Αστυνομίας και, μετά, άρχισαν να σκέφτονται τι πρέπει να κάνουν.
«Με ποιον έχουμε να κάνουμε;» ρώτησε, κάποια στιγμή, ο πράκτορας Φινόκι.
«Αυτό είναι ένα καλό ερώτημα», παραδέχτηκε ο Επιθεωρητής, «Άπαξ και βρεθεί η απάντησή του, πιστεύω ότι θα έχουμε, σχεδόν, φτάσει στην επίλυση της υπόθεσης. Προφανώς, υποθέτοντας ότι η δεσποινίς Μιστρόνι, ο Νταβίντε Παλιαρίνι κι η δεσποινίς Σπατζέζι συνδέονται μεταξύ τους, με κάποιο τρόπο».
«Ένας κατά συρροή δολοφόνος», πρότεινε ο πράκτορας, «αλλά με ποιον τρόπο λειτουργεί; Κι ύστερα, τι θα μπορούσε να αποκομίσει από αυτό το όργιο δολοφονιών;»
«Δεν πρέπει να προτρέχουμε», τον σταμάτησε ο Τζαμάνι. «Αυτό το ανοικτό παράθυρο μπορεί να οδηγήσει στη σκέψη ότι η Σπατζέζι αυτοκτόνησε; Ή κάποιος μπήκε εδώ μέσα, την έσπρωξε κάτω και μετά ξέφυγε από το κλιμακοστάσιο;»
«Σωστή παρατήρηση», είπε ο Φινόκι, «τότε, ίσως, να είναι λογικό να μιλήσουμε με άλλους ενοίκους, για να μάθουμε αν άκουσαν τίποτε ιδιαίτερους ήχους από τις σκάλες, προτού φτάσουμε».

«Ναι, δεν μπορούμε να αποκλείσουμε τίποτα».

«Δεν ξέρουμε, ακόμη, τι μπορεί να συνδέει αυτούς τους τρεις ανθρώπους, τη Μιστρόνι, τον Παλιαρίνι και τη Σπατζέζι, μα ένα πράγμα είναι σίγουρο: κάθε φορά βρέθηκε και μία ανθοδέσμη χρυσάνθεμα».

«Πράγματι», είπε ο Τζαμάνι, «κι αυτό θα μας οδηγήσει στο να επιστρέψουμε στον ανθοπώλη, πάνω σε αυτό το δρόμο».

«Εγώ εξακολουθώ να μην καταλαβαίνω τίποτα», παραδέχτηκε ο Φινόκι.

«Πιστεύω ότι το καλύτερο που έχουμε να κάνουμε είναι να κοιμηθούμε κι αύριο μιλάμε, αν είναι, με τον Λούτσι, περιμένοντας να μας δώσει κάποιο στοιχείο παραπάνω η Επιστημονική Αστυνομία, για να το λάβουμε υπόψη».

«Συμφωνώ».

Οι δυο άνδρες άφησαν το διαμέρισμα της δεσποινίδας Σπατζέζι βάζοντας, ωστόσο, τις ταινίες με τέτοιο τρόπο, ώστε κανένα μη εξουσιοδοτημένο άτομο να μην μπορέσει να διασχίσει το κατώφλι, και πήγαν να κοιμηθούν, έστω για λίγες ώρες, που ήταν απαραίτητες για να έχουν διαύγεια.

Περίπου το μεσημέρι, δύο περιπολικά εστάλησαν για να πάρουν καταθέσεις από τους ενοίκους της πολυκατοικίας, όπου διέμενε η δις Σπατζέζι και, εκτός όσων έλειπαν από το σπίτι, όλοι οι άλλοι είπαν ότι άκουσαν μόνο θορύβους από το διαμέρισμα και ότι, προφανώς, ότι όπως φαίνεται κανένας δεν είχε χτυπήσει το κουδούνι στο διαμέρισμα της γυναίκας και ότι, τουλάχιστον όπως επιβεβαιώνει ένα ζευγάρι ηλικιωμένων που περνούσε το μεγαλύτερο μέρος της ημέρας στο σπίτι, τις τελευταίες ημέρες εκείνη δέχτηκε επίσκεψη μόνο από έναν ανθοπώλη, για την παράδοση μίας ανθοδέσμης.

Υπήρξε και κάποιος που δήλωσε ότι άκουσε μεγάλη φασαρία, μέσα στο διαμέρισμα, το προηγούμενο βράδυ και ότι μόνο που τη νύχτα, ξύπνησε με το ουρλιαχτό των σειρήνων, και κοιτώντας έξω από το παράθυρο διαπίστωσε ότι κάτι άσχημο συνέβαινε στον δρόμο, χωρίς όμως να το συνδέσει με τη δεσποινίδα Σπατζέζι.

Όταν οι πληροφορίες αυτές έφτασαν στο Αρχηγείο, ο

Επιθεωρητής Τζαμάνι κι ο πράκτορας Φινόκι βρίσκονταν στο γραφείο του Λούτσι, για να κάνουν έναν απολογισμό της κατάστασης.

«Δεν έχουμε καταλάβει τίποτα», παραδέχτηκε ο Τζαμάνι, «Υποθέτουμε ότι αυτά τα τρία άτομα συνδέονται, με κάποιον τρόπο. Τι κοινό έχουν; Τίποτα, όπως φαίνεται, εκτός από έναν ανθοπώλη που παραδίδει κατ' οίκον, πάντα χρυσάνθεμα, ίσως και τα ανώνυμα τηλεφωνήματα».

«Αν φτάναμε εγκαίρως, ίσως να μπορούσαμε να καταλάβουμε κάτι πιο συγκεκριμένο από τη δεσποινίδα Σπατζέζι και να μπορούσαμε να θέσουμε υπό παρακολούθηση την τηλεφωνική της γραμμή. Όμως, δυστυχώς, φτάσαμε πολύ αργά».

«Για την ώρα μας έχει απομείνει ο ανθοπώλης», είπε ο Αρχηγός, ο οποίος μέχρι πριν λίγο παρέμενε σιωπηλός ακούγοντας τους άλλους δυο.

«Πότε θα φτάσουν τα αποτελέσματα της νεκροψίας της Σπατζέζι και των αναλύσεων όσων βρέθηκαν στο διαμέρισμά της, από την Επιστημονική Αστυνομία;» ρώτησε ο Στέφανο Τζαμάνι.

«Δεν το γνωρίζω», απάντησε ο Αρχηγός. «Τα περιμένουμε. Μπορώ να πιέσω, για να τα ετοιμάσουν το συντομότερο δυνατόν».

«Θα ήταν πολύ χρήσιμο», είπε ο Τζαμάνι. «Και όσον αφορά τη δεσποινίδα Μιστρόνι και τον Παλιαρίνι;»

«Θα φροντίσω να δουλεύουν, ταυτόχρονα, πολλά άτομα έτσι ώστε να μειωθούν οι χρόνοι και θα τους πω να αναφέρονται σ' εσάς τους δύο», απάντησε ο Αρχηγός. «Αν, πράγματι, αυτά τα τρία άτομα συνδέονται μεταξύ τους, η κατάσταση μπορεί να είναι πολύ πιο πολύπλοκη».

Ο Επιθεωρητής τον ευχαρίστησε και εκ μέρους του πράκτορα Φινόκι.

«Σε κάθε περίπτωση, πρέπει να είμαστε σε επιφυλακή: αν ένας κατά συρροή δολοφόνος τριγυρνά στη Μπολόνια και τα προάστιά της, θα είναι ένα άτομο επικίνδυνο και χωρίς ενδοιασμούς», είπε στο τέλος ο Αρχηγός Λούτσι.

«Θα έχουμε τα μάτια μας, συνεχώς, ανοικτά», τον καθησύχασαν ο πράκτορας και ο Επιθεωρητής.

«Μπράβο. Με ενδιαφέρει ιδιαιτέρως η υγεία των ανδρών μου.

Είναι προτεραιότητά μου. Τώρα, πάτε να πιέσετε τον ανθοπώλη, περιμένοντας να φτάσουν τα αποτελέσματα που περιμένουμε».

Τις τελευταίες ημέρες, ο Τζόρτζιο Τόζι έλαβε κι άλλα τηλεφωνήματα, χωρίς να ακούγεται κανείς στην άλλη άκρη της γραμμής, πράγμα που στο τέλος τον έκανε να αποφασίσει να καλέσει την αστυνομία, προκειμένου να τους ενημερώσει για τα ανώνυμα τηλεφωνήματα και για να ζητήσει συμβουλές για το πώς να συμπεριφερθεί, σε περίπτωση που συνέβαινε ξανά.
«Μείνετε ήσυχος και, στο μεταξύ, θα σας στείλουμε ένα περιπολικό», του είπε ο πράκτορας.
«Σύμφωνοι. Σας ευχαριστώ πολύ».
Όταν οι πράκτορες έφτασαν στο διαμέρισμα του άνδρα κι αφού τους είπε να περάσουν στο σαλόνι, παρατήρησαν μία γωνία στην οποία υπήρχε μία ανθοδέσμη με χρυσάνθεμα και, εφόσον ο Αρχηγός Λούτσι είχε ενημερώσει όσους υπάγοντας στο Αρχηγείο του για το ενδεχόμενο ύπαρξης ενός κατά συρροή δολοφόνου στην πόλη, όπως και για τον τρόπο που λειτουργούσε, δεν άφησαν την ευκαιρία να ζητήσουν περισσότερες, πιο συγκεκριμένες, πληροφορίες όσον αφορά το λόγο για τον οποίο η ανθοδέσμη αυτή βρισκόταν στο σαλόνι της οικογένειας Τόζι.
«Μας τα παρέδωσαν», απάντησε η σύζυγος.
«Ποιος σας τα έφερε;»
«Ένας ανθοπώλης τον οποίο δεν έχω ξαναδεί. Δεν είναι ο ανθοπώλης που βρίσκεται στον δρόμο μας».
Οι δύο πράκτορες συγκατένευσαν.
«Μπορείτε να μας τον περιγράψετε, παρακαλούμε;», ρώτησε ο ένας από τους δύο.
Προσπαθώντας να θυμηθούν τις λεπτομέρειες της φυσιογνωμίας και του προσώπου του ανθοπώλη που είχε παραδώσει τα χρυσάνθεμα, το ζεύγος Τόζι κατάφερε, τελικά, να δώσει στους δύο πράκτορες ένα σκίτσο του άνδρα, το οποία φύλαξαν με προσοχή, ώσπου να το παραδώσουν στο Αρχηγείο.
«Θα μπορούσατε να θέσετε υπό παρακολούθηση την τηλεφωνική μας γραμμή;» ρώτησε στη συνέχεια ο Τζόρτζιο Τόζι. «Θα μας έκανε να νιώθουμε πιο ασφαλείς».
«Θα δούμε τι μπορούμε να κάνουμε», απάντησε ο μεγαλύτερος

σε ηλικία πράκτορας. «Θα μεταφέρουμε το αίτημά σας στους ανωτέρους μας».

Το ζεύγος Τόζι τους ευχαρίστησε.

«Ωραία. Αν δεν υπάρχει κάτι άλλο, εμείς θα επιστρέψουμε στο Αρχηγείο, για να δώσουμε την περιγραφή σας για τον ανθοπώλη. Μπορεί να αποδειχτεί χρήσιμη».

Συνόδευσαν τους δύο πράκτορες ως την πόρτα, οι οποίοι μετά ξαναμπήκαν στο περιπολικό.

XXI

«Χαίρετε, μπορούμε να περάσουμε;» ρώτησε ο Τζαμάνι τον ανθοπώλη της οδού Σαν Βιτάλε, τον οποίο είχαν επισκεφτεί ξανά. «Φυσικά μπορείτε να περάσετε. Το κατάστημά μου είναι για το κοινό, έτσι μπορούν να μπουν όλοι, αρκεί να μην έχουν κακές προθέσεις», απάντησε ο άντρας.
«Θα πρέπει να μιλήσουμε περαιτέρω μαζί σας, κύριε...»
«Με λένε Φούλβιο. Φαλκέτι Φούλβιο. Πώς μπορώ να φανώ χρήσιμος, αυτή τη φορά;»
«Έχουμε κάποια νεότερα, για τα οποία θέλουμε να μιλήσουμε μαζί σας».
«Πείτε μου, παρακαλώ».
Ο ανθοπώλης τελείωνε ένα στεφάνι από λουλούδια και, καθώς το ακουμπούσε στο πάτωμα του μαγαζιού, ο Επιθεωρητής Τζαμάνι του εξήγησε: «Χθες βράδυ, η γυναίκα που κατοικούσε εδώ κοντά, πάνω σε αυτό το δρόμο και στην οποία παραδώσατε μία ανθοδέσμη από χρυσάνθεμα, εθεάθη να πετά, κυριολεκτικά, από το παράθυρο του διαμερίσματός της και να καταλήγει πάνω στο παρμπρίζ ενός αυτοκινήτου, που περνούσε από κάτω. Και το αυτοκίνητο συγκρούστηκε με εκείνο που το ακολουθούσε».
«Λυπάμαι», είπε ο ανθοπώλης, μετά από μία στιγμή δισταγμού.
«Γιατί περάσατε να με ενημερώσετε για αυτό το συμβάν;»
«Κατά κάποιο τρόπο θεωρούμε ότι εμπλέκεστε, αν και δεν ξέρουμε, ακόμη, σε ποιο βαθμό», εξήγησε ο Μάρκο Φινόκι.

«Για ποιο λόγο; Εγώ, απλά, παρέδωσα μία ανθοδέσμη σε εκείνη τη γυναίκα».

«Το πρόβλημα είναι ότι, τελευταία, ανακαλύπτουμε συνεχώς, ανθοδέσμες από χρυσάνθεμα, όπου διαπράττεται ένα έγκλημα», είπε ο Τζαμάνι.

«Ακούστε, Επιθεωρητά, εγώ έκανα, απλώς, τη δουλειά μου. Μήπως θεωρείτε ότι είμαι κατά συρροή δολοφόνος, σαν τα χρυσάνθεμα να είναι σήμα κατατεθέν του τρόπου δράσης ενός κατά συρροή δολοφόνου;»

«Δεν μπορούμε να το αποκλείσουμε, τουλάχιστον μέχρι να έχουμε στα χέρια μας, άλλα στοιχεία, που να σας απαλλάσσουν. Για την ώρα έχουμε μόνο αυτό και, όσο μικρό κι αν είναι, μας οδηγεί και πάλι σ' εσάς»

Ήξεραν και για τα ανώνυμα τηλεφωνήματα αλλά, για την ώρα, ο Επιθεωρητής δεν ήθελε να μιλήσει γι' αυτό με τον άνδρα.

«Είμαι αθώος», δήλωσε ο ανθοπώλης, με έναν τόνο στη φωνή του, που υποδήλωνε το αντίθετο. Από την εμπειρία του στη δουλειά, ο Επιθεωρητής ήξερε ότι στην πλειοψηφία των περιπτώσεων, ένα απόλυτα αθώο άτομο μιλά με αδιάφορο τόνο, ακόμη κι όταν το κατηγορούν για κάτι..

Σε αυτή την περίπτωση, ο ανθοπώλης είχε πει τη φράση με έναν τόνο ενόχλησης στη φωνή του, γεγονός για το οποίο ο Τζαμάνι είχε έναν ακόμη λόγο να θεωρεί ότι, ακόμη κι αν ο άντρας δεν ήταν πραγματικά ένοχος, θα ήταν καλό να τον παρακολουθήσει, καθώς υπήρχαν μεγάλες πιθανότητες αυτό να βοηθούσε στις έρευνες.

«Σύμφωνοι», είπε ο Επιθεωρητής, «τώρα ησυχάστε, αλλά να παραμείνετε στη διάθεσή μας».

Εκείνος κι ο πράκτορας Φινόκι χαιρέτησαν τον άνδρα και βγήκαν περπατώντας με κατεύθυνση προς την οδό Ριτσόλι.

«Εξακολουθώ να πιστεύω ότι αυτός ο άντρας κάτι κρύβει», είπε ο Τζαμάνι όταν, πλέον, βρίσκονταν σε απόσταση περίπου 100 μέτρων από το ανθοπωλείο.

«Συμφωνώ», συγκατένευσε ο Φινόκι..

«Ωστόσο, τώρα, έχουμε το σκίτσο, που μας δόθηκε από την πολυκατοικία της δεσποινίδας Σπατζέζι. Μπορούμε να το αξιοποιήσουμε για να καταλάβουμε αν τα χρυσάνθεμα που

παραδόθηκαν και στο σπίτι της δεσποινίδας Μιστρόνι και στο σπίτι του κυρίου Παλιαρίνι, δόθηκαν όλα από τον Φαλκέτι και πιστεύω ότι έχουμε επιβεβαιώσεις γι' αυτό».
«Στο τέλος μπορεί να είναι ένας καλός δρόμος για να τον ακολουθήσουμε», είπε ο πράκτορας. «Ίσως να αρχίζουμε να ρίχνουμε φως σε αυτή την υπόθεση».

Πέρα από αρκετούς μώλωπες, η νεκροψία στο πτώμα του Νταβίντε Παλιαρίνι, επεσήμανε την παρουσία μελατονίνης, όπως και στην περίπτωση της Λουτσία Μιστρόνι.
Αυτό ήταν άλλο ένα στοιχείο που ευνοούσε τις έρευνες, γιατί τώρα πια ήταν ξεκάθαρο ότι τα δύο άτομα συνδέονταν με κάποιο τρόπο.
Η μελατονίνη ήταν στο σώμα και των δύο: στην πρώτη περίπτωση, η γυναίκα βρέθηκε πεσμένη στο έδαφος, ενώ στη δεύτερη ο άντρας βρέθηκε στον κήπο της πολυκατοικίας στο Σαν Λατζάρο ντι Σαβένα, όπου κατοικούσε.
«Θέλουμε να κάνουμε απολογισμό της κατάστασης», είπε ο Αρχηγός στον Επιθεωρητή Τζαμάνι και στον πράκτορα Φινόκι, στο γραφείο του, αφού τους είπε το αποτέλεσμα της νεκροψίας του Παλιαρίνι.
«Συμφωνώ. Στο μεταξύ, μόλις πήγαμε να μιλήσουμε με τον ανθοπώλη. Αν σας είναι χρήσιμο, λέγεται Φούλβιο Φαλκέτι».
«Θα ζητήσω να γίνουν έρευνες γι' αυτόν», είπε ο Αρχηγός.
«Ωραία», συγκατένευσε ο Επιθεωρητής. «Θεωρούμε ότι μπορεί να εμπλέκεται και ότι μπορεί να είναι χρήσιμο να τον παρακολουθούμε».
«Θα κάνουμε ό,τι είναι δυνατόν για να φτάσουμε, σύντομα, στην επίλυση αυτής της υπόθεσης. Στο μεταξύ, προσπαθούμε να συνδυάσουμε τις πληροφορίες, που έχουμε λάβει ως τώρα».
Ο Αρχηγός έκανε μία σύντομη παύση και, μετά, συνέχισε να μιλά.
«Η δεσποινίς Μιστρόνι κι ο κύριος Παλιαρίνι είχαν μελατονίνη στο αίμα τους. Αυτή η ουσία, είναι ένα ηρεμιστικό το οποίο, σε συγκεκριμένη ποσότητα, οδηγεί σε ίλιγγο. Εκτός κι αν αυτό είναι τυχαίο γεγονός, τα δύο άτομα συνδέονται με κάποιο τρόπο. Πέραν αυτού, κάποιοι πράκτορες που πήγαν να υποβάλλουν

ερωτήσεις στους ενοίκους της πολυκατοικίας που έμενε ο Παλιαρίνι, ήξεραν ότι ένα άτομο είδε έναν άγνωστο να βγαίνει από την πολυκατοικία, σχεδόν την ίδια ώρα με την εύρεση του πτώματος στον κήπο. Φορούσε μαύρα γάντια και είχε μουστάκι, αλλά δεν μπόρεσαν να δώσουν ακριβή περιγραφή του ατόμου».

«Έτσι δεν θα μάθουμε ποτέ αν ήταν ο Φαλκέτι ή όχι», είπε ο Τζαμάνι, που ήλπιζε να έχει κάτι καλύτερο στα χέρια του.

«Μπορούμε, πάντα, να δείξουμε το σκίτσο του Φαλκέτι σε αυτόν τον ένοικο και να ελπίζουμε ότι θα ξέρει να μας πει κάτι σχετικό».

«Μπορούμε να προσπαθήσουμε», παραδέχτηκε ο Φινόκι ο οποίος, ως εκείνη τη στιγμή, ήταν σιωπηλός και άκουγε.

"Προσπαθούμε να μην βλάψουμε κανένα», επιβεβαίωσε ο Επιθεωρητής βλέποντας συγκατάβαση στο βλέμμα του Λούτσι, ο οποίος πρόσθεσε: «Προφανώς, είμαστε σε αναμονή των αποτελεσμάτων της νεκροψίας της διδας Σπατζέζι».

«Σίγουρα», παραδέχτηκε ο Τζαμάνι, «και ελπίζουμε να πάρουμε περισσότερες επιβεβαιώσεις, όσον αφορά τον Φαλκέτι».

«Ας το ελπίσουμε», είπε στο τέλος ο Αρχηγός. «Μόλις έχουμε το αποτέλεσμα των εξετάσεων της Σπατζέζι, θα σας ενημερώσω».

Επωφελούμενη από το γεγονός ότι ο σύζυγός της είχε πάει στο μπαρ, για μία παρτίδα στα χαρτιά, η γυναίκα του Τζόρτζιο Τόζι, εκμεταλλεύτηκε τον χρόνο που είχε στη διάθεσή της, ώστε όταν θα επέστρεφε ο άντρας της, να είναι όλα έτοιμα, για να γιορτάσουν τα γενέθλιά του.

Ετοίμασε για μεσημεριανό ταλιατέλες με κιμά και κοτολέτες αλά μπολονιέζε, μετά κατέβηκε στο υπόγειο και πήρε ένα παγωτό από τον καταψύκτη, για να το ξεπαγώσει στο ψυγείο.

Ο Τζόρτζιο Τόζι είχε αδυναμία στις σπεσιαλιτέ της γυναίκας του, που αναλόγως την περίσταση ήξερε να φτιάχνει πολύ καλά φαγητά και γλυκά και ήταν σε θέση, και σε αυτή την περίπτωση, όλα θα πήγαιναν καλά.

Σκεπτόμενη την αγάπη του άντρα της για το ψάρεμα, είπε να του κάνει δώρο ένα καλάμι.

Διάλεξε ένα από τα καλύτερα από ένα μαγαζί, που πήγαινε, γενικά, ο άντρας της.

Με πονηριά έμαθε από εκείνον πού ήταν το μαγαζί, προφανώς χωρίς να καταλάβει στο ελάχιστο τις προθέσεις της και, πάντα με την άδεια του συζύγου της, πέταξε κατευθείαν τα καλάμια με ανθρακόνημα, λόγω της προηγούμενης άσχημης εμπειρίας, που έζησε ο κύριος Τόζι.

Είχε κρύψει το καλάμι στο έπιπλο του μπαλκονιού, γιατί ήξερε ότι δεν θα το άνοιγε ποτέ εκείνος και θα του το έδινε μετά το μεσημεριανό.

Όταν επέστρεψε ο άντρας, η γυναίκα τον υποδέχτηκε με εορταστικό τρόπο και του είπε να περάσει αμέσως στο τραπέζι, για να μην κρυώσουν οι ταλιατέλες.

«Και για δεύτερο, κοτολέτες αλά μπολονιέζε. Ξέρω ότι σου αρέσουν πολύ», είπε η γυναίκα.

«Πώς και τέτοιο μεσημεριανό, μεσοβδόμαδα;» ρώτησε ο σύζυγος.

«Γιατί σήμερα δεν είναι μία οποιαδήποτε μέρα: είναι τα γενέθλιά σου και το σωστό είναι να το γιορτάσουμε με ένα καλό γεύμα».

Τότε, ο Τζόρτζιο Τόζι πρόσθεσε: «Δεν ήταν ανάγκη, ωστόσο σ' ευχαριστώ πολύ».

«Ήταν χαρά μου να τα ετοιμάσω για σένα. Έκανα και τούρτα παγωτό».

«Αλήθεια; Χίλια ευχαριστώ».

«Μην με ευχαριστείς. Εγώ διάλεξα να τα κάνω όλα αυτά και το ευχαριστήθηκα και με το παραπάνω».

Η γυναίκα έβγαλε την τούρτα παγωτό από το ψυγείο κι έκοψε ένα κομμάτι για το σύζυγό της, που εκτιμούσε πολύ και το γλυκό, και μία φέτα για την ίδια.

«Μπορώ να έχω κι άλλο λίγο; Είναι τέλειο»

«Φυσικά», απάντησε η γυναίκα του κόβοντας άλλη μία φέτα και σερβίροντάς την στον σύζυγό της.

Ενώ ο άντρας απολάμβανε το δεύτερο κομμάτι, εκείνη πήγε στο μπαλκόνι να φέρει το δώρο των των γενεθλίων του.

«Αυτό για σένα», είπε μπαίνοντας πάλι μέσα.

«Τι είναι;»

«Δώρο γενεθλίων»

«Μπήκες σε μεγάλο κόπο. Είσαι τόσο καλή».

«Εσύ είσαι πάντα έτσι, μαζί μου, σε όλες τις περιστάσεις»

Ο κύριος Τόζι πήρε το κουτί κι άρχισε να το ανοίγει.

«Ω, Θεέ μου...», είπε, χαμογελώντας. «Γι' αυτό ζητούσες όλες αυτές τις πληροφορίες για το μαγαζί με τα είδη ψαρέματος. Πού το είχες κρύψει;»

«Στο μπαλκόνι, εκεί που, συνήθως, δεν περνάς εσύ. Μέσα στο έπιπλο», απάντησε η γυναίκα του.

«Α, κατάλαβα», είπε ο σύζυγός, χαμογελώντας ενώ παρατηρούσε το καλάμι του ψαρέματος, που του πήρε δώρο η γυναίκα του.

«Είναι θαυμάσιο, όμως...»

«Ησύχασε, δεν είναι με ανθρακόνημα»

«Καλύτερα. Ευχαριστώ που το είχες στο νου σου, όταν το διάλεγες».

Το βλέμμα του άνδρα σκοτείνιασε για λίγο, αλλά μετά τον αγκάλιασε η γυναίκα του και το χαμόγελο επέστρεψε.

«Μην το σκέφτεσαι», είπε η γυναίκα. «Τώρα πια, ανήκει στο παρελθόν. Παρόλο που δεν έγινε πολύ καιρό πριν κι έχω στο μυαλό μου ότι μπορεί να ήταν δυνατό πλήγμα, τώρα δεν μπορεί πια να μας βλάψει. Ήταν μία ατυχία».

«Πάντα μου έλεγαν ότι το ανθρακόνημα τραβά τον κεραυνό, αλλά δεν φαντάστηκα ποτέ ότι...»

Ο άντρας δεν τελείωσε τη φράση του. Ακούμπησε το κεφάλι του στο στέρνο της γυναίκας του κι έκλαψε για λίγο.

Πλέον, υπήρχαν σπάνιες ή λίγες διαφημίσεις, κυρίως σε πολλά εμπορικά κέντρα, πιστωτικά ιδρύματα και άλλα εμπορικά καταστήματα με πολλή κίνηση.

Ο άντρας ήταν ικανοποιημένος με το πώς πήγαιναν τα πράγματα. Οι ανώτεροί του θα ήταν ευχαριστημένοι και, ίσως, αυτό να έφερνε και κάποια αύξηση.

Τον καλούσαν μία φορά την εβδομάδα, εκτός κι αν υπήρχε κάποιο πρόβλημα, και του ζητούσαν να τους ενημερώσει για τη δραστηριότητά του.

Εκείνος, πάντα, απαντούσε ότι οι δουλειές πήγαιναν καλά και ότι, όπως φαινόταν, οι εισροές των συνεργατών αυξάνονταν, συνεχώς.

Γενικά, επικοινωνούσε μαζί του μία αντρική φωνή και μιλούσαν για λίγα λεπτά, όταν είχε καιρό, γιατί θα μπορούσε να ενημερώνει το συνομιλητή του για την πορεία της δραστηριότητάς του.

Δεν ήξερε πώς ήταν εμφανισιακά, αφού δεν είχε ποτέ την ευκαιρία να τον γνωρίσει από κοντά και γι' αυτό άρχισε να τον αποκαλεί, τουλάχιστον από πίσω του, ως *η Φωνή*, γιατί στο τέλος αυτό ήταν, μόνο μία Φωνή.

Επικοινωνούσαν τακτικά μαζί του, την πρώτη φορά μέσω τηλεφώνου, στο οποίο η *Φωνή* του έκανε απλά μία πρόταση: του ζήτησε αν ήθελε να εργαστεί σε έναν οργανισμό για το μέλλον της ανθρωπότητας.

Δεν ήξερε γιατί του γινόταν μία τέτοια πρόταση, ωστόσο απάντησε θετικά, πριν ακόμη η *Φωνή* του εξηγήσει περί τίνος επρόκειτο και χωρίς να ξέρει το παραμικρό για το τι θα έπρεπε να κάνει εκείνος.

«Μην ανησυχείτε», τον καθησύχασε η *Φωνή*. «Θα είναι πιο εύκολο απ'ό,τι πιστεύετε. Θα σας βοηθήσω εγώ προσωπικά. Εσείς πρέπει μόνο να εκτελείτε ό,τι θα σας λέω».

Ο άντρας είχε συμφωνήσει, μετά ρώτησε ποιος ήταν ο μισθός, προσθέτοντας: «Σας γνωρίζω από τώρα, ότι δεν προτιμώ το σύστημα πληρωμής 'πυραμίδα'».

«Κανένα πρόβλημα. Δεν έχουμε κάτι τέτοιο. Και επιτρέψτε μου να σας πω ότι θα είστε ικανοποιημένος από την επιλογή σας».

Το τηλεφώνημα τελείωσε και ο άντρας ανέμενε τις εξελίξεις σχετικά με τη νέα του δουλειά.

Άρχισε για πλάκα, αλλά με το πέρασμα του χρόνου, μεγάλωσε το πάθος του γι' αυτή τη δραστηριότητα η οποία, με όλους τους κινδύνους που θα μπορούσαν να υπάρξουν, εξακολουθούσε να είναι καλή, με την έννοια ότι ο κίνδυνος άξιζε τον κόπο.

Βρέθηκε μία θέση κι από εκεί και πέρα όλα πήγαιναν προς το καλύτερο, με τον άνδρα να πρέπει απλά, να ακολουθεί τις οδηγίες που του δίνονταν τηλεφωνικώς, στις σύντομες συνομιλίες, από τη *Φωνή*, ή μέσω γραμμάτων σε σφραγισμένο κι ανώνυμο φάκελο, τον οποίο λάμβανε απευθείας από την έδρα του οργανισμού για το μέλλον της ανθρωπότητας.

Μερικές φορές, έτυχε ο άντρας να δυσκολευτεί ή να φοβηθεί ορισμένους κινδύνους, αλλά η *Φωνή* τον καθησύχαζε λέγοντάς του, πάντα, ότι όλα θα πήγαιναν καλά.

Έτσι, ξεκίνησε η διαφημιστική δράση, την οποία ο άντρας

θεωρούσε πολύ σημαντική για να γίνει γνωστή η δραστηριότητά του, μέσω φυλλαδίων και μέσω των δημοσιών χώρων τα οποία επισκέπτονταν πολύς κόσμος.

Βάσει των συμβουλών της *Φωνής*, για τα φυλλάδια ο άντρας πρότεινε να το κάνουν κάποια παιδιά: «γιατί το πρόσωπο ενός παιδιού τραβά, πάντα, την προσοχή των ενηλίκων οποιασδήποτε ηλικίας», ενώ για να μπορεί να δώσει φυλλάδια σε δημόσιους χώρους, έπρεπε να κάνεις κάτι λίγο πιο επικίνδυνο, μα που στο τέλος θα απέδιδε καρπούς: θα χρησιμοποιούσε σημαντικούς ανθρώπους, όπως διευθυντές τραπεζών, εμπορικούς διευθυντές, πολιτικούς και ανάλογα πρόσωπα. Βάσει των συμβουλών της *Φωνής*, για να έχουν τη σιγουριά αυτών που έκαναν αυτή τη δουλειά με τον καλύτερο τρόπο, για να αξιοποιήσει στο μέγιστο τη δυνατότητα τόσο πολυσύχναστων σημείων, ο άντρας έπρεπε, αρχικά, να ναρκώνει και να οδηγεί όσους το έκαναν, ακόμη και με ύπνωση, στο να κάνουν αυτό που έπρεπε.

«Για να μη διατρέξετε κανέναν κίνδυνο», εξηγούσε τηλεφωνικά η *Φωνή*, «αρκεί να βρεθείτε μόνος με αυτό το άτομο, χωρίς να μπορούν να σας ενοχλήσουν, με κάποιο τρόπο. Θα φροντίσω να έχετε όλο το απαραίτητο υλικό».

Έτσι, ο άντρας λάμβανε τακτικά κάποια φιαλίδια με υπνωτικά κι άλλα ναρκωτικά, για να τα εισάγει στο λαιμό των σημαντικών αυτών ατόμων εκμεταλλευόμενος, προφανώς, τις κατάλληλες στιγμές. Αρχικά, του έστειλαν κι ένα εγχειρίδιο για την ύπνωση, τις κινήσεις και τα εργαλεία για να την πετύχει.

«Όλα θα είναι απλά», είπε η «Φωνή» στον άντρα, κάποια στιγμή που φαινόταν φοβισμένος, αλλά στο τέλος όλα προχώρησαν όπως του είχαν υποσχεθεί. Έφτανε μόνο να παραμένουν ήρεμοι και να έχουν την πεποίθηση ότι δεν θα συνέβαινε κάτι απρόοπτο.

Κι έτσι προχώρησε, χωρίς εμπόδια, η δουλειά του για το καλό της ανθρωπότητας, δίνοντας πάντα μεγάλη ικανοποίηση στον άνδρα, από κάθε άποψη, συμπεριλαμβανομένης της οικονομικής: τον αντάμειβαν με μπόνους για κάθε νέο συνεργάτη, γιατί όπως ήταν οργανωμένα τα πράγματα, ήξεραν ότι όλοι είχαν συμβάλλει με τον τρόπο τους.

XXII

Την επόμενη μέρα, ο Αρχηγός Λούτσι έλαβε το υλικό που βρέθηκε στο σπίτι της δεσποινίδας Σπατζέζι και τα αποτελέσματα των αναλύσεων από το διαμέρισμα της κοπέλας. Έτσι κάλεσε και τον Επιθεωρητή Τζαμάνι με τον πράκτορα Φινόκι, για να τους μιλήσει.

«Είναι όλα εδώ», είπε ο Αρχηγός, «Δεν είναι πολλά, αλλά νομίζω ότι μπορούν να είναι αρκετά για να δουλέψουμε πάνω σε αυτά».

Τους έδειξε την επαγγελματική κάρτα του Μάσιμο Τροβαϊόλι μέσα στον επισυναπτόμενο φάκελο, που εστάλη μαζί με τα λουλούδια, το πακέτο με το χαρτί που έγραφε *Σε περιμένω*, το κηδειόσημο του άνδρα και την αγγελία του θανάτου του και πρόσθεσε: «Οι πράκτορες που πήγαν στο σπίτι της γυναίκας, όταν μας κάλεσε, είπαν ότι έμαθαν από εκείνη ότι αυτός ο Μάσιμο Τροβαϊόλι είναι ο πρώην σύντροφός της, ο οποίος έχει πεθάνει εδώ και καιρό. Τους το εξήγησε η ίδια η Σπατζέζι».

«Η κατάσταση φαίνεται πολύπλοκη», παραδέχτηκε ο Επιθεωρητής, «Για τη νεκροψία τι ξέρουμε; Βρέθηκαν στοιχεία πάλης;»

«Φαίνεται πως όχι», απάντησε ο Αρχηγός.

«Τότε, πώς να πέθανε η γυναίκα;», θέλησε να μάθει ο πράκτορας Φινόκι.

«Δεν ξέρω με ακρίβεια», παραδέχτηκε ο Αρχηγός Λούτσι.

«Οι πιθανοί τρόποι μπορεί να είναι πάνω από ένας», είπε ο Επιθεωρητής. «Η αυτοκτονία, τι θα μας έλεγε; Τι μπορεί να έκανε τη γυναίκα να βουτήξει από το παράθυρο; Να ήταν κι εκείνη υπό την επήρεια υψηλής δόσης μελατονίνης ή ίσως να την έκανε ο ίλιγγος να πέσει από το παράθυρο;»

«Αυτό, όμως, μπορεί να σημαίνει ότι παρά τον ίλιγγο είχε τη δύναμη να ανοίξει το παράθυρο», υπογράμμισε ο Φινόκι.

«Η ήταν ήδη ανοιχτό», είπε ο Αρχηγός.

«Είδε κανείς κάποιον με μαύρα γάντια στις σκάλες ή μέσα στην πολυκατοικία, κοντά στην ώρα που η Σπατζέζι βούτηξε από το παράθυρο;»

«Φαίνεται πως όχι».

«Ίσως, αυτός ο άντρας να μην είναι πρωτάρης και να φαντάστηκε ότι κάποιος μπορεί να τον έβλεπε και να έμεινε για λίγο μέσα στην πολυκατοικία, προτού βγει», πρότεινε ο Αρχηγός.

«Το βρίσκω απίθανο», είπε ο Τζαμάνι. «Μπήκαμε, σχεδόν αμέσως, στο διαμέρισμα της γυναίκας, έτσι θα τον βλέπαμε.

Εκτός κι αν ήταν καμουφλαρισμένος».

«Αν, πράγματι, έγινε έτσι, το άτομο που ψάχνουμε πρέπει να είναι πολύ καλό στο να μας κρύβεται», είπε ο Αρχηγός.

«Και πώς τα συσχετίζουμε αυτά με τη δεσποινίδα Μιστρόνι και τον Παλιαρίνι;» ρώτησε ο Φινόκι.

«Σωστή παρατήρηση», παραδέχτηκε ο Τζαμάνι. «Τι κάνουμε τώρα;»

«Δεν ξέρω», απάντησε ο Λούτσι.

Η φωνή του είχε έναν τόνο θλίψης.

«Σκεφτόμαστε», πρότεινε ο Επιθεωρητής, για να ανεβάσει και το ηθικό του Αρχηγού. «Το σίγουρο είναι ότι αυτά τα τρία άτομα δεν γνωρίζονταν μεταξύ τους, σωστά;»

«Το θεωρώ πολύ απίθανο», παραδέχτηκε ο Αρχηγός, παίρνοντας επιβεβαίωση από την έκφραση του πράκτορα Φινόκι.

«Ωραία. Τώρα, ποιο σενάριο μας έχει απομείνει; Του κατά συρροή δολοφόνου; Ή έχουμε κι άλλα πιθανά σενάρια;» ρώτησε ο Τζαμάνι, κοιτώντας τους άλλους δύο.

«Η πιο λογική σκέψη είναι ότι πρόκειται για έναν πολύ έμπειρο κατά συρροή δολοφόνο, ο οποίος τριγυρνά στην Μπολόνια και τα περίχωρα», είπε ο Αρχηγός, τελικά. «Το αν η αλήθεια κρύβεται αλλού, δεν το ξέρουμε...και στην περίπτωση που είναι έτσι, δεν θέλω ούτε να σκέφτομαι τι μπορεί να είναι».

«Τώρα, Αρχηγέ, αν συμφωνείτε, θα πρότεινα να πάμε στην πολυκατοικία του κυρίου Παλιαρίνι, για να δείξουμε το σκίτσο του ανθοπώλη και να καταλάβουμε αν ο Φαλκέτι κι ο άντρας με τα μαύρα γάντια είναι, πράγματι, το ίδιο πρόσωπο», είπε ο Τζαμάνι.

«Ναι, φυσικά, να πάτε. Και κρατάτε με ενήμερο».

Ο Τζαμάνι κι ο Φινόκι βγήκαν από το γραφείο του Αρχηγού και μπήκαν στο αυτοκίνητο με κατεύθυνση το Σαν Λατζάρο ντι Σαβένα.

Το ίδιο πρωί, ο Τζόρτζιο Τόζι έλαβε ένα πακέτο με το ταχυδρομείο.

«Θα είναι δώρο για τα γενέθλιά σου», υπέθεσε η γυναίκα του.

«Είναι λίγο καθυστερημένο, αλλά φταίνε τα ταχυδρομεία».

Το πακέτο παραδόθηκε μάλλον από κάποιον ταχυδρόμο, ο οποίος

θα έφυγε αμέσως.

Ο Τζόρτζιο Τόζι το είχε ακουμπήσει στο τραπεζάκι και πήρε ένα ψαλίδι για να κόψει την κολλητική ταινία που το έκλεινε.

Φαινόταν αρκετά ελαφρύ και ήταν μικρό σε διαστάσεις. Στο εξωτερικό δεν έγραφε τίποτα εκτός από «Χ ΤΖΟΡΤΖΙΟ ΤΟΖΙ» και τη διεύθυνσή του. Δεν ήταν γραμμένο με στυλό, μα με γράμματα που κολλούν, όπως αυτά που αγοράζουμε από τα βιβλιο-χαρτοπωλεία.

Όταν το άνοιξε, ο άντρας βρήκε στο εσωτερικό του έναν λευκό ανώνυμο φάκελο κι ένα αντικείμενο που είχε τυλιχτεί με εφημερίδες.

Άνοιξε, αμέσως, τον φάκελο για να μάθει τον αποστολέα του πακέτου, αλλά απογοητεύτηκε αφού το μόνο που έγραφε το χαρτί στο εσωτερικό του ήταν *Σειρά σου τώρα* χωρίς την οποιαδήποτε υπογραφή.

Η γυναίκα του τον κοίταξε και είπε: «Μάλλον εννοούσε *Σειρά σου να μεγαλώσεις,* ωστόσο θα μπορούσε, τουλάχιστον, να το υπογράψει».

Η φράση ήταν πληκτρολογημένη, έτσι δεν μπορούσε να μαντέψει, ούτε από το γραφικό χαρακτήρα τον αποστολέα.

«Αν αυτό το άτομο είχε γράψει τη φράση με στυλό ή μαρκαδόρο, ίσως να μπορούσα να σκεφτώ ποιος μπορεί να είναι», είπε ο σύζυγός της, «όμως, τώρα, θα μου μείνει η περιέργεια».

«Προσπάθησε να δεις τι σου έχει κάνει δώρο. Ίσως να καταλάβεις από αυτό. Ας υποθέσουμε ότι πρόκειται για κάτι για το οποίο έχετε μιλήσει, τώρα τελευταία, με κάποιον από τους φίλους σου από το μπαρ...»

«Έχεις δίκιο», παραδέχτηκε ο σύζυγός της, «Ας δούμε».

Κι έσκισε το λευκό χαρτί, του περιεχομένου του πακέτου.

«Τι όμορφο!», αναφώνησε η γυναίκα, βλέποντας τη μινιατούρα του καλαμιού ψαρέματος, που κρατούσε στα χέρια του ο άντρας της.

«Ποιος ξέρει ποιος να μου το έστειλε;», είπε ο κύριος Τόζι, «Μπορώ να ρωτήσω στο μπαρ: Ίσως να είναι κάποιος που παίζουμε μαζί χαρτιά. Πάω εκεί, τώρα αμέσως».

«Σύμφωνοι», είπε η γυναίκα του, «Θα σε περιμένω για το μεσημεριανό».

Ο άντρας έφυγε και, όταν γύρισε, ήταν λίγα λεπτά πριν το μεσημέρι.

«Λοιπόν, ποιος σου έστειλε το καλάμι ψαρέματος;» ρώτησε η γυναίκα.

«Κανείς δεν ξέρει τίποτα», απάντησε ο σύζυγός της. «Ρώτησα τους πάντες και δεν έλειπε κανείς από τους θαμώνες».

«Πολύ περίεργο...ήταν το πρώτο που σκέφτηκα αλλά, αν δεν ήταν κανείς από το μπαρ, τότε ποιος μπορεί να σου έστειλε αυτό το πακέτο;»

«Δεν έχω την παραμικρή ιδέα», παραδέχτηκε ο άντρας.

«Πρόκειται για ένα ανώνυμο πακέτο», επέμεινε η γυναίκα του.

Συνεχίζοντας να σκέφτεται τον πιθανό αποστολέα αυτού του πακέτου, ο Τζόρτζιο Τόζι περίμενε ότι να πάει η ώρα μετά τις τρεις το μεσημέρι, για να σιγουρευτεί ότι δεν θα ενοχλήσει κανέναν, και πέρασε δύο ώρες τηλεφωνώντας στους πιο στενούς συγγενείς, για να μάθει αν κάποιος από αυτούς έστειλε αυτό το μικρό καλάμι ψαρέματος, σαν δώρο για τα γενέθλιά του.

Όταν τελείωσε και το τελευταίο τηλεφώνημα, είπε στη γυναίκα του, με μελαγχολικό τόνο: «Τίποτα, κανείς δεν ξέρει τίποτα. Δεν ξέρω ποιος μπορεί να είναι ο αποστολέας».

Οι δυο τους πέρασαν όλο το βράδυ κάνοντας υποθέσεις κι επικοινωνώντας με άλλους οικογενειακούς φίλους και με γνωστούς, χωρίς να οδηγηθούν πουθενά.

Όταν ο Τζαμάνι κι ο Φινόκι έφτασαν στο κτίριο που έμενε ο κύριος Παλιαρίνι, προσπάθησαν να κάνουν ερωτήσεις σε όλους τους ενοίκους, δείχνοντάς τους το σκίτσο του Φούλβιο Φαλκέτι, αλλά όλοι τους είπαν ότι δεν είχαν δει μέσα στο κτίριο κάποιον με αυτά τα χαρακτηριστικά.

Στη συνέχεια, επέστρεψαν στο αυτοκίνητό τους και επικοινώνησαν με τον Αρχηγό Λούτσι, για να του πουν ότι δεν βρήκαν τίποτα.

«Οπότε, τι κάνουμε τώρα;»

Η ερώτηση του Αρχηγού δεν απευθυνόταν μόνο στον Τζαμάνι και τον Φινόκι, αλλά και στον ίδιο του τον εαυτό.

«Δεν γνωρίζω, Αρχηγέ», είπε ο Επιθεωρητής.

«Μπορούμε να πάμε να ανακρίνουμε το Φαλκέτι», πρότεινε ο

πράκτορας Φινόκι.

«Προσωπικά είμαι πεπεισμένος ότι, ακόμη κι αν δεν πρόκειται για δολοφονία, αυτός ο άντρας κάτι ξέρει».

«Συμφωνώ. Πηγαίνετε», είπε ο Αρχηγός, «αλλά σας συνιστώ να προσέχετε».

«Μην ανησυχείτε», τον καθησύχασε ο Επιθεωρητής, «Θα είμαστε πολύ προσεκτικοί».

Όταν έφτασαν στην οδό Σαν Βιτάλε, πάρκαραν το αυτοκίνητο πλάγια, μπροστά από το ανθοπωλείο και, μετά, μπήκαν στο μαγαζί.

Ο κύριος Φαλκέτι εξυπηρετούσε έναν πελάτη, ο οποίος έφυγε μετά από λίγα λεπτά.

«Πάλι εσείς;», είπε ο ανθοπώλης, αμέσως μετά.

«Πρέπει να μιλήσουμε ξανά μαζί σας», εξήγησε ο Τζαμάνι. «Έχετε λίγο χρόνο;»

«Σε λίγο πρέπει να κλείσω. Αν είναι κάτι σύντομο...»

«Θα είμαστε σύντομοι», είπε ο Επιθεωρητής.

«Ωραία. Πείτε μου τι χρειάζεστε».

«Πείτε μας τι ξέρετε», είπε ο Τζαμάνι, χωρίς περιστροφές.

«Σχετικά με τι;»

«Μην κάνετε τον ανήξερο, σας παρακαλώ».

Ο Επιθεωρητής άρχισε να θυμώνει.

«Έχουν πεθάνει τρία άτομα τις τελευταίες ημέρες και σε όλες τις περιπτώσεις βρέθηκαν χρυσάνθεμα στο διαμέρισμα του θύματος», εξήγησε ο Φινόκι, για να αμβλύνει λίγο την ένταση που είχε δημιουργηθεί. «Και πάντα τα χρυσάνθεμα παραδόθηκαν από εσάς, ακόμη και σε περιοχές, εκτός...της δικής σας...σε διαμερίσματα πολύ μακριά από εδώ».

«Αν μου αναθέσουν παραδόσεις, πάντα αποδέχομαι», εξήγησε ο Φαλκέτι, «Πλέον, για να δουλεύεις, καλό είναι να μην αρνείσαι τίποτα. Ό,τι αφήνεις χάνεται, έλεγε η γιαγιά μου».

«Έχουμε λόγο να πιστεύουμε ότι μπορεί να είστε το άτομο που αναζητούμε, ο ένοχος γι' αυτούς τους θανάτους», είπε ο Τζαμάνι, για να δει την αντίδραση του άνδρα.

Τώρα, ο Επιθεωρητής ήταν πιο ήρεμος, σε σχέση με λίγη ώρα πριν, χάρη και στην παρέμβαση του πράκτορα Φινόκι και έψαχνε τρόπο να «ψαρέψει» τον ανθοπώλη.

Δεν θεωρούσε ότι ήταν, πράγματι, δολοφόνος, ο κατά συρροή δολοφόνος που αναζητούσαν, αλλά ήλπιζε να του αποσπάσει κάποιες πληροφορίες.

«Δεν έχω κάνει τίποτα κακό, έχετε λάθος άνθρωπο», είπε ο Φαλκέτι, «και, αν δεν σας πειράζει, τώρα πρέπει να κλείσω και να πάω για μεσημεριανό».

Οι δύο αστυνομικοί τον άφησαν να φύγει διευκρινόζοντάς του, ωστόσο, ότι δεν έπρεπε να φύγει από την πόλη και να παραμένει συνεχώς στη διάθεσή τους.

Ο άντρας συγκατένευσε και, μετά, ο Τζαμάνι κι ο Φινόκι βγήκαν από το μαγαζί και επέστρεψαν στο Αρχηγείο, με το αυτοκίνητο.

«Πρέπει να συνεχίσουμε να τον έχουμε στο νου μας», είπε ο Επιθεωρητής.

«Εγώ θα κανόνιζα να θέσω υπό παρακολούθηση το μαγαζί του», πρότεινε ο πράκτορας.

«Μπορεί να είναι καλή ιδέα. Θα το προτείνουμε, αμέσως, στον Αρχηγό».

XXIII

Την επόμενη των γενεθλίων του, όταν πλέον είχε αποφασίσει ότι δεν θα προσπαθούσε άλλο να καταλάβει ποιος του έστειλε εκείνο το μικρό καλάμι ψαρέματος κι ότι, ίσως, να το ανακάλυπτε τυχαία μιλώντας με τους γύρω του, ο κύριος Τόζι βγήκε γύρω στις

10, για να πάει στο μπαρ και να παίξει καμία παρτίδα χαρτιά. Αλλά, καθώς άνοιγε την πόρτα του σπιτιού, χτύπησε το τηλέφωνο και χρειάστηκε να σταματήσει για να το απαντήσει, γιατί η γυναίκα του είχε πάει λίγο πριν στον μανάβη και δεν είχε γυρίσει ακόμη.

«Παρακαλώ;» είπε ο κύριος Τόζι αλλά δεν πήρε απάντηση από την άλλη άκρη.

«Παρακαλώ;» επανέλαβε.

Και πάλι, δεν πήρε απάντηση.

Ο Τζόρτζιο Τόζι το έκλεισε, σκεπτόμενος ότι υπήρχε πρόβλημα με τη γραμμή, όμως μετά από λίγο, το τηλέφωνο χτύπησε και πάλι.

«Παρακαλώ;»

Καμία απάντηση.

«Ποιος είναι;» ρώτησε ξανά, παίρνοντας για απάντηση μόνο μία ανάσα.

«Μιλήστε, σας παρακαλώ», είπε ο Τόζι, χωρίς αποτέλεσμα.

«Μπορώ να ξέρω ποιος καλεί;»

Εκείνη τη στιγμή, το τηλεφώνημα διακόπηκε από αυτόν που κάλεσε.

Δεν καταλαβαίνω γιατί δεν μιλά. Φαινόταν ότι κάποιος ήταν στη γραμμή, μα δεν είπε τίποτα, σκέφτηκε ο κύριος Τόζι.

Ήταν έτοιμος να φύγει από το διαμέρισμα, όταν το τηλέφωνο χτύπησε για τρίτη φορά.

«Παρακαλώ;» ρώτησε πάλι ο Τόζι, πλέον με ανυπομονησία, «Ποιος είναι;»

Καμία απάντηση.

Ο Τζόρτζιο Τόζι έκλεισε το τηλέφωνο.

Στο διάβολο! Αν χρειάζονται κάτι, ας ξαναπάρουν!

Βγαίνοντας στον δρόμο, είδε τον ταχυδρόμο.

«Μήπως υπάρχει αλληλογραφία για μένα;» ρώτησε ο Τόζι.

«Είστε ο κύριος...;»

«Τόζι. Τζόρτζιο Τόζι», απάντησε. «Η γυναίκα μου είναι η κυρία Νάντια Παρέντι».

«Για να δούμε...», είπε ο ταχυδρόμος, φυλλομετρώντας την αλληλογραφία που είχε προς παράδοση. «Για τη γυναίκα σας δεν υπάρχει κάτι, ενώ για εσάς υπάρχει αυτός ο φάκελος».

Ο κύριος Τόζι ευχαρίστησε τον ταχυδρόμο, πήρε τον φάκελο και ανέβηκε πάνω, για να δει τι ήταν αυτό που έλαβε.

Μπαίνοντας πάλι στο διαμέρισμα, ακούμπησε τα κλειδιά του σπιτιού στο τραπεζάκι του σαλονιού και, μετά, κοίταξε καλύτερα τον φάκελο.

Ήταν ένας απόλυτα φυσιολογικός λευκός φάκελος με γραμματόσημο, αλλά χωρίς να αναγράφει τον αποστολέα.

Τον γύρισε για να τον ανοίξει, σήκωσε τη μία άκρη του κλεισίματος, τόσο ώστε να αφαιρέσει το περιεχόμενο του φακέλου.

Μέσα στον φάκελο υπήρχε μόνο μία φωτογραφία, που απεικόνιζε τον ίδιο με τον Λεάντρο Κόκι. Και οι δύο κρατούσαν στα χέρια το πιο μεγάλο ψάρι που είχαν ψαρέψει εκείνη την ημέρα.

Ο κύριος Τόζι θυμήθηκε εκείνη την ημέρα: ήταν μία Κυριακή και μαζί με τον φίλο του είχαν πάει για ψάρεμα στις λίμνες Μπιακέζε, κοντά στο Σαν Λατζάρο ντι Σαβένα.

Είχαν γνωριστεί στο μπαρ που σύχναζε και, μιλώντας μία μέρα, ανακάλυψαν ότι έχουν το ίδιο πάθος για το ψάρεμα κι έτσι κάθε τόσο συναντιούνταν εκτός του μπαρ, για να περάσουν μία μέρα στο ποτάμι ή σε κάποια λίμνη, ψαρεύοντας.

Θυμήθηκε ότι εκείνη τη φορά στις λίμνες Μπιακέζε, είχαν φάει μεσημεριανό στο εστιατόριο που βρισκόταν στις λίμνες.

Πηγαίνοντας στιγμή-στιγμή αυτές τις αναμνήσεις, ο Τζόρτζιο Τόζι προσπαθούσε να καταλάβει τον λόγο που του είχε σταλεί αυτή η φωτογραφία και σκέφτηκε τη γυναίκα του φίλου του.

Αποφάσισε να την καλέσει αμέσως, για να μάθει αν την έστειλε εκείνη.

Μετά τους χαιρετισμούς και τα τυπικά, η γυναίκα του κυρίου Κόκι έδωσε αρνητική απάντηση, λέγοντας ότι δεν ήξερε τίποτα γι' αυτόν τον φάκελο.

«Έγινε, συγγνώμη που σε ενόχλησα», είπε ο Τόζι κλείνοντας.

Έμεινε και πάλι με την απορία ως προς τον αποστολέα του ανώνυμου φακέλου και, παρόλο που είχε καταφέρει να συγκρατηθεί ως εκείνη τη στιγμή, όταν έκλεισε το τηλέφωνο, άρχισαν να τρέχουν δάκρυα από τα μάτια του.

Έβαλε στην άκρη τον φάκελο, με τη φωτογραφία μέσα, μετά κάθισε σε μία πολυθρόνα περιμένοντας να γυρίσει η γυναίκα του.

Αποφάσισε να μην πάει στο μπαρ εκείνη την ημέρα.

Μετά από λίγη ώρα που καθόταν, ακίνητος, κοιτώντας τους τοίχους μπροστά του, χτύπησε ξανά το τηλέφωνο και πήγε να απαντήσει.

«Παρακαλώ;»

Κι αυτή τη φορά, καμία απάντηση.

«Για όνομα του Θεού, ποιος είναι;» είπε νευριασμένος ο Τζόρτζιο Τόζι, χωρίς να πάρει κάποια απάντηση, ωστόσο.

Μετά από λίγο, άκουσε μία πολύ ελαφριά ανάσα και τίποτε άλλο.

«Τέλος πάντων...όποιος κι αν είναι, σας παρακαλώ να σταματήσετε να μας ενοχλείτε!» ούρλιαξε και, μετά, εξοργισμένος έκλεισε το τηλέφωνο και πήγε να καθίσει στην πολυθρόνα.

Άρχισε να φοβάται. Δεν έβλεπε την ώρα να γυρίσει η γυναίκα του, για να της πει όλα όσα έγιναν, ενώ έλειπε.

Η γυναίκα του επέστρεψε, σχεδόν, ένα τέταρτο μετά και, όταν ο άντρας της τελείωσε την εξιστόρηση, είπε ότι θα ήταν καλύτερο να καλέσουν την αστυνομία.

Κάλεσε εκείνος, αφού έζησε όλο αυτό αυτοπροσώπως και μπορούσε, έτσι, να απαντήσει επαρκώς στις ερωτήσεις που θα του γίνονταν και να εξηγήσει καθετί με λεπτομέρειες.

Ο πράκτορας είπε στο τέλος: «Θα σας στείλουμε ένα περιπολικό. Πείτε μου τη διεύθυνση, σας παρακαλώ».

Ο Τόζι έκανε αυτό που του ζητήθηκε και, στη συνέχεια, ευχαρίστησε κι έκλεισε το τηλέφωνο.

«Θα στείλουν περιπολικό», είπε στη γυναίκα του.

«Ωραία, τότε θα προσπαθήσουμε να καταλάβουμε πώς να συμπεριφερθούμε σε περίπτωση που ξαναγίνει κάτι σχετικό», επέμεινε η γυναίκα του. «Έχουμε τα πάντα στη διάθεσή μας: το μικρό καλάμι, τη φωτογραφία με τον ανώνυμο φάκελο...και θα μου άρεσε αν αυτός που κάλεσε σήμερα το πρωί, ξανάπαιρνε όταν θα είναι εδώ η αστυνομία. Έτσι, τουλάχιστον, θα μπορούν να απαντήσουν εκείνοι στη θέση μας».

Εκείνη τη στιγμή, ο κύριος Τόζι αγκάλιασε τη γυναίκα του και της ομολόγησε ότι φοβόταν.

«Δεν ξέρω τι συμβαίνει, αλλά θα βρούμε άκρη», τον καθησύχασε εκείνη, «και με τη βοήθεια της αστυνομίας, αν χρειαστεί».

Μόνο εκείνη τη στιγμή ηρέμησε λίγο εκείνος, μένοντας να κοιτάζει ακόμη τους τοίχους μπροστά από την πολυθρόνα, με το βλέμμα του σταθερό, σαν να ήταν χαμένο στο κενό.

Μετά τη συζήτηση με τον κύριο Φαλκέτι, στο δρόμο της επιστροφής προς το Αρχηγείο, ο Τζαμάνι κι ο Φινόκι σταμάτησαν να φάνε σε ένα φαστ-φουντ στην οδό Ριτσόλι 68.
Ιδιοκτήτης ήταν ο Μάουρο Ρομάνι, φίλος πολλών ετών του Επιθεωρητή και, μόλις μπήκαν, τον βρήκαν απασχολημένο να κάνει λογαριασμό και να κόβει αποδείξεις στα άτομα που βρίσκονταν στην ουρά του ταμείου.
«Παρακαλώ, περάστε», είπε ο κύριος Ρομάνι, αφού χαιρετήθηκαν «σήμερα έχουμε μία καταπληκτική σαλάτα με όλυρα. Αν ήμουν στη θέση σας, θα τη δοκίμαζα».
«Δεχόμαστε την πρόταση», είπε ο Τζαμάνι.
«Μπράβο σας», επεσήμανε ο άντρας, χωρίς να πάρει την προσοχή του από την δουλειά του στο ταμείο.
Όταν ήρθε η ώρα να πληρώσουν είπε: «Είστε καλεσμένοι μου».
Ο Τζαμάνι κι ο Φινόκι ήθελαν κι οι δύο να του δώσουν ότι τους αναλογούσε, αλλά εκείνος είπε: «Θυμάμαι, πάντα, αυτό που συνέβη εδώ μέσα πριν χρόνια κι αν δεν ήσασταν εσείς, δεν ξέρω πώς θα κατέληγε».
«Είναι δουλειά μας να προστατεύουμε τους πολίτες», είπε ο Επιθεωρητής.
Ο ιδιοκτήτης του φαστ-φουντ αναφερόταν σε ένα πρωί όπου ο Τζαμάνι, περνώντας από το μαγαζί, για να χαιρετίσει τον φίλο του, σταμάτησε την απόπειρα ληστείας από αυτόν που αργότερα ανακάλυψε ότι ήταν ο Ντανιέλε Σαντοπιέτρο.
«Φυσικά. Κι εγώ χαίρομαι να σας προσφέρω ένα γεύμα μία φορά στο τόσο, όταν περνάτε από εδώ, οπότε καθίστε, χωρίς αντιρρήσεις».
«Εντάξει, πάμε. Δεν θέλουμε να αποξενώσουμε, κάποιον σαν κι εσένα», είπε ο Τζαμάνι απευθυνόμενος στον φίλο του χαμογελώντας, «αλλιώς, την επόμενη φορά, που θα περάσουμε από εδώ μας βάλεις, κρυφά, ποντικοφάρμακο στα μακαρόνια μας».
«Βλέπω ότι έχεις καταλάβει πώς γυρνά ο τροχός», κατέληξε ο

κύριος Ρομάνι, με αστείο τόνο, κι ακόμη κι οι πελάτες στην ουρά του ταμείου, άρχισαν να γελούν με τη σκηνή, που μόλις είχαν παρακολουθήσει.

Ο Τζαμάνι κι ο Φινόκι έφαγαν σύντομα το γεύμα τους, δοκιμάζοντας τη σαλάτα με τα όλυρα, που τους είχε προτείνει ο ιδιοκτήτης, και ένα κομμάτι τούρτα, μετά χαιρέτησαν και πάλι τον Μάουρο Ρομάνι και κατευθύνθηκαν προς το Αρχηγείο, στην οδό Σάφι, για να μιλήσουν με τον Αρχηγό Λούτσι για τη συζήτησή τους με τον ανθοπώλη της οδού Σαν Βιτάλε και για την πρόταση που είχαν για να θέσουν υπό παρακολούθηση τις κινήσεις του άνδρα.

«Ενδεχομένως, σε αυτή τη φάση, να είναι μία καλή ιδέα», συμφώνησε ο Αρχηγός. «Θα οργανώσω μερικούς μυστικούς πράκτορες, με τρόπο που να παρακολουθούν σε 24ωρη βάση το μαγαζί του Φαλκέτι και έτσι ώστε ο ανθοπώλης να ακολουθείται σε όλες του τις μετακινήσεις».

«Τέλεια», είπε ο Τζαμάνι.

«Υπάρχει και κάτι άλλο που θέλω να σας πω», πρόσθεσε ο Αρχηγός. «Αργά το μεσημέρι δεχτήκαμε ένα τηλεφώνημα από ένα ανδρόγυνο που έλαβε βουβά τηλεφωνήματα, χωρίς το άτομο στην άλλη άκρη της γραμμής να πει ποιος είναι. Φαίνεται ότι απαντούσε πάντα ο σύζυγος. Είχαν ήδη επικοινωνήσει μαζί μας, για παρόμοιο λόγο και το πρώτο περιπολικό που τους επισκέφθηκε πρόσεξε την ύπαρξη μίας ανθοδέσμης με χρυσάνθεμα, τα οποία παρέδωσε ένας ανθοπώλης. Επιπλέον, ο άντρας έλαβε έναν ανώνυμο φάκελο που περιείχε μία φωτογραφία, η οποία απεικόνιζε έναν φίλο του, που απεβίωσε πριν χρόνια. Λέει ότι θυμάται και την περίσταση στην οποία τραβήχτηκε αυτή η φωτογραφία».

«Ενδιαφέρον», σχολίασε ο Επιθεωρητής Τζαμάνι. «Και, αν αυτά τα περιστατικά συνδέονται με τα προηγούμενα, αν πράγματι όλα αυτά συνδέονται, η κατάσταση γίνεται όλο και πιο πολύπλοκη».

«Θεωρώ ότι το καλύτερο πράγμα που έχουμε να κάνουμε είναι να ελέγξουμε», είπε ο Αρχηγός. «Εστάλη προληπτικά ένα περιπολικό αλλά θα ήθελα να πάτε κι εσείς εκεί, για να μιλήσετε με το ζεύγος Τόζι. Μένουν στην οδό Ματσίνι».

Ο Αρχηγός τους έδωσε την ακριβή διεύθυνση, στην οποία έπρεπε να πάνε και τους χαιρέτισε, συνιστώντας τους, όπως συνήθως, να προσέχουν.

«Θα βάλουμε τα δυνατά μας», είπε ο Φινόκι βγαίνοντας, πίσω από τον Επιθεωρητή.

«Α...και κάτι τελευταίο», είπε ο Αρχηγός, ζητώντας πάλι την προσοχή των δύο συναδέλφων, «δεχτήκαμε τηλεφώνημα από τη μητέρα της δεσποινίδας Μιστρόνι, η οποία μας ρώτησε πώς προχωρούν οι έρευνες. Την καθησυχάσαμε και της είπαμε ότι ακολουθούμε διάφορες οδούς».

«Ευχαριστούμε, Αρχηγέ», είπε ο Επιθεωρητής, «Ας ελπίσουμε μόνο να είναι οι σωστές».

Οι δουλειές πήγαιναν πολύ καλά κι ο άντρας είχε πίστη στο γεγονός ότι η κατάσταση μόνο καλύτερη γινόταν.

Όλα φαίνονταν να πηγαίνουν καλά: ο λογαριασμός του στην τράπεζα κινούνταν πάντα ελάχιστα, για να μην κινήσει τυχόν υποψίες, αλλά η αμοιβή του ερχόταν εξ ολοκλήρου μέσω ταχυδρομείου, από εναλλασσόμενους, ανυποψίαστους ταχυμεταφορείς, οι οποίοι δούλευαν σε όλη την ιταλική επικράτεια. Το διαφημιστικό δίκτυο ήταν πολύ μεγάλο, καλύπτοντας μεγάλο μέρος της επαρχίας της Μπολόνια, και επεκτεινόταν συνεχώς, το οποίο σήμαινε συνεχώς μεγαλύτερη δυνατότητα προσέλκυσης περισσότερων συνεργατών. Συνεργατών που, εκείνη τη στιγμή, έφταναν σε έναν πολύ ικανοποιητικό αριθμό.

Εκτός από περιπτώσεις σχετικών επιπλοκών, δύο φορές την εβδομάδα, δεχόταν τηλεφώνημα από τη *Φωνή*, για να τον ενημερώσει για την κατάσταση και ο άντρας ήταν ευχαριστημένος, που όλα προχωρούσαν κατ' αυτόν τον τρόπο.

Προέβλεπε εκθετική αύξηση των εργασιών μέσα στους επόμενους μήνες κι αυτό δεν μπορούσε παρά να τον κάνει ευτυχισμένο.

XXIV

Όταν ο Επιθεωρητής Τζαμάνι κι ο πράκτορας Φινόκι εμφανίστηκαν στο σπίτι του ζεύγους Τόζι, βρήκαν τους δύο πράκτορες περιπολίας που είχαν σταλεί προληπτικά εκεί και τους ρώτησαν πώς ήταν η κατάσταση.

«Τώρα, φαίνονται όλα ήσυχα», εξήγησε ο ένας από τους δύο

πράκτορες. «Κανένα ιδιαίτερο τηλεφώνημα, τίποτα παράξενο».
Ο Τζαμάνι συγκατένευσε και, μετά, απευθυνόμενος στους δύο συζύγους, πρόσθεσε: «Αν συμφωνείτε, μπορούμε να θέσουμε υπό παρακολούθηση την τηλεφωνική σας γραμμή, με την ελπίδα να εντοπίσουμε αυτόν που σας καλεί».
Ο κύριος Τόζι κοίταξε τη γυναίκα του κι απάντησε: «Από μένα, εντάξει».
«Κάντε ό,τι θεωρείτε απαραίτητο», είπε η γυναίκα, «για μας το σημαντικό είναι να καταφέρουμε να είμαστε ήρεμοι, χωρίς οποιουδήποτε είδους απειλές. Αν χρειάζεται να παρακολουθείτε το τηλέφωνο, φυσικά και να το κάνετε».
«Τέλεια», είπε ο Τζαμάνι. «Θα δώσουμε σχετικές οδηγίες».
«Σας ευχαριστούμε για όσα κάνετε για την ασφάλειά μας. Δεν θα ήθελα να μας συμβεί κάτι άσχημο», είπε ο άντρας.
«Η δουλειά μας είναι», τον καθησύχασε ο πράκτορας Φινόκι.
«Υπάρχουν κι άλλα περιστατικά, πέρα από όσα μας έχετε πει;» θέλησε να μάθει ο Επιθεωρητής.
«Όχι», απάντησε η γυναίκα.
«Ωραία», είπε ο Τζαμάνι. «Σύντομα η τηλεφωνική γραμμή θα είναι υπό παρακολούθηση σε 24ωρη βάση. Να μας ενημερώσετε, αν σας παραδοθούν κι άλλοι ανώνυμοι φάκελοι ή οτιδήποτε άλλο ύποπτο».
«Εννοείται πως θα το κάνουμε», τον διαβεβαίωσε ο κύριος Τόζι.
«Τέλεια. Θα δείτε ότι θα βρούμε σύντομα τον ένοχο για όλο αυτό».
Το ζευγάρι τους ευχαρίστησε κι ο Τζαμάνι με τον Φινόκι, μαζί με τους δύο πράκτορες περιπολίας, έφυγαν από το διαμέρισμα, τονίζοντάς τους και πάλι να μη διστάσουν να επικοινωνήσουν μαζί τους, σε περίπτωση ανάγκης.

Στο μεταξύ, ο Αρχηγός Λούτσι οργάνωσε μία ομάδα μυστικών πρακτόρων να είναι παρόντες ανά ζεύγη, για να παρακολουθούν το μαγαζί του Φαλκέτι και τον ακολουθούσαν, κάθε φορά που μετακινούταν.
Για να μην τους αντιληφθούν και για να μην κινήσουν υποψίες, ο Αρχηγός όρισε διαφορετικούς αντικαταστάτες, για κάθε φορά, ανά διαστήματα μισής ώρας με τρία τέταρτα της ώρας, για να έχει

ελεύθερους, αν χρειαστεί άλλο ένα ζευγάρι πρακτόρων, σε περίπτωση που ο ανθοπώλης απομακρυνόταν από το μαγαζί, προκειμένου να καταφέρουν να τον ακολουθήσουν για να βλέπουν τις μετακινήσεις του και, την ίδια ώρα, να ελέγχονται και οι κινήσεις στην περιοχή του καταστήματος.

Το πρώτο βράδυ, οι δύο πράκτορες που ακολούθησαν τον άνδρα ως το σπίτι του, ενημέρωσαν το Αρχηγείο για τη διεύθυνσή του.

Την επόμενη ημέρα, ένας άλλος πράκτορας κάλεσε με απόκρυψη αριθμού τον Φαλκέτι, παριστάνοντας τον υπάλληλο της εταιρίας τηλεφωνίας και λέγοντάς του ότι κάποιοι ένοικοι είχαν διαμαρτυρηθεί ότι υπήρχε πρόβλημα με παράσιτα στη γραμμή και ότι επικοινωνούσαν με όλους τους ενοίκους της πολυκατοικίας, για να ελέγξουν τις γραμμές. Του είπε ότι είχαν στείλει κάποιον για επί τόπου έλεγχο, την ίδια μέρα, την ώρα που θα τον εξυπηρετούσε, χωρίς να εμποδίσουν την εργασία του.

Αμέσως μετά το μεσημεριανό, ένας ειδικός παρουσιάστηκε στο διαμέρισμα του κυρίου Φαλκέτι και, εν αγνοία του, έβαλε κοριό στο επιπλάκι πάνω στο οποίο βρισκόταν το τηλέφωνο, έτσι ώστε να ελέγχει το διαμέρισμα, σε περίπτωση που έρχονταν επισκέπτες και, ταυτόχρονα, έθεσε υπό έλεγχο και την ιδιωτική τηλεφωνική γραμμή.

Μόλις έμαθε αυτές τις εξελίξεις από τον Αρχηγό, ο Επιθεωρητής Τζαμάνι τον συνεχάρη για την καλή δουλειά και ζήτησε να τον κρατά ενήμερο.

Για το υπόλοιπο της ημέρας, το ζεύγος Τόζι δεν έλαβε κάποιο ανώνυμο τηλεφώνημα και όλα φαίνονταν να κυλούν ομαλά.

Αργά το βράδυ, όταν ετοιμάζονταν να πάνε για ύπνο, χτύπησε το κουδούνι.

Οι δύο σύζυγοι κοιτάχτηκαν σιωπηλοί, αναρωτώμενοι με το βλέμμα ποιος θα μπορούσε να είναι τόσο αργά και, μετά από λίγο, σκέφτηκαν να μην απαντήσουν.

Το κουδούνι χτύπησε δεύτερη φορά, μέσα σε λίγα λεπτά.

«Ποιος μπορεί να είναι;» ρώτησε η γυναίκα.

Ο άντρας δεν ήξερε τι να πει, αλλά ήθελε να την ενθαρρύνει κάνοντάς την να καταλάβει ότι δεν έπρεπε να ανησυχεί γιατί, κι αν ήταν κάποιος κακοπροαίρετος, εκείνοι ήταν ασφαλείς μέσα στο διαμέρισμά τους.

Ενόσω η σύζυγος συμφωνούσε, το κουδούνι χτύπησε για τρίτη φορά, κάτι που την έκανε να αποφασίσει πως θα ήταν καλύτερο να απαντήσουν, αλλιώς θα έπρεπε να ρισκάρουν ότι αυτό θα συνέχιζε για πολλή ώρα.

«Κι ύστερα, μπορεί να συνέβη κάτι στον γιο μας και κάποιος να πέρασε για να μας ενημερώσει», συνέχισε.

«Εντάξει. Πάω να δω», είπε ο άντρας, καθώς σηκωνόταν από την καρέκλα.

«Ποιος είναι;» ρώτησε από το θυροτηλέφωνο, αλλά δεν απάντησε κανείς.

«Ποιος είναι;» επανέλαβε, κι αυτή τη φορά για απάντηση άκουσε μία ανάσα.

«Είναι κανείς εκεί; Έχει συμβεί κάτι;»

«Τι συμβαίνει, Τζόρτζιο;» θέλησε να μάθει η γυναίκα.

«Ακούγεται κάποιος κάτω, αλλά δεν καταλαβαίνω ποιος μπορεί να είναι», είπε σιγανά ο άντρας, χωρίς να κλείσει το θυροτηλέφωνο, αλλά καλύπτοντάς το με το χέρι του, για να μην ακούγεται αυτό που έλεγε.

«Ποιος είναι;» ρώτησε ξανά, στη συνέχεια.

Κι άλλη ανάσα.

«Κάποιος που παίρνει ανάσες», εξήγησε χαμηλόφωνα, έτσι ώστε να ακούσει μόνο η γυναίκα του.

Σε αυτό το σημείο ο Τζόρτζιο Τόζι έκλεισε το θυροτηλέφωνο και πήγε στη γυναίκα του.

«Δεν ξέρω ποιος μπορεί να είναι, αλλά εμείς είμαστε μέσα στο σπίτι μας, ενώ αυτό το άτομο είναι απέξω».

Το κουδούνι χτύπησε και πάλι.

Οι σύζυγοι κοιτάχτηκαν ακόμη μία φορά, χωρίς να μιλήσουν, και μετά ο άντρας, είπε: «Δεν μπορούμε να συνεχίσουμε έτσι, όλη τη νύχτα».

Άνοιξε την πόρτα και κατέβηκε από τις σκάλες, αλλά όταν έφτασε στην είσοδο, είδε μόνο μία σκιά να χάνεται στο πουθενά και όταν άνοιξε την πόρτα της εισόδου, είδε από μακριά μόνο την πλάτη ενός άνδρα.

«Ε, εσείς εκεί».

Ο άντρας παρέμεινε απαθής, σαν να μην άκουγε και συνέχισε με βήμα αρκετά γρήγορο προς την κατεύθυνση που πήγαινε.

Ο Τζόρτζιο Τόζι προσπάθησε να τον κυνηγήσει για μερικές δεκάδες μέτρα αλλά, μετά, καταλαβαίνοντας ότι δεν θα κατάφερνε να τον φτάσει, γύρισε πίσω, ανέβηκε στο σπίτι κι ενημέρωσε τη γυναίκα του.

«Κάλεσε την αστυνομία», είπε εκείνη. «Εκεί βρίσκεται κάποιος όλες τις ώρες. Τηλεφώνησε κι εξήγησέ τους τι έγινε. Το καλύτερο θα είναι, αν είναι εκεί ο Επιθεωρητής που ήρθε νωρίτερα εδώ, αλλά στην χειρότερη των περιπτώσεων θα ταου μεταφέρουν τις πληροφορίες».

Ακολουθώντας τη συμβουλή της γυναίκας του, ο κύριος Τόζι κάλεσε την αστυνομία και, όταν τους βρήκε, εξήγησε με λεπτομέρειες αυτό που είχε συμβεί λίγη ώρα νωρίτερα.

«Μπορεί να θέσατε υπό παρακολούθηση την τηλεφωνική γραμμή, αλλά δεν δεχτήκαμε άλλα τηλεφωνήματα», εξήγησε στον πράκτορα υπηρεσίας.

«Εντάξει, μείνετε ήσυχοι και θυμηθείτε ότι στο διαμέρισμά σας είστε ασφαλείς. Θα αναφέρω όλες τις πληροφορίες. Σε περίπτωση που χτυπήσει το τηλέφωνο, απαντήστε οπωσδήποτε και, αν είναι ένα από τα ανώνυμα τηλεφωνήματα, προσπαθήστε να χρονοτριβήσετε, έτσι ώστε να αυξήσουμε τις πιθανότητες να εντοπίσουμε αυτόν που καλεί».

Ο Τζόρτζιο Τόζι συμφώνησε, μετά έκλεισε το τηλέφωνο κι εξήγησε στη γυναίκα του όλα όσα ειπώθηκαν στο τηλέφωνο με τον πράκτορα της αστυνομίας.

XXV

«Χαίρετε», είπε ένας πράκτορας της αστυνομίας, σταματώντας μία κυρία που έμπαινε στο Αρχηγείο της οδού Σάφι. «Πώς μπορούμε να σας φανούμε χρήσιμοι;».

«Πρέπει να ομολογήσω. Σκότωσα έναν άνθρωπο».

Το πρόσωπο του πράκτορα χλόμιασε και, αμέσως μετά, ο αστυνόμος ζήτησε από την γυναίκα να περάσει σε μία αίθουσα αναμονής, για να ενημερώσει τον Τζόρτζιο Λούτσι.

Μετά από περίπου ένα τέταρτο της ώρας, η γυναίκα συνοδεύτηκε στο γραφείο του Αρχηγού.

«Καθίστε κι εξηγήστε μου προσεκτικά περί τίνος πρόκειται», είπε ο Λούτσι, «Σκοτώσατε κάποιον;»

Η γυναίκα συγκατένευσε.

Δυσκολευόταν να μιλήσει και στη φωνή της ακουγόταν ο φόβος επειδή θα αποκάλυπτε κάτι.

«Πείτε μου τι συνέβη. Πρώτα απ'όλα ποιο ήταν αυτό το άτομο;»

«Έχει σημασία το όνομα;»

«Μάλιστα, κυρία. Πρέπει, σίγουρα, να ενημερώσουμε για το συμβάν τους συγγενείς του θύματος».

Έκανε μία μικρή παύση, μετά από την οποία άρχισε πάλι να μιλά.

«Μιστρόνι. Την έλεγαν Μιστρόνι, μα δεν ξέρω το μικρό της όνομα. Δεν το θυμάμαι, δεν το ξέρω…συγγνώμη, είμαι λίγο μπερδεμένη».

Μετά από αυτές τις λέξεις, ο Αρχηγός έμεινες ακίνητος για μία στιγμή στην καρέκλα του, σαν να είχε πετρώσει, και μετά είπε: «Μείνετε εδώ μία στιγμή», βγήκε από το γραφείο κι έβαλε να βρουν τον Επιθεωρητή Τζαμάνι.

«Περιμένουμε κάποιον που ασχολείται με τον θάνατο της δεσποινίδας Μιστρόνι», εξήγησε ο Αρχηγός Λούτσι στη γυναίκα.

Όταν έφτασε ο Επιθεωρητής, μαζί με τον πράκτορα Φινόκι, έκλεισε την πόρτα του γραφείο, κάθισε και απευθύνθηκε στον Αρχηγό.

«Λοιπόν, ποιος θα μου εξηγήσει τι συνέβη;»

«Η κυρία ήρθε λέγοντας ότι σκότωσε τη δεσποινίδα Μιστρόνι.

Για την ώρα δεν ξέρουμε κάτι άλλο, αλλά φαντάζομαι ότι αφού ήρθε θα μας δώσει κι εξηγήσεις», είπε ο Αρχηγός.

«Καλά λέω;» πρόσθεσε, απευθυνόμενος στη γυναίκα, αυτή τη φορά.

«Για την περίσταση αυτή έφερα κι ένα μαγνητόφωνο», είπε ο Τζαμάνι.

Μετά από λίγα λεπτά, στα οποία επικράτησε σιωπή στο γραφείο, ο Επιθεωρητής έθεσε σε λειτουργία το μαγνητόφωνο, είπε την ημερομηνία και την ώρα και, μετά, απευθύνθηκε στη γυναίκα.

«Μπορώ να μάθω το όνομά σας; Αυτή η ομολογία θα μπει στα πρακτικά της υπόθεσης».

«Μαρία Μαρτσέλλα Τζανιμπόνι».

«Ωραία. Τώρα, πείτε μας παρακαλώ, τι συνέβη. Τι σας οδήγησε στο να διαπράξετε δολοφονία;»

«Δεν ήθελα να το κάνω», ξεκίνησε να λέει η γυναίκα, «έχω μετανιώσει γι' αυτό που έκανα».

Αμέσως μετά, άρχισε να κλαίει.

Ο Λούτσι κι ο Τζαμάνι ήταν συνηθισμένοι σε παρόμοιες σκηνές. Ήξεραν ότι, συχνά, όταν ερχόταν ο ένοχος για ένα έγκλημα, το έκανε εφόσον συνειδητοποιούσε ότι είχε κάνει λάθος.

Όταν η γυναίκα ηρέμησε λίγο, ζήτησε συγγνώμη και άρχισε πάλι να μιλά.

«Λυπάμαι, δεν ήθελα να συμβεί. Στην αρχή, ήμουν σίγουρη γι' αυτό που έκανα αλλά, μέσα μου, κάτι άλλαξε».

«Εξηγήστε μας καλύτερα», την προέτρεψε ο Αρχηγός. «Μέχρι τώρα, δεν ξέρουμε τίποτα για το πώς εκτυλίχθηκαν τα γεγονότα. Πρώτα απ' όλα, από πού γνωρίζατε τη δεσποινίδα Μιστρόνι;»

«Δεν την ήξερα, μέχρι την ημέρα που…την σκότωσα».

Η τελευταία λέξη βγήκε με δυσκολία από τα χείλη της γυναίκας σαν να αισθανόταν αηδία, καθώς την πρόφερε.

«Με συγχωρείτε, μα δεν καταλαβαίνω», είπε ο Τζαμάνι, «μπορείτε να γίνετε πιο συγκεκριμένη;»

Η γυναίκα έκανε άλλη μία παύση. Ήταν σαν οι λέξεις να έβγαιναν βεβιασμένα.

«Σας ζητώ να καταλάβετε την κατάστασή μου. Δυσκολεύομαι να μιλήσω γι' αυτά τα γεγονότα».

Ο Τζαμάνι πάτησε το PAUSE στο μαγνητόφωνο και μετά,

απευθύνθηκε στη γυναίκα: «Προσπαθήστε να ηρεμήσετε. Όταν είστε έτοιμη, συνεχίζουμε».

«Είναι ντροπιαστικό για μένα να μιλώ γι' αυτά τα πράγματα», είπε απευθυνόμενη στους ανακριτές της. «Κάποιες φορές δεν αντιλαμβάνομαι ούτε εγώ ότι βρίσκομαι σε αυτή την κατάσταση».

«Μην ανησυχείτε. Προσπαθήστε να σκεφτείτε ότι μιλάτε με άτομα που μπορείτε να εμπιστευθείτε, χωρίς κανένα πρόβλημα».

Ο Λούτσι κι ο Τζαμάνι άρχισαν να καταλαβαίνουν ότι αυτό που συνέβη στη Λουτσία Μιστρόνι ήταν κάτι έξω από τη δολοφόνο της ή με κάποιο τρόπο, ήταν σαν αυτό το άτομο να μην ήταν ένοχο γι' αυτό που έκανε τη στιγμή της δολοφονίας.

Όταν η γυναίκα αισθάνθηκε καλύτερα, έκανε νόημα στον Τζαμάνι, ο οποίος πάτησε ξανά το PAUSE, για να ξεκινήσει και πάλι η εγγραφή.

«Λοιπόν, κυρία, εξηγείστε μας πώς έγιναν τα πράγματα», είπε ο Αρχηγός.

«Δεν ξέρω από πού να αρχίσω».

«Πάρτε όσο χρόνο θέλετε, για να σκεφτείτε», τη συμβούλεψε ο Τζαμάνι.

Η κυρία Τζανιμπόνι παρέμεινε για λίγο σιωπηλή, σαν να αναδιοργάνωνε τις σκέψεις της για να συνθέσει το λόγο της και, μετά, άρχισε και πάλι να μιλά.

«Δεν ξέρω από ποιο σημείο να ξεκινήσω», είπε. «Είναι σαν να οδηγήθηκα στη δολοφονία από κάποιον ή κάτι, σαν χείρα βοηθείας. Εν τέλει, δεν ήθελα να συμβεί».

«Μπορείτε να μας αφηγηθείτε πώς εκτυλίχθηκαν τα γεγονότα;» ρώτησε ο Τζαμάνι.

«Ναι, με συγχωρείτε».

Η φωνή της έτρεμε, ελαφρά, αλλά μετά από λίγη ώρα σιωπής, οι λέξεις βγήκαν από το στόμα της σαν να διάβαζε σενάριο· με τέτοιο τρόπο έρρεαν.

Ήταν σαν η γυναίκα να συνήλθε ξαφνικά και να απέκτησε διαύγεια μετά από ένα διάστημα πνευματικής μέθης.

«Τώρα, θα σας εξηγήσω τι έγινε εκείνη την ημέρα», είπε η Τζανιμπόνι, παρατηρώντας τους ανακριτές της, για να σιγουρευτεί ότι την πρόσεχαν. «Έφτασα στο σπίτι της και χτύπησα το κουδούνι. Δεν ήμουν σίγουρη ότι θα έβρισκα αμέσως την κοπέλα, γιατί θα μπορούσε να είχε βγει, αλλά ήλπιζα να τη βρω. Ήθελα όλα να τελειώσουν όλα, το συντομότερο δυνατόν».

Ο Τζαμάνι κι ο Φινόκι κοιτάχτηκαν, μπερδεμένοι.

«Συνεχίστε, κυρία», είπε ο Επιθεωρητής.

«Η κοπέλα ήταν στο σπίτι κι απάντησε αμέσως στο θυροτηλέφωνο. Όταν ρώτησε ποιος ήταν, της είπα ότι έπρεπε να μιλήσω μαζί της για ένα σημαντικό ζήτημα. Εκείνη δεν με γνώριζε, της το είπα, όπως κι ότι, αν δεν την πείραζε, θα ήθελα να κατέβει για να της εξηγήσω κάποια πράγματα. Τελικά, μου άνοιξε την πόρτα κι ανέβηκα στο σπίτι της. Είχε ένα πολύ όμορφο διαμέρισμα, παρόλο που δεν το γύρισα όλο. Και θυμάμαι να της έκανα κομπλιμέντο για το σπίτι της.

Η κοπέλα ήταν επιφυλακτική στη συμπεριφορά της, ίσως γιατί δεν γνωριζόμαστε, αλλά εγώ ήθελα να μειώσω την έντασή της, μιλώντας της ήρεμα και προσπαθώντας να την κάνω να καταλάβει ότι δεν είχα επιθετικές προθέσεις».

«Με συγχωρείτε, μία στιγμή, κυρία», τη διέκοψε ο Τζαμάνι. «Πώς μπορούσατε να λέτε ότι δεν είχατε επιθετικές προθέσεις, αν είχατε πάει για να την σκοτώσετε;»

«Αντιλαμβάνομαι τι δεν καταλαβαίνετε, Επιθεωρητά, αλλά θα προσπαθήσω να σας εξηγήσω καλύτερα τα πράγματα», απάντησε η γυναίκα. «Αρχικά, της είπα κάτι που εκείνη, Επιθεωρητά, ήξερε για κάποιο χρονικό διάστημα, μετά την έπεισα να φτιάξει ένα τσάι. Αυτό ήταν, κατά κάποιο τρόπο, απαραίτητο για μένα».

«Εξηγήστε μας καλύτερα, παρακαλώ», είπε ο Επιθεωρητής. «Και πείτε μας για ποιο πράγμα μιλήσατε. Ποια ήταν τα σημαντικά πράγματα για τα οποία θέλατε να μιλήσετε με την κοπέλα;»

«Πριν δέκα χρόνια έχασα τον άνδρα μου από καρδιακό επεισόδιο κι η δεσποινίς Μιστρόνι, σχεδόν δέκα μέρες πριν από αυτό, είχε σκοτώσει το γιο μου. Περνούσε το δρόμο κι εκείνη τον χτύπησε με το αυτοκίνητο. Πήγα στην κοπέλα, πρωτίστως, για να της δώσω να καταλάβει, σε ποια κατάσταση βρισκόμουν εγώ έχοντας μείνει χωρίς κανέναν, πλέον, και, μετά, ενώ μιλούσαμε γι' αυτά τα πράγματα, ήρεμα, τη ρώτησα αν μπορούσε να μου φτιάξει ένα τσάι λέγοντάς της ότι ήθελα να το μοιραστώ μαζί της».

Ο Τζαμάνι κι ο Φινόκι εξακολουθούσαν να είναι παραξενεμένοι

από τη συμπεριφορά της γυναίκας και, σε μία παύση όπου το μαγνητόφωνο συνέχιζε να γράφει την ομολογία, ο Τζαμάνι είπε: «Απ'όσο μπορώ να καταλάβω, είχατε συνεχώς διαύγεια κι επίγνωση αυτού που κάνατε».

«Όπως σας είπα, δεν ήθελα να συμβεί αλλά ήταν σαν εκείνη τη στιγμή να αισθανόμουν την επιθυμία να εκδικηθώ κι από την οποία δεν μπορούσα να απαλλαγώ».

Οι δύο αστυνομικοί είχαν μείνει άφωνοι κι ο πράκτορας Φινόκι κατάφερε μόνο να πει: «Σε τι εξυπηρετούσε το τσάι; Εσείς η ίδια είπατε ότι ήταν απαραίτητο γι' αυτό που πήγατε να κάνετε εκεί, σωστά;»

«Μάλιστα», απάντησε η γυναίκα. «Μιλούσαμε γι' αυτά τα πράγματα για αρκετή ώρα, όπως θα έκαναν δύο φίλες. Προφανώς, της έδωσα να καταλάβει ότι, με κάποιο τρόπο, το λάθος της έπρεπε να της βαραίνει τη συνείδηση. Η κοπέλα δεν καταλάβαινε την υποσυνείδητη επιθυμία μου για εκδίκηση, γιατί ήταν σαν ο προσεκτικός κι ευγενικός μου τόνος, να την έκαναν να ρίξει τις αρχικές της άμυνες και, σε κάποια στιγμή, τη ρώτησα αν έχει συγγενείς, με τους οποίους να έχει τόσο δυνατό δεσμό, όσο αυτός που υπήρχε ανάμεσα σε μένα και το γιο μου. Μου είπε ότι για εκείνην ο αδελφός της...ο Άτος, μου φαίνεται ότι τον λένε... είναι πολύ σημαντικός, γιατί με εκείνον πέρασε πολύ καιρό μαζί και έχουν κάνει πολλά πράγματα, έτσι την ρώτησα αν είχε κάποια φωτογραφία με τον αδελφό της. Της είπα ότι σε αυτές τις φωτογραφίες θα έπρεπε να απέπνεε μεγάλη ευτυχία κι έτσι πήγε να βρει μία. Εκείνη την ώρα, έριξα αρκετές σταγόνες μελατονίνης στο φλιτζάνι της με το τσάι. Όταν γύρισε με τη φωτογραφία, τελειώσαμε το τσάι και συνεχίσαμε να μιλάμε και, στο μεταξύ, κοιτούσα εναλλάξ εκείνη και τον αδελφό της, όπως τους είχε απαθανατίσει ο φακός. Κάποια στιγμή, την ευχαρίστησα για τη συζήτηση, της ζήτησα συγγνώμη για την ενόχληση και της είπα ότι θα γύριζα σπίτι. Καθώς άνοιγε την πόρτα για να με ξεπροβοδίσει ως το κεφαλόσκαλο, η κοπέλα είπε ότι ήταν χαρά της που με γνώρισε και που μίλησε μαζί μου γι' αυτά τα θέματα. 'Ο γιος σας θα είναι ένα σημαντικό βάρος στο μέλλον μου', είπε χαιρετώντας με».

«Είχα καιρό να ακούσω μία τόσο εύστοχη δήλωση», σχολίασε ο

Επιθεωρητής. «Προφανώς, η κοπέλα δεν ήξερε ότι λίγη ώρα μετά θα ήταν νεκρή».

Η γυναίκα συγκατένευσε.

«Κι εσείς πώς το μάθατε;» ρώτησε κάποια στιγμή ο Φινόκι.

«Λίγες μέρες μετά, γύρισα και χτύπησα και πάλι το κουδούνι. Έμεινα αρκετά λεπτά, μπροστά από την πόρτα της εισόδου, χωρίς να πάρω απάντηση, μετά είδα μία κυρία να μπαίνει στο κτίριο και την ρώτησα για την κοπέλα. Με ρώτησε ποια είμαι και πώς δεν ήξερα ότι ήταν νεκρή. Της είπα ότι ήμουν μία γνωστή της, ότι πέρασα για να τα πούμε και ότι λυπόμουν πολύ γι' αυτό που είχε συμβεί».

Επικράτησε για λίγο σιωπή και, μετά, ο Τζαμάνι είπε: «Μας συγχωρείτε, κυρία, εγώ κι ο συνάδελφός μου πρέπει να βγούμε για λίγο».

Αφού πάτησε για μία ακόμη φορά το PAUSE στο μαγνητόφωνο, ο Επιθεωρητής κι ο πράκτορας Φινόκι, πήγαν στον διάδρομο, πέρα από το γραφείο του Αρχηγού Λούτσι.

«Δεν έχω ξανακούσει, ποτέ, κάτι σχετικό», είπε ο Επιθεωρητής.

«Εμένα μου φαίνεται ότι έχει να κάνει με ανθρωποκτονία, αλλά με τη διαύγεια ενός κατά συρροή δολοφόνου».

«Να προσπαθήσουμε να καταλάβουμε κάτι περισσότερο», πρότεινε ο Τζαμάνι, κάνοντας νόημα να ξαναμπούν στο γραφείο.

«Λοιπόν, κυρία, ακούσαμε με προσοχή την αφήγησή σας και το σκεφτήκαμε για λίγο», είπε ο Επιθεωρητής, απενεργοποιώντας το PAUSE στο μαγνητόφωνο. «Τώρα, αναρωτιέμαι και σας ρωτώ το εξής: γιατί το κάνατε αυτό; Δεν αρκούσε να αφήσετε τη δικαιοσύνη να κάνει το έργο της; Ποιο ήταν το κίνητρο που προκάλεσε αυτή σας τη συμπεριφορά;»

Η κυρία Τζανιμπόνι παρέμεινε, για λίγο, χωρίς να πει τίποτα και, μετά, βγάζοντας από την τσάντα της ένα διπλωμένο χαρτί, είπα απλά: «Όλα ξεκίνησαν από αυτό».

Ο Τζαμάνι ξεδίπλωσε το χαρτί, για να μπορέσει να διαβάσει αυτό που έγραφε, δείχνοντάς το στον πράκτορα Φινόκι.

Ήταν ένα διαφημιστικό φυλλάδιο που έγραφε με πολύ μεγάλους χαρακτήρες:

ΧΑΣΑΤΕ ΚΑΠΟΙΟ ΑΓΑΠΗΜΕΝΟ ΠΡΟΣΩΠΟ; ΕΛΑΤΕ ΣΕ

ΕΜΑΣ: ΘΑ ΣΑΣ ΒΟΗΘΗΣΟΥΜΕ!
Η ΟΡΓΑΝΩΣΗ «ΑΤΡΟΠΟΣ» ΣΑΣ ΠΕΡΙΜΕΝΕΙ!

Στο κάτω μέρος του φυλλαδίου, χωρίς στοιχεία τηλεφωνικής επικοινωνίας, υπήρχε κάτι που πρέπει να ήταν η διεύθυνση της εν λόγω οργάνωσης.
Αναλογιζόμενος όλα όσα είχε αφηγηθεί η κυρία Τζανιμπόνι και συνδέοντας όλα τα γεγονότα των τελευταίων ημερών, οι δύο αστυνομικοί ανατρίχιασαν κι έκλεισαν τα μάτια τους.
Ήλπιζαν ότι το φως θα έπεφτε με άλλο τρόπο αλλά, τουλάχιστον εκείνη την ώρα, είχαν έναν σταθερό δρόμο να ακολουθήσουν.
«Πρέπει να σας συλλάβουμε για φόνο εκ προμελέτης», είπε στο τέλος ο Τζαμάνι, απευθυνόμενος στην κοπέλα, ενώ ξαναδίπλωνε το φυλλάδιο που είχε στα χέρια του βάζοντάς το, προσωρινά, στην τσέπη του παντελονιού του. «Καταλαβαίνετε, κυρία;»
Η γυναίκα άρχισε να κλαίει κι δεν μίλησε ξανά.
Όταν έφτασαν οι δύο πράκτορες που κάλεσε ο Μάρκο Φινόκι για να τη συνοδεύσουν στο κελί, εκείνη δεν έκανε την παραμικρή κίνηση, για να αντισταθεί.

Οι τηλεφωνικές κλήσεις τις ιδιωτικής γραμμής στην κατοικία του κυρίου Φινόκι, δεν έδωσαν τα επιθυμητά αποτελέσματα, ίσως επειδή η οποιαδήποτε επικοινωνία γινόταν με άλλο τρόπο και όχι με τηλεφωνήματα στο σπίτι. Αντίθετα, η παρακολούθηση των κινήσεων έξω από το μαγαζί, έφεραν στο φως πολύ συχνές επισκέψεις, ίσως και καθημερινές, από έναν επιβλητικό άνδρα, γύρω στα πενήντα, που έμπαινε, κουβέντιαζε με τον ανθοπώλη για μερικά λεπτά και, μετά, έφευγε.
Όταν έτυχε, για λίγο, να αντικαταστήσει τον ανθοπώλη μία κοπέλα, ενδεχομένως κάποια βοηθός ή συνέταιρος, ο άντρας έφυγε αμέσως.
Τις τελευταίες ημέρες, οι μυστικοί πράκτορες, που ήλεγχαν το ανθοπωλείο, παρατήρησαν ότι μεταξύ του Φαλκέτι και του άγνωστου άνδρα υπήρξε ένας διάλογος, σίγουρα πιο έντονος, από ότι συνήθως.
Από τη λεπτομερή περιγραφή των πρακτόρων, ο Αρχηγός ζήτησε να γίνει ένα σκίτσο του άνδρα και, όταν το πήρε, το έστειλε στον

Τζαμάνι.

«Φαίνεται ότι ο Φαλκέτι γνωρίζει καλά αυτό το άτομο», είπε ο Αρχηγός. «Δεν ξέρουμε το όνομά του, αλλά περνά πολύ συχνά από το ανθοπωλείο. Πιστεύω ότι θα ήταν πολύ καλή ιδέα να ζητούσαμε περισσότερες πληροφορίες από τον ίδιο τον Φαλκέτι».

«Συμφωνώ», είπε ο Τζαμάνι.

Με το σκίτσο στα χέρια του, ο Επιθεωρητής κάλεσε τον πράκτορα Φινόκι και πήγαν μαζί μία επίσκεψη στον ανθοπώλη.

«Τι θέλετε πάλι από μένα;» ρώτησε ο Φαλκέτι βλέποντας τους αστυνομικούς να μπαίνουν στο μαγαζί του.

«Πρέπει, επειγόντως, να σας μιλήσουμε», εξήγησε ο Τζαμάνι.

«Τι έγινε αυτή τη φορά;»

«Ποιος είναι αυτός ο άντρας;» ρώτησε ο Επιθεωρητής, χωρίς να χάσει χρόνο.

«Μμμ...δεν ξέρω», απάντησε ο Φαλκέτι, αφού είδε το σκίτσο. «Δεν νομίζω ότι τον έχω ξαναδεί».

«Είστε σίγουρος γι' αυτό;» ρώτησε ο Φινόκι.

«Ελάτε, κύριε Φαλκέτι, ξέρουμε ότι βλέπεστε αρκετά συχνά», είπε ο Τζαμάνι, για να δει την αντίδραση του ανθοπώλη. «Από πού γνωρίζεστε; Ποιος είναι αυτός ο άνθρωπος και γιατί περνά τόσο συχνά από εδώ;»

Μετά από μία στιγμή σιωπής, αντιλαμβανόμενος ότι δεν θα μπορούσε να χρονοτριβεί άλλο, ο Φαλκέτι είπε: «Εντάξει, γνωρίζω αυτόν τον άνδρα. Σε καμία περίπτωση δεν είμαστε φίλοι. Δεν τον ξέρω πέρα από μερικούς μήνες : θα είναι δύο ή τρεις».

«Πώς λέγεται; Και να μας πείτε και γιατί περνά τόσο συχνά από εδώ», είπε ο Τζαμάνι.

«Για να πω την αλήθεια, δεν ξέρω το όνομά του. Ξέρω μόνο ότι περνά από εδώ και μου αναθέτει κάποιες παραδόσεις λουλουδιών. Πάντα χρυσάνθεμα, για την ακρίβεια. Δεν ξέρω, όμως, γιατί το κάνει. Την πρώτη φορά, θεώρησα ότι ήταν μία παράδοση όπως όλες οι άλλες. Όμως, μετά, μου ζήτησε να κάνω κι άλλες παρόμοιες παραδόσεις, αλλά δεν έκανα πολλές ερωτήσεις. Στην τελική, για μένα όλοι οι πελάτες είναι το ίδιο, εφόσον πληρώνουν».

«Δεν υποπτευθήκατε ποτέ, τίποτα;» ρώτησε ο πράκτορας Φινόκι.

«Ξέρουμε ότι, τελευταία, είχατε μία αρκετά έντονη συζήτηση με αυτό τον άνθρωπο».

«Πώς το ξέρετε;» ρώτησε ο Φαλκέτι.

«Μας το'πε ένα πουλάκι», είπε, βιαστικά, ο Τζαμάνι. «Εξηγήστε μας, αναλυτικά, αυτή σας τη συζήτηση. Τι αφορούσε;»

«Λοιπόν...», άρχισε να λέει ο Φαλκέτι, «όταν με ενημερώσατε για την κυρία που βρήκατε στο δρόμο, προβληματίστηκα αλλά με τα χρήματα που κέρδιζα από τις άλλες παραδόσεις λουλουδιών, που μου ανέθετε αυτό το άτομο, δεν είπα ούτε και έκανα τίποτα. Όταν έμαθα ότι, συνεχίζοντας έτσι και παραμένοντας στη σκιά, θα μπορούσα να θεωρηθώ συνένοχος για πολλές άλλες δολοφονίες, δεν άντεξα να σιωπώ άλλο. Γι' αυτό, όταν ξαναεμφανίστηκε ο άντρας αυτός, λίγες μέρες πριν, του έδωσα να καταλάβει ότι με κάποιο τρόπο κατάλαβα ότι κάθε άτομο στο οποίο έστελνα λουλούδια, μετά από λίγο καιρό είχε κακό τέλος».

«Και τότε;» ρώτησε ο Τζαμάνι. «Πώς συνέχισε η συζήτηση;»

«Μου πρόσφερε λεφτά, σε αντάλλαγμα για τη σιωπή μου», εξήγησε ο Φαλκέτι. «Αρχικά, μου πρότεινε 5.000 ευρώ, μετά 10.000 και, όταν κατάλαβε ότι δεν με έριχνε, γιατί σε καμία περίπτωση δεν θα ρίσκαρα να λερώσω το ποινικό μου μητρώο, είπε τελικά ότι δεν υπήρχαν προβλήματα με το ποσό κι ότι μπορούσα να ζητήσω όποιο ποσό ήθελα».

«Κι εσείς τι απαντήσατε;» ρώτησε ο Φινόκι.

«Είπα ότι δεν με ενδιέφεραν τα λεφτά του και του ζήτησα να φύγει. Προσπάθησε να με αρπάξει, αλλά δεν τα κατάφερε. 'Δεν μπορείς να μου το κάνεις αυτό', ούρλιαξε και συνέχισε να μου λέει ότι δεν γινόταν να συνεχίσω έτσι. Τελικά, του είπα να φύγει κι ότι διαφορετικά θα καλούσα την αστυνομία».

«Κι εκείνος; Έφυγε;» ρώτησε ο Τζαμάνι.

Ο ανθοπώλης συγκατένευσε.

«Εντάξει», είπε ο Επιθεωρητής. «Θα έλεγα ότι αρκεί, για την ώρα. Ωστόσο, σας ζητώ να παραμείνετε στη διάθεσή μας».

«Όπως θέλετε», είπε ο Φαλκέτι, καθώς οι δύο αστυνομικοί άφηναν το κατάστημά του.

Όταν έφτασαν στο Αρχηγείο, ο Στέφανο Τζαμάνι κι ο Μάρκο Φινόκι συνάντησαν την Κιάρα Μπαλτζάνι, τη μητέρα της δεσποινίδας Μιστρόνι.

«Χαίρετε, κυρία», τη χαιρέτισε ο Επιθεωρητής.

«Χαίρετε», είπε η γυναίκα, «σας περίμενα».

«Μόλις επιστρέψαμε», εξήγησε ο Τζαμάνι, «ελπίζω να μην περιμένατε πολλή ώρα».

«Μην ανησυχείτε».

«Πώς μπορούμε να φανούμε χρήσιμοι;» ρώτησε ο πράκτορας Φινόκι.

«Πέρασα για να μάθω αν έχετε κάτι νεότερο, σχετικά με την υπόθεση της κόρης μου».

Ο Φινόκι κοίταξε τον Επιθεωρητή ο οποίος, αφού δίστασε για λίγο, είπε: «Έχουμε νεότερα. Πάμε κάπου ήσυχα».

Οι τρεις τους μεταφέρθηκαν σε μία από τις αίθουσες, κατά μήκος του κεντρικού διαδρόμου και, εκείνη τη στιγμή, ο Επιθεωρητής είπε: «Έχουμε κάνει αρκετά σημαντική πρόοδο, όσον αφορά την κόρη σας, τη Λουτσία».

«Αλήθεια; Πείτε που ότι είστε κοντά στο να βρείτε τον ένοχο», είπε η γυναίκα.

«Θα σας πω κάτι καλύτερο, κυρία», είπε ο Τζαμάνι. «Η δολοφόνος της κόρης σας ομολόγησε το έγκλημα. Αλλά, αυτή τη στιγμή, θεωρούμε ότι πρόκειται για κάτι πιο πολύπλοκο από έναν απλό φόνο».

«Ποια είναι αυτή η γυναίκα; Πώς γνώριζε την κόρη μου;»

Ο Επιθεωρητής της εξήγησε, εν μέρει, όσα του είχε αφηγηθεί η Τζανιμπόνι, λέγοντάς της μόνο όσα χρειάζονταν για να καταλάβει τα κίνητρα και αφήνοντας τη σχέση με την οργάνωση «Άτροπος».

Στο πρόσωπο της κυρίας Μπαλτζάνι εμφανίστηκαν με ταχύτητα πολλά συναισθήματα και, μετά, εκείνη είπε: «Και τώρα; Φαντάζομαι ότι τη συλλάβατε και θα δικαστεί, σωστά;»

Ο Επιθεωρητής, αφού κοίταξε στα μάτια τον πράκτορα Φινόκι, σαν να έψαχνε τις λέξεις για να της εξηγήσει, απάντησε: «Φυσικά, κυρία. Σύντομα θα υπάρξει κάποια δίκη αλλά, όπως σας είπα νωρίτερα, θεωρούμε ότι η υπόθεση που έχουμε στα χέρια μας είναι πιο πολύπλοκη από ότι φαινόταν στην αρχή».

«Και, λοιπόν, τι θα κάνετε;» θέλησε να μάθει εκείνη.

«Θα συνεχίσουμε τις έρευνες», απάντησε ο Μάρκο Φινόκι.

«Έχετε ήδη βρει την ένοχη, σωστά; Γιατί πρέπει να κάνετε κι

άλλες έρευνες;»

«Για την ώρα δεν μπορούμε να σας εξηγήσουμε περισσότερα», είπε βιαστικά ο Τζαμάνι. «Όμως, μπορούμε να σας εγγυηθούμε ότι θα συνεχίσουμε να κάνουμε τη δουλειά μας με τον καλύτερο τρόπο και ότι είμαστε αποφασισμένοι να βρούμε την άκρη του νήματος».

«Εξηγήστε μου καλύτερα, σας παρακαλώ. Δεν καταλαβαίνω», είπε η γυναίκα.

«Δεν μπορούμε. Τουλάχιστον, για την ώρα», είπε ο Επιθεωρητής. «Πρέπει να συνεχίσουμε την έρευνα, για να καταλάβουμε όλα όσα δεν έχουν ξεκαθαριστεί σε αυτή την ιστορία».

Η Κιάρα Μπαλτζάνι έμεινε ακίνητη και, χωρίς να πει κουβέντα, σαν να είχε ξεμείνει από λόγια και χωρίς να έχει, πλέον, τίποτα να υποστηρίξει.

«Και τώρα, μας συγχωρείτε», είπε ο Τζαμάνι, «αλλά πρέπει να σκεφτούμε πώς να αντιμετωπίσουμε τις τελευταίες εξελίξεις της υπόθεσης».

Οι δύο αστυνομικοί συνόδευσαν και πάλι τη γυναίκα στην έξοδο, λέγοντάς της ότι θα δούλευαν σκληρά για να φτάσουν στο τέλος αυτής της ιστορίας, το συντομότερο δυνατόν. Μετά, πήγαν να πάρουν έναν καφέ, για να προετοιμαστούν για όσα θα έπρεπε να κάνουν, ώστε να συνεχίσουν οι έρευνες.

XXVI

Όταν τελείωσε η ανάκριση της Μαρία Μαρτσέλα Τζανιμπόνι, ο

Αρχηγός Λούτσι κάλεσε στο γραφείο του τον Επιθεωρητή Τζαμάνι και τον πράκτορα Φινόκι, για να κάνουν έναν απολογισμό της κατάστασης, μετά τις τελευταίες εξελίξεις.

«Λοιπόν;» είπε ο Αρχηγός. «Ποιες οι σκέψεις σας γι'αυτή την ιστορία;»

«Προσωπικά, πιστεύω ότι είναι μπερδεμένη», παραδέχτηκε ο Τζαμάνι κι ο πράκτορας Φινόκι συγκατένευσε, για να επιβεβαιώσει τα λόγια του Επιθεωρητή.

«Θεωρείτε ότι η Λουτσία Μιστρόνι, ο Νταβίντε Παλιαρίνι και η Μαριολίνα Σπατζέζι συνδέονται, με κάποιο τρόπο, μεταξύ τους;»

«Υποθέτουμε, μέσω της Οργάνωσης 'Άτροπος'», είπε ο Τζαμάνι.

«Μπορεί να υπάρχει κάποια σύνδεση», είπε ο Μάρκο Φινόκι. «Τι σημαίνει εκείνο το μήνυμα στο φυλλάδιο;»

Ο Αρχηγός διάβασε το διαφημιστικό φυλλάδιο, μόλις εκείνη την ώρα, όταν ο Τζαμάνι του έδωσε το χαρτί, που τους είχε δώσει η κυρία Τζανιμπόνι.

«Συμφωνώ ότι μπορεί να υπάρχει κάποια παγίδα», παραδέχτηκε.

«Χρησιμοποιούμε πολύ τη φαντασία», είπε ο Επιθεωρητής, «αλλά δεν μπορούμε να αποκλείσουμε, εκ των προτέρων, κάποια ενδεχόμενα. Να σκεφτούμε λίγο τα γεγονότα».

Υπήρξε μία μικρή παύση, η οποία βοήθησε τον Λούτσι, τον Τζαμάνι και τον Φινόκι στο να προσπαθήσουν να θυμηθούν τις τρεις περιπτώσεις και να της συνδέσουν, υποθετικά, με την «Άτροπος».

«Για να δούμε...», ξεκίνησε ο Τζαμάνι. «Ας εξετάσουμε μία περίπτωση τη φορά, ξεκινώντας από εκείνη του κυρίου Παλιαρίνι. Τι γνωρίζουμε για εκείνον;»

«Σχεδόν τίποτα, εκτός από το γεγονός ότι είχε κληθεί στη δίκη που γινόταν επειδή χτύπησε έναν πεζό», είπε ο Λούτσι. «Μπορούμε, όμως, να ζητήσουμε πιο λεπτομερείς πληροφορίες».

Ο Αρχηγός κάλεσε έναν πράκτορα, ειδικό στα βίντεο, και του ζήτησε να αντλήσει όσο πιο πολλές πληροφορίες μπορούσε, για τον Νταβίντε Παλιαρίνι.

«Συνεχίζουμε με τη Σπατζέζι», πρότεινε ο Τζαμάνι, στο μεταξύ.

«Όπως φαίνεται, αυτοκτόνησε πέφτοντας από το παράθυρο», είπε ο πράκτορας Φινόκι.

«Πράγμα που μπορεί να αληθεύει, αλλά θα πρέπει να μάθουμε το κίνητρο που την ώθησε να το κάνει», είπε ο Αρχηγός.

«Επιστρέφουμε, για λίγο, στην 'Άτροπος'», είπε ο Επιθεωρητής.

«Τι κάνει αυτή η οργάνωση; Ποιος είναι ο σκοπός της;»

Ο Λούτσι κι ο Φινόκι κοιτάχτηκαν, χωρίς να μιλήσουν, ενώ μετά ο Επιθεωρητής συνέχισε να μιλά.

«Αυτό το μήνυμα στο φυλλάδιο μιλά ξεκάθαρα, κατά κάποιο τρόπο», εξήγησε. «Ας υποθέσουμε ότι εγώ έχασα κάποιον συγγενή και βρήκα αυτό το διαφημιστικό. Τι μπορεί να σκέφτομαι;»

«Ότι η Οργάνωση 'Άτροπος' θα μπορούσε να με βοηθήσει να απαλλαγώ από τις άσχημες καταστάσεις που περνώ. Θα μπορούσε, θα λέγαμε, να μαλακώσει τον πόνο», είπε ο Φινόκι.

«Ακριβώς. Μάλλον αυτό σκέφτηκε και η δεσποινίς Τζανιμπόνι η οποία σκότωσε, όμως, έναν άνθρωπο».

«Τη Λουτσία Μιστρόνι», είπε ο Φινόκι.

Ο Τζαμάνι συγκατένευσε.

«Ας υποθέσουμε ότι η Οργάνωση 'Άτροπος' κρύβει κάτι σκοτεινό. Πρέπει να παραδεχτούμε ότι από αυτό το φυλλάδιο φαίνεται ότι η 'Άτροπος' μπορεί να βοηθήσει κάποιον να νιώσει καλύτερα. Όλοι μπορούν να διαβάσουν αυτό το διαφημιστικό μήνυμα. Για παράδειγμα, ακόμη και άτομα που χήρεψαν γιατί ο σύζυγος απεβίωσε, ας πούμε, από γηρατειά. Σε αυτή την περίπτωση, τι θα μπορούσε να κάνει η 'Άτροπος', για να παρακινήσει κάποιον για να διαπράξει φόνο;» είπε ο Λούτσι.

«Ίσως, σε αυτές τις περιπτώσεις, να μην συνέβαινε κάτι παρόμοιο. Το εν λόγω άτομο, θα έφτανε στην 'Άτροπος' και, με κάποιο τρόπο, θα απορριπτόταν από το πρόγραμμα της οργάνωσης. Ίσως, αυτά τα άτομα να γίνονται δεκτά και να ξοδεύουν λεφτά, για το τίποτα. Σε αυτή την περίπτωση θα μπαίνεις επί πληρωμή», είπε ο Επιθεωρητής. «Αν αντίθετα, το άτομο, που εγγράφεται στην 'Άτροπος', έχει χάσει κάποιον συγγενή ή φίλο, με υπαιτιότητα κάποιου τρίτου, που έδρασε με λάθος τρόπο, τότε η «Άτροπος» δρα με τρόπο που να οδηγεί στο φόνο το νέο μέλος».

«Πιστεύω ότι το καλύτερο που έχουμε να κάνουμε είναι να ρωτήσουμε, απευθείας, τη κυρία Τζανιμπόνι», πρότεινε ο Φινόκι.

«Είμαι υπέρ αυτής της άποψης», είπε ο Αρχηγός.

«Αν, πράγματι, η 'Άτροπος' δρα κατ' αυτό τον τρόπο, μένει να καταλάβουμε το λόγο που το κάνει» σημείωσε ο πράκτορας.
«Σίγουρα», παραδέχτηκε ο Τζαμάνι. «Στο μεταξύ, θα πρέπει να βεβαιωθούμε ότι τόσο ο Παλιαρίνι όσο κι η Σπατζέζι συνδέονται με άτομα που απεβίωσαν εξαιτίας τους».
«Θα βάλω να ψάξουν για πληροφορίες, σχετικά και με τους δύο», είπε ο Αρχηγός.
«Έτσι, μένει εκτός ο κύριος Τόζι», σημείωσε ο Φινόκι.
«Σωστά, δεν πρέπει να τον εξαιρέσουμε», παραδέχτηκε ο Επιθεωρητής. «Ο Τζόρτζιο Τόζι δέχτηκε ανώνυμα τηλεφωνήματα, ένα ανώνυμο πακέτο...τι περιείχε;»
«Ένα μικρό καλάμι ψαρέματος», είπε ο πράκτορας για να βοηθήσει να θυμηθούν τα γεγονότα.
«Ακριβώς...ένα μικρό καλάμι ψαρέματος...ποιος ξέρει για ποιο λόγο...», αναλογίστηκε ο Τζαμάνι. «Ωραία», είπε ο Αρχηγός, σαν να παρενέβαινε στις σκέψεις του Επιθεωρητή. «Να προσπαθήσουμε να καταλάβουμε τις επόμενες κινήσεις που πρέπει να κάνουμε. Θα περιμένουμε τις πληροφορίες, σχετικά με τον Παλιαρίνι και τη Σπατζέζι. Στο μεταξύ, θα πρέπει να μιλήσουμε με την κυρία Τζανιμπόνι, για να πάρουμε περισσότερες πληροφορίες για την Οργάνωση 'Άτροπος'».
Ο Τζαμάνι κι ο Φινόκι συγκατένευσαν.
«Τώρα, όμως, αυτό που επείγει να κάνουμε είναι να μιλήσουμε με τον κύριο Τόζι, υπό το φως των νέων εξελίξεων. Θα πρέπει να μάθουμε κάτι περισσότερο, σχετικά με αυτό που του συμβαίνει, προκειμένου να καταλάβουμε αν και η δική του περίπτωση μπορεί να συνδέεται με τις άλλες, μέσω της οργάνωσης 'Άτροπος'».
«Θα πάμε αμέσως», είπε ο Επιθεωρητής που πήρε επιβεβαίωση, από το βλέμμα του πράκτορα Φινόκι.
«Θα ήθελα τα πράγματα που σκεφτήκαμε να μην αληθεύουν, αλλά αν δεν είναι έτσι, θα ήθελα πολύ να μάθω τι ώθησε αυτή την 'Άτροπος' στο να δρα με τέτοιο εκδικητικό τρόπο».
Ο Τζαμάνι κι ο Φινόκι συγκατένευσαν, βγαίνοντας από το γραφείο του Αρχηγού.

Το επόμενο πρωί, το ζεύγος Τόζι δέχθηκε επίσκεψη από την

αστυνομία.

«Πρέπει να μιλήσουμε με τον σύζυγό σας», εξήγησε ο Επιθεωρητής Τζαμάνι στη γυναίκα, που πήγε να ανοίξει την πόρτα.

«Θα θέλατε έναν καφέ;» είπε στη συνέχεια η κυρία Τόζι, λέγοντας στους δύο αστυνομικούς να περάσουν στο σαλόνι.

Αρνήθηκαν και οι δύο.

«Τι τον θέλετε;» ρώτησε η σύζυγος του Τζόρτζιο Τόζι. «Έχει πάει στο μπαρ αλλά, αν είναι απαραίτητο, τον καλώ και του λέω να επιστρέψει».

«Καλό θα ήταν», είπε ο Τζαμάνι. «Είναι σημαντικό».

Η γυναίκα κάλεσε τον σύζυγό της στο κινητό κι εκείνος απάντησε, μετά από τρία χτυπήματα.

«Η αστυνομία χρειάζεται να μιλήσει μαζί σου», του είπε αμέσως μετά τον χαιρετισμό.

Αφού έκλεισε, η Νάντια Παρέντι απευθύνθηκε στους δύο αστυνομικούς: «Έρχεται αμέσως».

«Ευχαριστούμε πολύ», είπε ο Τζαμάνι.

Ο Τζόρτζιο Τόζι επέστρεψε στο σπίτι, δέκα λεπτά αργότερα, χαιρέτισε τους δύο αστυνομικούς και ρώτησε: «Πώς μπορώ να φανώ χρήσιμος;»

«Θα θέλαμε να έχουμε κάποιες πληροφορίες για σας», εξήγησε ο Επιθεωρητής. «Μπορούμε να σας κάνουμε μερικές ερωτήσεις; Προφανώς, η σύζυγός σας είναι ευπρόσδεκτη».

Ο άντρας συγκατένευσε.

«Πρώτα απ'όλα, δεν έχετε λάβει, άλλα ανώνυμα τηλεφωνήματα, σωστά; Δεν είχατε περιστατικά, αφότου θέσαμε υπό παρακολούθηση την τηλεφωνική σας γραμμή;»

«Κανένα», είπε ο κύριος Τόζι.

«Τέλεια. Ούτε σας παρεδόθη κάτι περίεργο με το ταχυδρομείο;»

Ο άντρας απάντησε αρνητικά κι αυτή τη φορά.

«Ωραία. Τώρα, θέλουμε να προσπαθήσουμε να συσχετίσουμε τα ανώνυμα τηλεφωνήματα και όσα στέλνονται ταχυδρομικώς, με εσάς», εξήγησε ο Τζαμάνι. «Για να το κάνουμε αυτό, πρέπει να ξέρουμε αν στο πρόσφατο παρελθόν σας, συνέβη κάτι συγκεκριμένο, κάτι δυσάρεστο, που να σας αφορά άμεσα».

«Δεν ξέρω. Τι εννοείτε; Τι ακριβώς ψάχνετε;» ρώτησε ο άντρας.

«Πώς να σας το πω...; Πέθανε κανείς, πρόσφατα, εξαιτίας σας;» ρώτησε ο Επιθεωρητής.

«Μας συγχωρείτε για την ευθεία και σκληρή ερώτηση, αλλά θα μας βοηθήσει να συσχετίσουμε περιστατικά που συνέβησαν σ'εσάς με όσα συνέβησαν, τελευταία, εδώ στην Μπολόνια», εξήγησε ο πράκτορας Φινόκι.

«Για να σκεφτώ...», άρχισε να σκέφτεται ο κύριος Τόζι.

«Τζόρτζιο», παρενέβη η γυναίκα του, «μπορεί να αφορά το καλάμι ψαρέματος».

«Ποιο καλάμι ψαρέματος;» θέλησε να μάθει ο Τζαμάνι. «Εξηγήστε μας τι σχέση έχει ένα καλάμι ψαρέματος με εσάς».

Ο άντρας παρέμεινε σιωπηλός για λίγο, σαν να συνέτασσε μία συζήτηση και, μετά, άρχισε να μιλά.

«Το ψάρεμα είναι το χόμπι μου», είπε ο κύριος Τόζι. «Μου αρέσει να πηγαίνω για ψάρεμα, γιατί με χαλαρώνει και είναι ένας τρόπος να κρατώ επαφή με τη φύση. Γενικά, πηγαίνω μόνος, παρόλο που κάποιες φορές καταφέρνω να φέρω και φίλους από το μπαρ στο οποίο συχνάζω. Ωστόσο, αυτό συμβαίνει σπάνια. Επειδή με ξέρουν, αυτοί με τους οποίους πηγαίνω για ψάρεμα, πάντα διασκεδάζουν πολύ».

«Και σε όλο αυτό τι αρνητικό ρόλο μπορεί να παίξει ένα απλό καλάμι ψαρέματος;» ρώτησε ο Τζαμάνι.

«Να...λίγους μήνες πριν, βρήκα μία πολύ ενδιαφέρουσα περίπτωση. Εμφανίστηκε η ευκαιρία να πάω για ψάρεμα στα ανοικτά και συγκεκριμένα στην Αδριατική, νοικιάζοντας μία μικρή βάρκα. Δεν ήθελα να πάω μόνος, κυρίως για λόγους ασφαλείας, εκτός του ότι ήθελα να έχω λίγη παρέα. Έτσι, το πρότεινα σε έναν φίλο από το μπαρ, τον οποίο ήξερα πολύ καιρό».

«Συνεχίστε», τον προέτρεψε ο πράκτορας Φινόκι, προσέχοντας ότι ο άντρας έκανε μία παύση στην αφήγηση.

«Ε, να...αυτός ο φίλος μου δεν είχε δικά του καλάμια, γιατί δεν πήγαινε ποτέ για ψάρεμα. Δέχτηκε την πρότασή μου γιατί του είχα πει ότι θα διασκέδαζε και ότι θα αποκτούσε μία νέα εμπειρία».

«Του δώσατε εσείς;» ρώτησε ο Επιθεωρητής. «Καλάμι, εννοώ».

«Ναι», απάντησε. «Του έδωσα ένα από τα καλύτερα, τουλάχιστον κατά τη δική μου άποψη».

«Ωραία», συγκατένευσε ο Τζαμάνι, «και μετά τι έγινε;»

«Κάποια στιγμή, νωρίς το απόγευμα ξέσπασε μία ξαφνική και δυνατή καταιγίδα, από αυτές που όταν έρχονται, θες να είσαι στο σπίτι και να κοιμάσαι».

«Αντίθετα, εσείς ήσαστε στα ανοικτά», είπε ο Φινόκι.

«Ακριβώς».

«Λοιπόν; Τι κάνατε;» ρώτησε ο Τζαμάνι.

«Προσπαθήσαμε να προστατευτούμε κάτω από την κουβέρτα, αλλά δυστυχώς το καλάμι που είχα δώσει στον φίλο μου ήταν από ανθρακόνημα, έφτασε ο κεραυνός και...»

«...και δεν πρόλαβε να τον αποφύγει», τελείωσε τη φράση ο πράκτορας Φινόκι.

«Κάτι δεν κατάλαβα», επεσήμανε ο Επιθεωρητής.

«Το ανθρακόνημα τραβά τους κεραυνούς», εξήγησε ο πράκτορας στον ανώτερό του.

«Τώρα κατάλαβα», είπε ο Τζαμάνι. «Οπότε, ο φίλος σας δεν βρήκε χρόνο να απομακρυνθεί, για να προσπαθήσει να προστατευτεί και τον χτύπησε ο κεραυνός».

«Μέσα σε μία στιγμή», είπε ο κύριος Τόζι. «Μέσα σε μία στιγμή».

Έμειναν όλοι σιωπηλοί για ένα λεπτό, μετά η γυναίκα του είπε: «Εκείνη την ημέρα, μου τηλεφώνησε ο άντρας μου, αφότου έγινε το κακό κι ακόμη κι εγώ έμεινα άφωνη. Δεν ήξερα τι να πω, ένιωθα την απόγνωση που ένιωθε μέσα του. Ένιωθε ένοχος, επειδή έδωσε στον φίλο του ένα καλάμι με ανθρακόνημα. Εγώ προσπάθησα, όσο μπορούσα, να τον ηρεμήσω έστω λίγο, εξηγώντας του ότι δεν μπορούσε να ξέρει ότι θα ξεσπάσει καταιγίδα εκείνη την ημέρα και ότι ήταν σύμπτωση, ότι η κακή τύχη ήθελε να συμβεί αυτό».

Ο Τζαμάνι κι ο Φινόκι συγκατένευσαν και, μετά, ο Επιθεωρητής άρχισε να λέει.

«Λυπούμαστε πολύ», είπε. «Τώρα, κύριε Τόζι, ησυχάστε. Δυστυχώς, ήταν ένα ατυχές γεγονός, αλλά, τελικά, ο πραγματικός ένοχος είναι ο καιρός. Εσείς δεν σκεφτήκατε αυτή την ιδιαιτερότητα του ανθρακονήματος, εκείνη την ώρα δεν σας ήρθε στο μυαλό, αλλά έτυχε ο συνδυασμός αυτού με τις αντίξοες συνθήκες, που οφείλονταν στην καταιγίδα».

Ο κύριος Τόζι έμεινε σιωπηλός.

«Θα μπορούσατε να μας πείτε πώς λεγόταν αυτός ο φίλος σας που ήρθε να ψαρέψει μαζί σας, εκείνη την ημέρα;» ρώτησε ο Επιθεωρητής. «Θεωρούμε ότι είναι βασικό για τις έρευνες που διεξάγουμε».

«Κόκι», είπε ο άντρας, μετά από λίγο. «Λεάντρο Κόκι».

«Ευχαριστούμε για τις πληροφορίες που μας δώσατε και να μας συγχωρείτε, που σας κάναμε να γυρίσετε πίσω σε αυτές τις άσχημες στιγμές», είπε ο Τζαμάνι.

«Ελπίζουμε, τουλάχιστον, να σας φανούν χρήσιμες», είπε η γυναίκα του Τόζι.

«Σίγουρα θα είναι», είπε ο πράκτορας Φινόκι.

Οι δύο αστυνομικοί χαιρέτισαν λέγοντας ότι θα τους ενημέρωναν για τυχόν εξελίξεις στην υπόθεση.

Οι δουλειές εξακολουθούσαν να πηγαίνουν καλά. Υπήρχαν, ωστόσο, κάποια πράγματα που απειλούσαν τη γαλήνη εκείνου του άνδρα: ο Φαλκέτι άρχισε να αντιτίθεται, παρόλο που έπαιρνε καλή αμοιβή για τις αποστολές των χρυσανθέμων, στα άτομα που του είχαν υποδείξει. Στο μεταξύ, τις τελευταίες ημέρες, ένα από τα μέλη αποφάσισε να μην ανήκει πλέον στην Οργάνωση 'Άτροπος'.

Μόλις ενημερώθηκε γι' αυτό η *Φωνή*, τον κάλεσε αμέσως.

«Ηρεμήστε, παρακαλώ. Προσπαθήστε να θυμηθείτε τα πράγματα με τη σειρά», είπε η *Φωνή*, αισθανόμενος ότι ο άντρας ταρακουνούσε, τρέμοντας, το τηλέφωνο. «Ένα πράγμα, τη φορά. Ένα…πράγμα..τη φορά»"

Ο άντρας πήρε λίγο χρόνο, στον οποίο πήρε δύο βαθιές ανάσες και, μετά, άρχισε να εξηγεί.

«Εκείνος ο ανθοπώλης…», είπε με τόνο, ελαφρώς, πιο ήρεμο. «Εκείνος ο ανθοπώλης, με προβληματίζει».

«Με ποια έννοια; Τι συνέβη;» θέλησε να μάθει η «Φωνή».

«Πέρασα από το μαγαζί, για να του αναθέσω κι άλλες παραδόσεις, όπως προβλέπει η πρακτική μας, και μου είπε ότι δεν θέλει να το κάνει. Τον ρώτησα τον λόγο και μου είπε ότι έμαθε από την αστυνομία ότι τα άτομα στα οποία έστειλε λουλούδια, τον τελευταίο καιρό, πέθαναν λίγο μετά τις παραδόσεις. Του είπα ότι δεν ήταν δυνατόν να συνέβαινε κάτι τέτοιο, αλλά εκείνος επέμενε. Δεν ήθελε να μάθει κάτι άλλο. Προσπάθησα να τον καθησυχάσω, λέγοντάς του ότι ήταν συμπτώσεις…ήταν πράγματι;…Αλλά εκείνος δεν άλλαζε με τίποτα άποψη. Δεν δεχόταν, πλέον, αναθέσεις από εμάς».

«Μην ανησυχείτε. Δεν έγινε κάτι που δεν λύνεται», εξήγησε η *Φωνή*. «Και, προφανώς, τα γεγονότα που αναφέρει ο ανθοπώλης, για τον οποίο μου μιλάτε, είναι όλα συμπτώσεις».

«Εντάξει», είπε ο άντρας. «Τι πρέπει να κάνω;»

«Τίποτα. Απολύτως τίποτα. Συνεχίστε να κάνετε τη δουλειά σας, χωρίς οποιοδήποτε φόβο και θα δείτε ότι όλα θα πάνε καλά», τον ηρέμησε η *Φωνή* στο τηλέφωνο. «Υπάρχει κάτι άλλο που πρέπει να πούμε;»

«Στην ουσία, ναι», παραδέχτηκε ο άντρας. «Ένα μέλος αποφάσισε ότι δεν θέλει πια να ανήκει στο 'Άτροπος'»

«Καταλαβαίνω. Μπορείτε να μου πείτε, πάλι, πώς λέγεται αυτός ο ανθοπώλης και πού έχει το κατάστημά του;» ρώτησε η «Φωνή». «Και το μέλος που μου αναφέρατε;»

Ο άντρας έδωσε όλες τις πληροφορίες που του ζητήθηκαν και, μετά, η 'Φωνή' έκλεισε το τηλέφωνο.

XXVII

Δύο μέρες μετά την ανάκριση της Μαρία Μαρτσέλα Τζανιμπόνι, ο Αρχηγός Λούτσι κάλεσε τον Επιθεωρητή Τζαμάνι και τον πράκτορα Φινόκι στο γραφείο του.

«Έχουμε ενδιαφέρουσες πληροφορίες, σχετικά με την Σπατζέζι και τον κύριο Παλιαρίνι», είπε ο Αρχηγός. «Έγινε πολύ καλή δουλειά. Μπορούμε να πούμε ότι ξέρουμε κάτι περισσότερο, σχετικά με αυτούς τους δύο και ίσως, με λίγη τύχη, να μπορέσουμε να βρούμε τους αντίστοιχους ενόχους».

«Από πού να ξεκινήσουμε», ρώτησε ο Τζαμάνι με διακαή προσμονή.

«Πάμε με τη σειρά», είπε ο Αρχηγός. «Θα ξεκινήσουμε με τη Μαριολίνα Σπατζέζι».

Έκανε μία μικρή παύση, για να βρει το σωστό χαρτί με όλες τις πληροφορίες, σχετικά με την κοπέλα.

«Η δεσποινίδα Σπατζέζι είχε έναν σύντροφο, για κάποια χρόνια, κάποιον Μάσιμο Τροβαϊόλι. Λοιπόν...ήταν υπεύθυνος μάρκετινγκ στην εταιρία Tecno Italia E.Π.E, που ασχολούνταν με κουφώματα και φαίνεται ότι απεβίωσε ένα βράδυ, πριν λίγους μήνες, όταν έπεσε οικειοθελώς, στον ποταμό Ρένο, στην περιοχή που έμενε, στο Καζαλέκιο ντι Ρένο».

«Και γιατί αυτοκτόνησε;» ρώτησε ο πράκτορας Φινόκι, δείχνοντας όλο και περισσότερο ενδιαφέρον.

«Αυτό δεν το ξέρουμε με ακρίβεια», απάντησε ο Αρχηγός, «αλλά μπορεί να είναι χρήσιμο να ζητήσουμε περισσότερες πληροφορίες από την οικογένεια Τροβαϊόλι. Ίσως να μας πουν ότι οι δυο τους δεν τα πήγαιναν καλά και ότι εκείνος είπε να το λήξει έτσι».

«Βάσει της σκέψης, που προέκυψε από την ανάκριση της δεσποινίδας Τζανιμπόνι», είπε ο Επιθεωρητής Τζαμάνι, «θα μπορούσαμε να σκεφτούμε ότι κάποιος από την οικογένεια Τροβαϊόλι γνώριζε για την 'Άτροπος' κι ότι επωφελήθηκε από αυτή, για να σκοτώσει την Σπατζέζι, για να πάρει εκδίκηση για... το παιδί του; Τον αδελφό του;...Δεν μπορούμε να ξέρουμε, μέχρι να ψάξουμε βαθύτερα το ζήτημα».

«Σίγουρα θα πρέπει να μιλήσουμε με τα άλλα μέλη της οικογένειας Τροβαϊόλι», παραδέχτηκε ο Αρχηγός.

«Κι όσον αφορά τον Παλιαρίνι;» ρώτησε ο Φινόκι.

«Ο Νταβίντε Παλιαρίνι...για να δούμε...», είπε ο Τζόρτζιο Λούτσι, ξεφυλλίζοντας τα χαρτιά που υπήρχαν πάνω στο γραφείο του. «Ορίστε. Το βρήκα».

«Λοιπόν;» τον παρότρυνε να συνεχίσει ο Επιθεωρητής.

«Ο Νταβίντε Παλιαρίνι έπρεπε να παρουσιαστεί σε μία δίκη εις βάρος του. Θεωρούνταν υπεύθυνος ότι σκότωσε ένα άτομο πάνω στη διάβαση. Υπήρχαν και μάρτυρες. Η δίκη ξεκίνησε πριν λίγες μέρες, αλλά δεν κατέληξε ποτέ, γιατί ο κύριος Παλιαρίνι βρέθηκε νεκρός στον κήπο της πολυκατοικίας στην οποία έμενε, στην οδό Βενέτσια του Σαν Λατζάρο ντι Σαβένα».

«Στοιχηματίζω ότι ο ένοχος για τον φόνο του Παλιαρίνι σχετίζεται, με κάποιο τρόπο, με το άτομο που σκότωσε εκείνος, χτυπώντας το πάνω στη διάβαση με το αυτοκίνητο», είπε ο Τζαμάνι.

«Ναι», παραδέχτηκε ο Αρχηγός. «Πάντα, εφόσον η σκέψη αυτή είναι σωστή».

«Ας το ελπίσουμε», είπε ο Επιθεωρητής. «Άλλες πληροφορίες, σχετικά με τον Νταβίντε Παλιαρίνι;»

«Όχι», απάντησε ο Λούτσι, «εκτός από το γεγονός ότι, την ώρα του ατυχήματος, ο άντρας είχε πάρει ναρκωτικά».

"Ημαρτον!", αναφώνησε ο πράκτορας Φινόκι.

«Πράγματι», είπε ο Αρχηγός. «Επιβεβαιώθηκε από τις εξετάσεις αίματος, στις οποίες υπεβλήθη, μετά το δυστύχημα. Προφανώς, αναφερόταν και στην γραπτή αναφορά του περιπολικού της Τροχαίας, που έσπευσε στο σημείο».

«Οπότε, λογικά, μπορούμε να θεωρήσουμε ότι κάποιος συγγενής του θύματος ή κάποιος άλλος που συνδεόταν με αυτό το άτομο, μπορεί να είναι αυτός που ψάχνουμε», είπε ο Φινόκι.

«Άριστο συμπέρασμα», επιβεβαίωσε ο Επιθεωρητής Τζαμάνι, χτυπώντας ελαφρά στην πλάτη τον πράκτορα. «Μπορούμε να μάθουμε γενικά στοιχεία, γι' αυτό το άτομο;»

«Φυσικά», είπε ο Αρχηγός. «Λεγόταν Ρομπέρτο Σπαλαντσάνι. Ήταν ένα παιδί 16 ετών, που περνούσε τον δρόμο, για να πάει σπίτι του».

Ο Τζαμάνι κι ο Φινόκι έμειναν άφωνοι, μετά από αυτή την τελευταία πληροφορία που πήραν από τον Τζόρτζιο Λούτσι, ο οποίος κατέληξε λέγοντας: «Πιστεύω ότι καλό θα ήταν να πάτε να πείτε δυο κουβέντες με την οικογένεια Σπαλαντσάνι. Ορίστε η διεύθυνση κατοικίας τους».

Ο Αρχηγός τους έδωσε το χαρτί και πρόσθεσε: «Σας συνιστώ... σας έχω εμπιστοσύνη. Θέλω να φτάσουμε στο τέλος αυτής της ιστορίας, το συντομότερο δυνατόν. Αυτή η σειρά εγκλημάτων με εξοργίζει».

«Μην νομίζετε», είπε ο Τζαμάνι, βρίσκοντας παρηγοριά στο βλέμμα του Μάρκο Φινόκι, «όλο αυτό μας εξοργίζει κι εμάς».

«Ευχαριστώ», είπε ο Λούτσι, «και κάτι τελευταίο».

Ο Επιθεωρητής κι ο πράκτορας περίμεναν να τελειώσει τη φράση του ο Αρχηγός.

«Ετοιμαστείτε να επισκεφτείτε την Οργάνωση 'Άτροπος', αφού μιλήσετε με τις δύο οικογένειες», κατέληξε ο Αρχηγός. «Άτομα τόσο αδιάντροπα αδίστακτα, μου γυρίζουν τα άντερα».

«Κι εμένα», είπε ο Τζαμάνι. «Θα ήθελα να μιλήσω λίγο ακόμη και με τη κυρία Τζανιμπόνι, αν είναι δυνατόν. Θα ήθελα να μας

138

αφηγηθεί κάτι περισσότερο, σχετικά με την 'Άτροπος'. Μπορεί να μας φανεί χρήσιμο, για να καταλάβουμε τι πρέπει να κάνουμε».
«Θα κοιτάξω να σας βοηθήσω με αυτό», συγκατένευσε ο Λούτσι.

Αφού πήραν τις διευθύνσεις για το πού να βρει τους γονείς του Μάσιμο Τροβαϊόλι, ο Επιθεωρητής Τζαμάνι κι ο πράκτορας Φινόκι πήγαν, αμέσως, να μιλήσουν μαζί τους, για να προσπαθήσουν να αντλήσουν όσο πιο πολλές πληροφορίες γινόταν, ώστε να φτάσουν στον ένοχο για τον θάνατο της δεσποινίδας Σπατζέζι.
«Τι θέλετε να μάθετε;» ρώτησε η μητέρα του πρώην συντρόφου της γυναίκας, λέγοντας στους δύο αστυνομικούς να περάσουν στο σαλόνι.
«Οτιδήποτε θα μπορούσε να μας βοηθήσει στις έρευνές μας», απάντησε ο Τζαμάνι. «Πού είναι ο σύζυγός σας; Θα θέλαμε να μιλήσουμε και με τους δυο σας».
«Θα γυρίσει σε λίγο», είπε η γυναίκα. «Στο μεταξύ, θέλετε κάτι να πιείτε;»
Ο Τζαμάνι κι ο Φινόκι αρνήθηκαν.
Περίπου 10 λεπτά αργότερα, επέστρεψε ο σύζυγος και, ευρισκόμενος μπροστά σε δύο αστυνομικούς, ζήτησε εξηγήσεις.
«Ήρθαν για τον Μάσιμο», είπε η γυναίκα.
«Θέλουμε να συζητήσουμε μαζί σας, για να βρούμε πληροφορίες, που θα είναι χρήσιμες για τις έρευνές μας», εξήγησε ο Τζαμάνι.
«Ποιες έρευνες;», ρώτησε ο άντρας. «Αν μπορούσα να ενημερωθώ, θα το ήθελα».
«Γνωρίζατε τη Μαριολίνα Σπατζέζι;» απάντησε με ερώτηση ο Επιθεωρητής.
«Φυσικά. Τι συνέβη; Ελπίζω να μην ενεπλάκη σε κάτι επικίνδυνο», είπε ο σύζυγος. «Κι ας τελείωσε όπως τελείωσε, πάντα μας φαινόταν καλή κοπέλα».
«Μας εξηγείτε καλύτερα, παρακαλώ;» είπε ο Τζαμάνι.
«Εν συντομία, χώρισαν γιατί δεν ταίριαζαν πια, αλλά αυτό δεν άλλαξε την εντύπωση που μας έκανε, από την ημέρα που την γνωρίσαμε».
«Ξέρετε γιατί χώρισαν;»

139

«Όχι», είπε η γυναίκα, «αλλά γιατί ενδιαφέρεστε τόσο να μάθετε;»
«Η Μαριολίνα Σπατζέζι είναι νεκρή», αποκάλυψε ο Επιθεωρητής.
«Παναγία μου!», αναφώνησε η γυναίκα του κυρίου Τροβαϊόλι. «Αστειεύεστε, σωστά;»
«Φυσικά και όχι», απάντησε ο Φινόκι. «Κατά τη διάρκεια των ερευνών, δεν αστειευόμαστε ποτέ».
«Τι της συνέβη; Αυτοκινητιστικό;» ρώτησε η γυναίκα.
«Φαίνεται ότι αυτοκτόνησε, πέφτοντας από το παράθυρό της», εξήγησε ο Τζαμάνι.
Στο πρόσωπο των γονιών του Μάσιμο Τροβαϊόλι ζωγραφίστηκε ένα τρομοκρατημένο βλέμμα.
«Δεν θα πίστευα ποτέ ότι ήταν τέτοιος τύπος», είπε η κυρία. «Μάθατε το λόγο;»
Ο Επιθεωρητής απάντησε αρνητικά και, μετά, συνέχισε: «Θεωρούμε ότι, σε κάθε περίπτωση, ο θάνατός της σχετίζεται με τον γιο σας».
«Με τον γιο μας;» είπε ο άντρας. «Πώς γίνεται;»
«Δεν γνωρίζουμε να σας πούμε με ακρίβεια», εξήγησε ο Επιθεωρητής, «αλλά σκοπεύουμε να μάθουμε».
Το ζεύγος Τροβαϊόλι συγκατένευσε κι έμεινε σιωπηλό για λίγα λεπτά.
Ο Τζαμάνι δεν σκόπευε να διαρρεύσει η υπόθεσή τους, για την Οργάνωση 'Άτροπος', έτσι περιορίστηκε στο να κάνει να φανεί ότι όλο το ζήτημα ήταν αυτές καθαυτές οι έρευνες.
«Υπάρχει άλλο μέλος στην οικογένεια, εκτός από εσάς;», ρώτησε ο Επιθεωρητής. «Θα θέλαμε να μιλήσουμε με όλους σας, για να συλλέξουμε τις περισσότερες δυνατές πληροφορίες, σχετικά με τον γιο σας».
«Εκτός από τον Μάσιμο, έχουμε κι άλλον έναν γιο, νεότερο από εκείνον, κατά δύο χρόνια».
«Καταλαβαίνω», συγκατένευσε ο Τζαμάνι. «Μένει μαζί σας;»
«Όχι», είπε ο σύζυγος. «Μένει μόνος του».
«Μπορείτε να μας δώσετε τη διεύθυνσή του; Θα θέλαμε να μιλήσουμε μαζί του».
«Ναι», είπε ο σύζυγος, λίγο διστακτικός, γιατί δεν ήξερε πώς να χειριστεί την κατάσταση.

Οι δύο αστυνομικοί τους ευχαρίστησαν και, στη συνέχεια, ο πράκτορας Φινόκι ρώτησε: «Πώς λέγεται ο γιος σας;»
«Μικέλε», απάντησε η γυναίκα.

Ήθελαν να κλείσουν εκείνη την ημέρα, μιλώντας και με την οικογένεια Σπαλαντσάνι, για να πάρουν πληροφορίες και για τον φόνο του Νταβίντε Παλιαρίνι, αλλά ο Επιθεωρητής Τζαμάνι κι ο πράκτορας Φινόκι έπρεπε να τροποποιήσουν το πρόγραμμά τους, για να συναντήσουν εκείνο το μεσημέρι, τον Μικέλε Τροβαϊόλι και, στη συνέχεια, την οικογένεια Σπαλαντσάνι.
«Χαίρετε, πώς μπορώ να φανώ χρήσιμος;» ρώτησε ο άντρας, έκπληκτος από την επίσκεψη της αστυνομίας. «Να με συγχωρείτε, μα μόλις γύρισα από τη δουλειά».
«Μην ανησυχείτε», τον καθησύχασε ο Τζαμάνι. «Θα σας κλέψουμε μόνο 10-15 λεπτά».
«Εντάξει. Τι θέλετε από μένα;»
«Θα θέλαμε να μιλήσουμε μαζί σας, για τη δεσποινίδα Σπατζέζι», είπε ο Επιθεωρητής.
«Δεν την έχω δει εδώ και αρκετούς μήνες».
«Εγώ κι ο συνάδελφός μου ευχόμαστε αυτό να μην σας εμποδίσει να μας δώσετε χρήσιμες πληροφορίες».
«Τι είδους πληροφορίες;» ρώτησε ο άντρας.
«Όλες όσες μπορέσετε να μας δώσετε, αναφορικά με τη σχέση που είχε η κοπέλα με τον αδελφό σας τον Μάσιμο», είπε ο Τζαμάνι.
«Χώρισαν. Ήταν μαζί».
«Αυτό το ξέρουμε, ήδη», είπε ο Μάρκο Φινόκι.
«Τι άλλο θα μπορούσα να σας πω; Φοβάμαι πως δεν μπορώ να σας βοηθήσω αρκετά. Ψάχνετε συγκεκριμένες πληροφορίες για κάτι;»
«Κύριε Τροβαϊόλι», εξήγησε ο Τζαμάνι, «η δεσποινίδα Σπατζέζι απεβίωσε, όπως φαίνεται πέφτοντας από το παράθυρο του σπιτιού της. Θεωρούμε ότι, με κάποιο τρόπο, την προέτρεψαν να το κάνει. Γι' αυτό είναι καθήκον μας να βρούμε τον ένοχο».
«Δεν καταλαβαίνω», είπε ο Μικέλε Τροβαϊόλι. «Τι σχέση έχω εγώ;»
«Θέλουμε να ρίξουμε φως σ' αυτή την υπόθεση», εξήγησε ο

πράκτορας Φινόκι. «Γι' αυτό δεχόμαστε την οποιαδήποτε σχετική πληροφορία, ακόμα και την πιο ασήμαντη λεπτομέρεια».

«Γνωρίζουμε ότι ο αδελφός σας ο Μάσιμο αυτοκτόνησε πέφτοντας από τον ποταμό Ρήνο, κοντά στον οποίο κατοικούσε, και σκεφτόμαστε ότι αυτή η αυτοκτονία, αυτή της δεσποινίδας Σπατζέζι κι αυτός, που οδήγησε τη γυναίκα σε αυτή την ακραία πράξη, συνδέονται μεταξύ τους».

Ο Τζαμάνι δεν ήξερε τι σκεφτόταν ο Μικέλε Τροβαϊόλι εκείνη τη στιγμή, αλλά ήταν πεπεισμένος ότι βρίσκονταν μπροστά στον ένοχο για το θάνατο της γυναίκας.

«Δεν ξέρω τι να σας πω», είπε ο άντρας, σαν να είχαν μπλοκάρει η σκέψεις του.

«Σας παρακαλώ, κύριε Τροβαϊόλι», τον παρότρυνε ο Επιθεωρητής, «Αν γνωρίζετε τον ένοχο, πείτε το μας. Στο όνομα της Δικαιοσύνης».

Ο Τζαμάνι πίστευε ότι ο συνομιλητής τους θα λύγιζε από στιγμή σε στιγμή, γι' αυτό ο Επιθεωρητής είπε πάλι: «Εμπρός, κύριε Τροβαϊόλι, μην ντρέπεστε! Μην φοβάστε καθόλου! Ποιος οδήγησε τη δεσποινίδα Σπατζέζι στην αυτοκτονία;»

Ο άντρας καθόταν, άτονος, σαν να είχαν αδειάσει οι δυνάμεις του.

«Εγώ», ομολόγησε. «Εγώ ήμουν. Εγώ φταίω που η Μαριολίνα Σπατζέζι πήδηξε από το παράθυρό της, αλλά σας ορκίζομαι ότι δεν ήθελα να φτάσουμε ως εκεί».

Ο πράκτορας Φινόκι κοίταξε τον άνδρα, μετά τον Στέφανο Τζαμάνι και ξανά τον άνδρα.

«Θα καλέσουμε περιπολικό», είπε ο Τζαμάνι στον Φινόκι. «Πρέπει να συνοδεύσουμε τον κύριο Τροβαϊόλι στο Αρχηγείο».

Ο πράκτορας τηλεφώνησε, χρησιμοποιώντας το τηλέφωνο της κατοικίας του Μικέλε Τροβαϊόλι και, στο μεταξύ, ο Τζαμάνι απευθύνθηκε και πάλι στον άνδρα.

«Θα σας ανακρίνουμε και θα πρέπει να μας εξηγήσετε πώς έγιναν τα πράγματα».

Όταν ο Μάρκο Φινόκι τελείωσε το τηλεφώνημα, οι δύο αστυνομικοί περίμεναν την άφιξη του περιπολικού, μετά χαιρέτισαν τον άνδρα και πήγαν στο σπίτι της οικογένειας Σπαλαντσάνι.

XXVIII

Μόνο ένα χτύπημα και με μεγάλη ακρίβεια. Έτσι αναφέρθηκε, εν συντομία, ο φόνος του Φούλβιο Φαλκέτι.
Όταν ο Επιθεωρητής Τζαμάνι κι ο πράκτορας Φινόκι έμαθαν την είδηση, ήταν περίπου 9 το βράδυ και βρίσκονταν στην κατοικία των Σπαλαντσάνι.
Ο Αρχηγός Λούτσι κάλεσε τον Επιθεωρητή στο κινητό, ενώ ο Μάρκο Φινόκι οδηγούσε στην κίνηση της πόλης.
Εξήγησε ότι ο άντρας βρέθηκε μπροστά στο ανθοπωλείο, πεσμένος στο πεζοδρόμιο της στοάς, νεκρός.
Ειδοποίησε ένας περαστικός που πήγαινε προς τους Πύργους της Μπολόνια και, αρχικά, σκέφτηκε ότι επρόκειτο για κάποιον που δεν αισθάνθηκε καλά και λιποθύμησε. Μετά, πλησιάζοντας, κατάλαβε ότι ο άντρας ήταν νεκρός. Αποφάσισε να καλέσει την αστυνομία, αφού είδε ένα τραύμα στο κεφάλι του άνδρα.
Ο πράκτορας υπηρεσίας στα κεντρικά της αστυνομίας, ζήτησε περισσότερε λεπτομέρειες για το συμβάν, τι είχε δει ο περαστικός, όταν περνούσε από το σημείο που βρέθηκε ο νεκρός, αν πρόσεξε κάτι ύποπτο ή κάποιον να απομακρύνεται τρέχοντας

ή κρυφά και ο περαστικός απάντησε αρνητικά σε κάθε ερώτηση που του έγινε.

Από αυτό έγινε κατανοητό ότι, την ώρα του φόνου, γιατί περί φόνου επρόκειτο μάλλον, ή δεν υπήρχε κανείς ή όλοι οι παρόντες έφυγαν πανικόβλητοι.

Το μόνο σίγουρο ήταν ότι, όποιος και να σκότωσε τον ανθοπώλη, θα πρέπει να ήταν πιο μακριά από όλους κι από όλα και θα έπρεπε να χρησιμοποίησε όπλο ακριβείας.

Σκέφτηκε, αμέσως, κάποιον εκτελεστή, αλλά για να πάρει πιο λεπτομερείς πληροφορίες, θα έπρεπε να περιμένει το αποτέλεσμα των αναλύσεων της Επιστημονικής Αστυνομίας, που έσπευσε στο σημείο.

«Ίσως πάρει χρόνο», είπε ο Αρχηγός Λούτσι στο τηλέφωνο. «Ωστόσο, μόλις βγουν τα αποτελέσματα, θα μας ενημερώσουν. Ζήτησα απόλυτη προτεραιότητα».

Ο Τζαμάνι τον ευχαρίστησε και, στη συνέχεια, ενημέρωσε τον Φινόκι.

«Αυτό περιπλέκει περισσότερο τα πράγματα», είπε ο Μάρκο Φινόκι.

«Κατά την άποψή μου, ο Φαλκέτι δολοφονήθηκε γιατί αποφάσισε να απομακρυνθεί από όλο αυτό», είπε ο Τζαμάνι, «από τα όσα είπαν οι πράκτορες που βρίσκονταν στο σημείο αυτό, υπήρξε έντονη συζήτηση μεταξύ του Φαλκέτι και του άνδρα, που θα μπορούσε να είναι επικεφαλής της 'Άτροπος'».

«Πράγματι», συγκατένευσε ο Φινόκι. «Άρα, πότε θα επισκεφτούμε την οργάνωση; Δεν βλέπω την ώρα να πιάσω στα χέρια μου αυτούς τους εγκληματίες».

Όταν το ζεύγος Σπαλαντσάνι δέχτηκε επίσκεψη από την αστυνομία, έβλεπαν ταινία στην τηλεόραση.

«Καλησπέρα. Είμαι ο Επιθεωρητής Τζαμάνι. Κι από εδώ είναι ο πράκτορας Φινόκι».

«Παρακαλώ, περάστε», είπε η γυναίκα, ζητώντας τους να περάσουν στο σαλόνι. «Από εδώ ο άντρας μου».

«Τι θέλετε να μάθετε;» ρώτησε ο άντρας. «Η επίσκεψή σας αφορά το γιο μας;»

«Είμαστε εδώ γι' αυτό το λόγο», είπε ο Τζαμάνι.

144

«Έχουμε καιρό να μάθουμε νέα από τον δικηγόρο μας, σχετικά με τη δίκη. Ξέρετε κάτι εσείς;»
Ο πράκτορας Φινόκι κοίταξε τον Τζαμάνι, ο οποίος μετά από μία στιγμή δισταγμού απάντησε: «Ξέρουμε το λόγο που διεκόπη η δίκη».
«Αλήθεια;» θέλησε να μάθει η γυναίκα.
«Είμαστε εδώ γιατί αυτός που χτύπησε το γιο σας, είναι νεκρός».
Ο κύριος Σπαλαντσάνι κοίταξε τη γυναίκα του, χωρίς να πει τίποτα και, μετά, απευθύνθηκε στους δύο αστυνομικούς: «Δεν γνωρίζαμε τίποτα. Πότε έγινε;»
«Αυτές οι πληροφορίες είναι απόρρητες, λόγω ερευνών που διεξάγουμε κι οι οποίες μας οδήγησαν σ'εσάς», εξήγησε ο Τζαμάνι. «Από τα όσα γνωρίζουμε, έχουμε λόγους να πιστεύουμε ότι ο ένοχος για το θάνατο του ανθρώπου που χτύπησε τον γιο σας, πρέπει να αναζητηθεί στην οικογένειά σας ή ακόμη και σ'εσάς τους δύο».
Σε εκείνη την τελευταία δήλωση, οι γονείς του αγοριού έμειναν, για λίγο, αμίλητοι.
«Ή υπάρχει κάποιος άλλος, εκτός από εσάς, σε αυτή την οικογένεια;» θέλησε να μάθει ο Επιθεωρητής.
Το ζευγάρι απάντησε αρνητικά.
«Τι σας κάνει να πιστεύετε ότι ένας από τους δύο μας σκότωσε αυτό τον άνθρωπο;» ρώτησε ο άντρας.
«Έχουμε λογικά επιχειρήματα, τα οποία δεν μπορούμε να σας εξηγήσουμε στην παρούσα φάση», είπε σύντομα ο Τζαμάνι.
«Μπορείτε να μας αφηγηθείτε κάτι περισσότερο, σχετικά με τον γιο σας και την ημέρα που σκοτώθηκε;»
«Τι πρέπει να πούμε;» ρώτησε η γυναίκα. «Ήταν ένα πολύ καλό παιδί, με άριστους βαθμούς στο σχολείο. Έλεγε ότι ήθελε να σπουδάσει αρχιτεκτονική».
Ο Τζαμάνι κι ο Φινόκι συγκατένευσαν.
«Δυστυχώς, δεν θα μπορέσει να γίνει», κατέληξε η γυναίκα.
«Ξέρετε πώς έγινε το δυστύχημα;» ρώτησε ο πράκτορας Φινόκι.
«Ήμαστε μαζί του», εξήγησε ο άντρας. «Εγώ, η γυναίκα μου κι ο γιος μας ήμαστε σε ένα πάρτι γενεθλίων, το οποίο τελείωσε λίγο αργά. Ήμαστε έτοιμοι να περάσουμε τον δρόμο, πάντα από τη διάβαση στο φανάρι. Όλοι ξέρουμε πώς τρέχει ο κόσμος στον

145

περιφερειακό της Μπολόνια και γι' αυτό επιλέξαμε τον, φαινομενικά, πιο ασφαλή τρόπο. Ο Ρομπέρτο, ο γιος μας, ήταν μπροστά από εμένα και τη γυναίκα μου. Όταν το φανάρι έγινε κόκκινο, υπήρχε μόνο ένα σταματημένο αυτοκίνητο στη δεξιά λωρίδα, από τη μεριά του πεζοδρομίου, ενώ η άλλη λωρίδα ήταν ακόμη κενή. Κάποια στιγμή, είδαμε να φτάνει με μεγάλη ταχύτητα ένα αυτοκίνητο το οποίο αδιαφορώντας για το φανάρι, πέρασε με κόκκινο από την ελεύθερη λωρίδα, χτυπώντας με πλήρη ταχύτητα τον γιο μας».

«Καταλαβαίνω», είπε ο Τζαμάνι. «Μπορούμε να δούμε κάποια φωτογραφία του γιου σας;»

Η γυναίκα έλειψε για λίγα λεπτά και, στη συνέχεια, επέστρεψε στο σαλόνι με μία φωτογραφία και την έδωσε στον Επιθεωρητή, αρχίζοντας να κλαίει.

Ο σύζυγός της την πήρε αγκαλιά.

«Λυπούμαστε γι' αυτό το γεγονός», είπε ο πράκτορας Φινόκι.

«Λυπάστε;» ούρλιαξε η γυναίκα. «Αυτό έχετε να πείτε, μόνο; Ο γιος μας είναι νεκρός, γιατί τον σκότωσε κάποιος που τον χτύπησε και τον εγκατέλειψε κι εσείς λέτε, μόνο, ότι λυπάστε;»

«Δυστυχώς, δεν μπορούμε να γυρίσουμε πίσω τον χρόνο», παραδέχτηκε ο Τζαμάνι. «Μα, θα πρέπει να θυμάστε ότι αυτό το άτομο αναγνωρίστηκε, φαντάζομαι από τις πινακίδες του αυτοκινήτου κι είχε ξεκινήσει η δίκη εις βάρος του».

«Το είπατε πολύ ωραία», συνέχισε η κυρία Σπαλαντσάνι, φωνάζοντας όλο και πιο δυνατά. «Δεν μπορούμε να γυρίσουμε τον χρόνο πίσω. Και τώρα, ποιος θα μας φέρει πίσω τον γιο μας;»

Έκανε μία σύντομη παύση λίγων δευτερολέπτων και φώναξε ξανά: «Κανείς δεν θα μας τον φέρει πίσω!Κανείς! Κανείς!»

«Σας παρακαλώ να ηρεμήσετε, κυρία», είπε ο Επιθεωρητής. «Σας υπενθυμίζω τη λύπη μας γι' αυτό που συνέβη στον γιο σας αλλά, δυστυχώς, εμείς ήρθαμε εδώ για άλλο λόγο».

Ο άντρας προσπάθησε να ηρεμήσει τη σύζυγό του, κρατώντας την σφιχτά πάνω του.

«Πρέπει να δώσετε επίσημη κατάθεση», είπε στη συνέχεια ο Τζαμάνι. «Μπορείτε αύριο το απόγευμα;»

Ο άντρας κοίταξε τη σύζυγό του και, στη συνέχεια, συγκατένευσε.

«Ωραία. Αν δεν είναι πρόβλημα για εσάς, σας περιμένουμε αύριο το μεσημέρι στις δύο», είπε ο Τζαμάνι δίνοντας τους την ακριβή διεύθυνση στην οποία έπρεπε να παρουσιαστούν.

Ο άντρας ήταν ικανοποιημένος από την πορεία της κατάστασης. Η Οργάνωση «Άτροπος» συνέχιζε κανονικά να του αποφέρει χρήματα και, χωρίς να λαμβάνει υπόψη την αρχική περίοδο της διαφήμισης- η οποία ήταν σίγουρα πολύ κουραστική αλλά επέφερε, στη συνέχεια, μη αμελητέες χαρές- η υποχρέωση που είχε αναλάβει ήταν περίπατος: έπρεπε, απλά, να αποδέχεται νέους συνεργάτες, να ασχολείται με τις διάφορες παραδόσεις, που μπορούσε να τις αναθέτει και τηλεφωνικώς, χωρίς να κουνηθεί από τη θέση του, όπως και με τις προετοιμασίες, που του είχαν ονομάσει ως «θεωρητικά μαθήματα» και, τέλος, να αναφέρεται πάντα για όλα τα θέματα στην *Φωνή*, όταν επικοινωνούσε μαζί του.
Η ίδια η *Φωνή* του είχε συστήσει να επικοινωνεί μαζί της, σε κάθε περίπτωση που προέκυπτε κάποια ανωμαλία, σε σχέση με τα συνηθισμένα, κι εκείνος υπάκουε. Για τα υπόλοιπα, έλεγε η *Φωνή*, δεν χρειαζόταν να ανησυχεί.
Αρχικά, ήταν διστακτικός όσον αφορά την πρόταση που του είχε γίνει. Όμως, στη συνέχεια, σκέφτηκε ότι για εκείνον το πιο σημαντικό ήταν το τελικό αποτέλεσμα ή αλλιώς το οικονομικό όφελος και από εκεί και πέρα η *Φωνή* θα μπορούσε να είναι ο οποιοσδήποτε.
Κάθε τόσο, αναρωτιόταν για το λόγο που τον επέλεξαν, αν ήταν τυχαίο όλο αυτό, αλλά έλεγε στον εαυτό του ότι κι αν δεν το μάθαινε ποτέ αυτό, δεν θα τον ενδιέφερε ιδιαίτερα.

XXIX

Προτού επισκεφθούν την Οργάνωση «Άτροπος», ο Τζαμάνι κι ο Φινόκι αποφάσισαν να κλείσουν την αναζήτηση, τουλάχιστον για τα ζητήματα που γνώριζαν, πηγαίνοντας να μιλήσουν με την οικογένεια του Λεάντρο Κόκι, του άνδρα που τον χτύπησε ο κεραυνός.
Όταν έφτασαν κοντά στη διεύθυνση αυτή, πρόσεξαν ότι κάποιος ήταν πεσμένος στο πεζοδρόμιο κι ότι άλλα δύο άτομα είχαν σταματήσει εκεί κοντά.
Ήταν μία γυναίκα κι ένας άντρας, ο τελευταίος κρατώντας στο

χέρι ένα κινητό τηλέφωνο.

«Τι συνέβη εδώ;» ρώτησε ο Τζαμάνι.

«Αυτός ο άντρας είναι νεκρός», απάντησε η γυναίκα. «Ο άντρας μου μιλά με την αστυνομία».

«Κατάλαβα. Μπορείτε να μου δώσετε, μία στιγμή, το τηλέφωνο;» ρώτησε ο Επιθεωρητής, δείχνοντας το σήμα του.

Όταν πήρε το τηλέφωνο από τον σύζυγο της γυναίκας, ο Τζαμάνι εξήγησε στον τηλεφωνητή του Αρχηγείου ότι βρίσκονταν εκεί ο ίδιος με τον πράκτορα Φινόκι, οι οποίοι θα διαχειρίζονταν προσωπικά το ζήτημα και ζήτησε την παρέμβαση μίας ομάδας της Επιστημονικής Αστυνομίας.

Όταν έκλεισε το τηλέφωνο, ο Επιθεωρητής στράφηκε στους δύο συζύγους.

«Εσείς βρήκατε το πτώμα αυτού του άνδρα; Ή, μήπως, το είδατε να πέφτει;»

«Όταν φτάσαμε ήταν, ήδη, πεσμένος σε αυτή τη θέση», εξήγησε ο άντρας. «Δεν ξέρουμε να σας πούμε κάτι άλλο, αλλά μιλήσαμε με την Άμεσο Δράση για να ενημερώσουμε σχετικά».

«Κάνατε το σωστό», είπε ο Φινόκι.

«Τώρα, αν δεν έχετε να μας δώσετε άλλες πληροφορίες, θα σας παρακαλούσα να μας αφήσετε να κάνουμε τη δική μας δουλειά και να απομακρυνθείτε από εδώ: πρέπει να αποκλείσουμε αυτή την περιοχή του πεζοδρομίου», εξήγησε ο Τζαμάνι.

Οι δύο σύζυγοι χαιρέτησαν και συνέχισαν τον πρωινό τους περίπατο.

Οι δύο αστυνομικοί είδαν ότι ο άντρας που ήταν πεσμένος στο πεζοδρόμιο είχε ένα τραύμα στο κεφάλι, έτσι ο πράκτορας Φινόκι έμεινε κάτω για να περιμένει την Επιστημονική Αστυνομία και για να αποφύγει την μόλυνση της περιοχής από κάποιον περαστικό, ενώ ο Επιθεωρητής χτύπησε το κουδούνι στην κατοικία της οικογένειας Κόκι και ανέβηκε πάνω.

«Τι θέλετε από μένα;», ρώτησε η γυναίκα που άνοιξε την πόρτα.

«Είστε η κυρία Κόκι;» ρώτησε ο Τζαμάνι και μετά έδωσε τα στοιχεία του.

«Μάλιστα», συγκατένευσε η γυναίκα, λέγοντας στον Τζαμάνι να περάσει μέσα στο σπίτι. «Λέγομαι Άλντα Μαουρίτσι κι ο σύζυγός μου ήταν ο Λεάντρο Κόκι. Στο κουδούνι έχω ακόμη το δικό του επώνυμο, κι ας έχει 'φύγει' εκείνος. Τι θέλετε να μάθετε;»

«Ξέρουμε ότι ο σύζυγός σας πέθανε, λίγους μήνες πριν, κάτω από δυσμενείς συνθήκες», εξήγησε ο Επιθεωρητής.

«Πράγματι», επιβεβαίωσε η σύζυγος του Λεάντρο Κόκι. «Πρέπει να ήταν πολύ επώδυνος θάνατος»

«Όσο επώδυνη ήταν κι απώλεια του συζύγου σας, φαντάζομαι».

«Πάρα πολύ. Δεν περίμενα, ποτέ, ότι θα τον έχανα με αυτό τον τρόπο».

«Καταλαβαίνω», συγκατένευσε ο Τζαμάνι. «Και τι σκεφτόσαστε όταν σας ενημέρωσαν για το συμβάν;»

Ο Επιθεωρητής προσπαθούσε να καταφέρει να αποσπάσει από τη γυναίκα κάποια ένδειξη παράδοσης, κατά τρόπο που να τη συνδέει με την «Άτροπος» κι εκείνη τη στιγμή να τη συλλάβει, για να την ανακρίνει.

«Τίποτα», απάντησε η γυναίκα. «Δεν σκέφτηκα τίποτα, προφανώς, εκτός από το πού ήταν γραφτό ότι έπρεπε να συμβεί αυτό που συνέβη. Θα θέλατε κάτι; Συγγνώμη που δεν ρώτησα, αμέσως, μα δεν περίμενα επίσκεψη από την αστυνομία κι έμεινα άφωνη, όταν σας άκουσα στο θυροτηλέφωνο».

«Είμαι μία χαρά, κυρία», είπε ο Επιθεωρητής. «Έχετε παιδιά; Εννοώ νόμιμα παιδιά, που να τα αποκτήσατε με τον σύζυγό σας. Ή κάποιον άλλο άμεσο συγγενή;

«Έναν γιο. Γιατί;»

«Ερευνούμε μία υπόθεση στην οποία, κατά κάποιο τρόπο, φαίνεται να εμπλέκεται και ο σύζυγός σας. Θα πρέπει να μας ενημερώσετε σχετικά με τους συγγενείς σας, κοντινούς και μακρινούς, φίλους...»

«Δεν καταλαβαίνω τι έκαναν ο σύζυγος κι ο γιος μου;»

«Είναι λίγο μεγάλη ιστορία, για να σας την εξηγήσω», είπε ο Τζαμάνι. « Ίσως μπορέσω να την εξηγήσω απευθείας σ' εσάς και το γιο σας, αν μπορέσετε να επικοινωνήσετε μαζί του και να του ζητήσετε να περάσει μαζί σας από το Αρχηγείο της Αστυνομίας».

«Να σας πω την αλήθεια, ο γιος μου θα έπρεπε ήδη να είναι εδώ. Μου τηλεφώνησε χθες και μου είπε ότι θα περνούσε από εδώ, πριν πάει στη δουλειά».

«Κατάλαβα. Συνήθως είναι συνεπής στα ραντεβού του;» θέλησε να μάθει ο Τζαμάνι.

150

Η γυναίκα συγκατένευσε.

«Με συγχωρείτε μία στιγμή», της είπε ο Επιθεωρητής, καθώς απομακρυνόταν πηγαίνοντας από το σαλόνι στην κουζίνα.

Έκανε ένα γρήγορο τηλεφώνημα στον Φινόκι, ο οποίος βρισκόταν κάτω και, μετά, γύρισε για να μιλήσει με τη γυναίκα: «Μπορώ να μάθω πώς λέγεται ο γιος σας;»

«Κάρλο».

«Ευχαριστώ».

Ο Επιθεωρητής έκανε μία πολύ σύντομη παύση και, μετά, συνέχισε: «Λυπάμαι που σας μεταφέρω αυτή την άσχημη είδηση, μα ο γιος σας είναι νεκρός».

Η Άλντα Μαουρίτσι έμεινε αμίλητη, μόλις άκουσε αυτή τη φράση να προφέρεται από τον Επιθεωρητή της Αστυνομίας.

Έμεινε σιωπηλή για λίγη ώρα και, μετά, ρώτησε: «Τι έγινε; Πώς το ξέρετε;»

Ο Τζαμάνι της εξήγησε ότι, όταν έφτασαν από κάτω, βρήκαν δύο άτομα που ειδοποιούσαν την Αστυνομία, επειδή είχαν βρει το πτώμα ενός άνδρα, ότι εκείνος ανέβηκε, ενώ ο συνάδελφός του έμεινε κάτω και ότι, εκείνη τη στιγμή, η Επιστημονική αστυνομία ερευνούσε το πτώμα.

«Από τα έγγραφα που είχε πάνω του το θύμα, ο εν λόγω άντρας είναι ο γιος σας», εξήγησε ο Επιθεωρητής. «Τον πυροβόλησαν στο κεφάλι, όπως φαίνεται, με μεγάλη ακρίβεια».

Η γυναίκα άρχισε να κλαίει κι ο Τζαμάνι προσπάθησε να την ησυχάσει λίγο, φέρνοντάς την στο στήθος του.

«Σε αυτό το σημείο, θα πρέπει να σας κάνω κάποιες ερωτήσεις, σχετικά με τον γιο σας».

«Παρακαλώ, ρωτήστε».

«Πώς ήταν οι σχέσεις μεταξύ του γιου και του συζύγου σας;» ρώτησε ο Τζαμάνι.

«Θα τολμούσα να πω πώς ήταν τέλειες», απάντησε η γυναίκα. «Ήταν πολύ δεμένοι. Ο Κάρλο είχε, πάντα, άριστες σχέσεις με τον πατέρα του. Κάθε φορά που κάτι χρειαζόταν ο άντρας μου, ο Κάρλο ερχόταν αμέσως. Το ίδιο συνέβαινε και για μένα αλλά, αντίστοιχα, κι από εμάς προς εκείνον».

Ο Τζαμάνι συγκατένευσε και, μετά, ρώτησε: «Πώς αντέδρασε ο γιος σας ο Κάρλο, όταν έμαθε τι συνέβη στον πατέρα του;»

«Στην αρχή, δεν το πίστευε. Δεν ήθελε να πιστέψει ότι ο σύζυγός μου, ο πατέρας του, έπεσε θύμα ενός τέτοιου ατυχήματος. Ήθελε να μάθει τις λεπτομέρειες του συμβάντος γιατί, στην αρχή, δεν του τις είχα πει. Όταν έμαθε ότι είχε πάει για ψάρεμα με τον φίλο του, που σύχναζε στο ίδιο μπαρ που πήγαινε ο σύζυγός μου, άρχισε να λέει πράγματα του τύπου: 'μα δεν ήξερε ότι το'...πώς το λένε; Τέλος πάντων, το υλικό από το οποίο ήταν φτιαγμένο το καλάμι που χρησιμοποίησε ο σύζυγός μου 'ήταν επικίνδυνο, γιατί τραβούσε τους κεραυνούς'; 'Γιατί δεν το σκέφτηκε πρώτα;' κι άλλα παρόμοια πράγματα».

Ο Τζαμάνι συγκατένευσε.

«Μπορώ να έχω μία φωτογραφία του γιου σας», ρώτησε ο Επιθεωρητής.

«Σας φέρνω, αμέσως», είπε η γυναίκα. «Σε τι θα σας χρησιμεύσει, αν επιτρέπεται;»

«Στις έρευνες που διεξάγουμε».

Η μητέρα του Κάρλο Κόκι συγκατένευσε.

«Μήπως τυχόν σας είχε μιλήσει ποτέ ο γιος σας ή έστω να αναφέρει, κάποια Οργάνωση...; Λέγεται Οργάνωση 'Άτροπος'».

Η γυναίκα έγνεψε αρνητικά.

«Σας ευχαριστώ για τις πληροφορίες που μου δώσατε», είπε ο Επιθεωρητής. «Τώρα, θα πρέπει να ξαναπάω κάτω στον συνάδελφό μου, αλλιώς θα μου τα ψάλει που τον εγκατέλειψα. Αυτές τις ημέρες έχουμε πάρα πολλή δουλειά».

«Φυσικά, να πάτε».

«Θα σας παρακαλούσα να παραμείνετε στη διάθεσή μας, σε περίπτωση που χρειαστούμε κάτι από εσάς».

«Ελάτε, όποτε το κρίνετε απαραίτητο. Αν σας βοηθήσει να ρίξετε φως και στο θάνατο του γιου μου, εκτός από την περίπτωση του συζύγου, θα σας βοηθήσω με κάθε δυνατό τρόπο».

Ο Επιθεωρητής την ευχαρίστησε και πάλι κι ύστερα χαιρέτησε και κατέβηκε κάτω, για να ενημερώσει τον πράκτορα Φινόκι.

«Αυτή η περίπτωση με κάνει να φρίττω ακόμη πιο πολύ», παραδέχτηκε ο Μάρκο Φινόκι, ενώ πήγαινε μαζί με τον Επιθεωρητή Τζαμάνι στην έδρα της «Άτροπος». «Αν, πράγματι, όλα αυτά τα γεγονότα συνδέονται μεταξύ τους, όποιος το έχει οργανώσει είναι ένας άνθρωπος αδίστακτος και χωρίς ενδοιασμούς».

Ο Επιθεωρητής συγκατένευσε.

«Παρόλο που συνεχίζω να μην καταλαβαίνω τι παρακινεί ένα άτομο, προς αυτή την κατεύθυνση».

«Κι εγώ έτσι το σκέφτομαι», παραδέχτηκε ο Τζαμάνι. «Σύντομα, θα μπορούμε να καταλάβουμε με μεγαλύτερη ακρίβεια τι συμβαίνει».

Ακόμη συζητούσαν αυτά τα θέματα, όταν, κοιτάζοντας το φυλλάδιο της Οργάνωσης «Άτροπος», όπου έγραφε τη διεύθυνση, κατάλαβαν ότι περνούσαν από μπροστά.

Βρήκαν πάρκινγκ σε πολύ κοντινό σημείο και, μετά, βγήκαν από το αυτοκίνητο και πήγαν προς τον προορισμό τους.

Φαινόταν σαν ένα απλό γραφείο, με ένα έπιπλο γραφείου στη μία μεριά της αίθουσας και μία πόρτα στον τοίχο πίσω από αυτό.

Στο γραφείο καθόταν ένας επιβλητικός άντρας, ο οποίος κάτι κοίταζε στον υπολογιστή.

Οι δύο αστυνομικοί μπήκαν και πλησίασαν, αμέσως, τον άνδρα, ο οποίος σηκώθηκε αμέσως για να τους συναντήσει.

«Χαίρετε, πώς μπορώ να σας βοηθήσω; Είναι, πάντοτε, χαρά μας να βοηθάμε όσους έχουν ανάγκη».

«Είμαι ο Επιθεωρητής Στέφανο Τζαμάνι κι από εδώ είναι ο συνάδελφός μου, ο πράκτορας Μάρκο Φινόκι».

Ο άντρας κοίταξε τα σήματά τους και, μετά, κοίταξε για λίγο τους δύο αστυνομικούς, χωρίς να μιλήσει. Στη συνέχεια, όμως, είπε:

«Σε τι οφείλεται η επίσκεψή σας στην Οργάνωσή μας;»

Ενώ ο πράκτορας Φινόκι κοιτούσε τριγύρω, για να καταλάβει κάτι πιο συγκεκριμένο για το μέρος, ο Τζαμάνι άρχισε να εξηγεί τους λόγους, για τους οποίους βρίσκονταν εκεί.

«Θα θέλαμε να πάρουμε περισσότερες πληροφορίες, σχετικά με αυτό που κάνετε εδώ», είπε ο Τζαμάνι. «Θα σας εξηγήσω καλύτερα: εδώ και λίγο καιρό, στη Μπολόνια, πεθαίνουν άτομα, τα οποία έχουμε λόγους να πιστεύουμε ότι συνδέονται, με κάποιο τρόπο, με την Οργάνωσή σας. Γνωρίζετε κάτι σχετικά;»

«Πεθαίνει κόσμος που συνδέεται με την 'Άτροπος';» ρώτησε ο άντρας. «Και με ποιον τρόπο γίνεται αυτό; Ωστόσο, δεν γνωρίζω κάτι και μου φαίνεται πολύ περίεργο».

«Δεν ξέρουμε να σας πούμε με ακρίβεια τον τρόπο που δολοφονούνται αυτά τα άτομα ή, πιο γενικά, τον τρόπο που φτάνουν στον θάνατο και είμαστε εδώ για να το ανακαλύψουμε», εξήγησε ο Επιθεωρητής. «Και για να πάρουμε πιο λεπτομερείς πληροφορίες. Προφανώς, μπορεί και να κάνουμε λάθος και, σε αυτή την περίπτωση, με το να μας εξηγήσετε ακριβώς τι συμβαίνει εδώ μέσα, θα μπορέσετε να προστατέψετε τον εαυτό σας και την ίδια την οργάνωση».

«Σας επαναλαμβάνω ότι δεν γνωρίζω τίποτα», είπε ο άντρας. «Αυτή Οργάνωση φροντίζει άτομα που περνούν δύσκολα, λόγω της απώλειας αγαπημένων ατόμων και προσπαθεί να τους στηρίξει στη δύσκολη κατάσταση, στην οποία βρίσκονται, για λόγους έξω από αυτούς».

«Ο δικός σας ρόλος σε αυτή την οργάνωση ποιος είναι;» ρώτησε ο Φινόκι.

«Είμαι ο πρόεδρός της», απάντησε ο άντρας.

«Μπορείτε, σας παρακαλώ, να μας δείξετε κάποιο προσωπικό σας έγγραφο;»

«Βεβαίως»

Ο άντρας τους έδωσε την ταυτότητά του και πρόσθεσε: «Ό,τι και να συμβαίνει, πρέπει να πρόκειται περί παρεξήγησης. Οι προθέσεις της 'Άτροπος' είναι να υποστηρίξει άτομα που περνούν δύσκολα, να τα βοηθήσουν, κυρίως, από ψυχολογικής άποψης».

«Καταλαβαίνω», είπε ο Τζαμάνι. «Τι υπάρχει πίσω από αυτή την πόρτα;»

Αναφερόταν στη μοναδική πόρτα της αίθουσας, εκτός από εκείνη της εισόδου.

«Εκεί τα άτομα που συνεργάζονται μαζί μας λαμβάνουν την υποστήριξη που χρειάζονται», εξήγησε ο άντρας.

«Με ποιο τρόπο;» θέλησε να μάθει ο Επιθεωρητής.

«Ακολουθώντας αυτό που θα μπορούσαμε να ονομάσουμε 'ηχογραφημένα μαθήματα'».

«Μπορούμε να δούμε την αίθουσα, πίσω από αυτή την πόρτα; Εννοείται, εφόσον δεν σας ενοχλεί».

«Δυστυχώς, δεν μπορώ να σας βοηθήσω σ'αυτό», απάντησε ο άντρας. «Αυτή τη στιγμή δεν έχω τα κλειδιά, για να ανοίξω την πόρτα. Τα παίρνω μόνο ότι ξέρω ότι θα έρθουν ένας ή περισσότεροι συνεργάτες, για να παρακολουθήσουν κάποιο από τα μαθήματα, για τα οποία σας ενημέρωσα».

«Σύμφωνοι, το βλέπουμε κάποια άλλη φορά», είπε ο Τζαμάνι.

«Μπορούμε να έχουμε μία λίστα των συνεργατών σας;»

«Φυσικά».

Ο άντρας έβγαλε τη λίστα από ένα ερμάριο και την έδωσε στον Επιθεωρητή που, με τη σειρά του, την έδωσε στον πράκτορα Φινόκι.

«Μπορούμε να κρατήσουμε τη λίστα; Ή να μας βγάλετε μία φωτοτυπία;»

«Εννοείται», απάντησε ο άντρας.

«Σας ευχαριστούμε. Υπάρχει κάτι ακόμη, για το οποίο πρέπει να μιλήσουμε μαζί σας».

«Τι πράγμα;» ρώτησε ο άντρας.

«Λίγες μέρες πριν, σας είδα να συζητάτε αρκετά έντονα στο μαγαζί ενός ανθοπώλη, στην οδό Σαν Βιτάλε. Ο άντρας λεγόταν Φούλβιο Φαλκέτι. Για ποιο πράγμα συζητούσατε;» θέλησε να μάθει ο Επιθεωρητής.

«Απλώς, του ανέθεσα μία παράδοση λουλουδιών κι εκείνος είπε ότι δεν είχε χρόνο, ότι δεν μπορούσε, τέτοια πράγματα. Δεν θυμάμαι, ακριβώς, τα λόγια του»

«Σε περίπτωση που δεν το γνωρίζετε ήδη, ο κύριος Φαλκέτι δολοφονήθηκε μπροστά στο κατάστημά του, από πυροβόλο όπλο».

«Δολοφονήθηκε;» είπε ο άντρας. «Δεν ήξερα τίποτα. Γνωρίζετε τον ένοχο;»

«Όχι ακόμη», απάντησε ο Τζαμάνι. «Αλλά, σύντομα, θα τον γνωρίζουμε. Και θα γνωρίζουμε και αυτόν που, ενδεχομένως, έδωσε την εντολή για τη δολοφονία».

Ο σκοπός του Επιθεωρητή ήταν να εκφοβίσει τον άνδρα, για να λυγίσει και να αποκαλύψει την ενδεχόμενη ενοχή του.

«Λυπάμαι πάρα πολύ», απάντησε ο πρόεδρος της ««Άτροπος»».

«Αν ξέρετε κάτι, για το οποίο δεν μας έχετε μιλήσει, ακόμη, θα σας παρακαλούσαμε να μας το πείτε», είπε ο Τζαμάνι.

Ο άντρας συγκατένευσε, προσθέτοντας: «Αλήθεια, δεν γνωρίζω τίποτα από όσα μου αναφέρατε. Εκτός από το γεγονός ότι συζήτησα, χωρίς κακία, με εκείνον τον ανθοπώλη».

155

«Συναντιόσαστε συχνά με τον κύριο Φαλκέτι;» θέλησε να μάθει ο Επιθεωρητής.

«Κάθε τόσο, αναθέταμε προσωπικά σ'εκείνον κάποιες παραδόσεις».

«Γιατί τόσο συχνά;»

Εκείνη τη στιγμή, χτύπησε το τηλέφωνο.

«Με συγχωρείτε», είπε ο άντρας, κάνοντας την κίνηση ότι σηκώνει το ακουστικό.

«Δεν θέλουμε να σας κάνουμε να χάσετε άλλο χρόνο και το ίδιο θέλουμε και για εμάς», εξήγησε ο Τζαμάνι. «Ωστόσο, να παραμείνετε στη διάθεση της αστυνομίας, κύριε Μποτάτσι».

Ο Επιθεωρητής έδωσε στον πρόεδρο της «Άτροπος» την ταυτότητά του, που την κρατούσε στα χέρια εδώ και ώρα και, μετά, έκανε νόημα στον Φινόκι, ο οποίος κοιτούσε ακόμη τη λίστα με τους συνεργάτες, για να φύγουν.

Όταν βρίσκονταν και πάλι στο αυτοκίνητο, ο Τζαμάνι κάλεσε τον Αρχηγό Λούτσι και ζήτησε να γίνουν έρευνες για κάποιον Αντόνιο Μποτάτσι, για να δουν αν υπάρχουν προηγούμενα στο ποινικό του μητρώο και μετά ρώτησε τον Φινόκι αν πάνω στην ονομαστική λίστα, βρήκε κάποιο γνωστό σε εκείνους όνομα.

«Ναι», είπε ο πράκτορας, «την κυρία Τζανιμπόνι και το Μικέλε Τροβαϊόλι. Για τους υπόλοιπους, πρέπει να ψάξουμε κι άλλο».

«Ωραία. Θα το κάνουμε. Για την ώρα, το σημαντικό είναι ότι, επιτέλους, βρισκόμαστε στο σωστό δρόμο», είπε ο Τζαμάνι.

«Τώρα, θα πρέπει να κάνουμε την Τζανιμπόνι να μας εξηγήσει τι περιλαμβάνουν τα 'ηχογραφημένα μαθήματα' στα οποία αναφέρθηκε ο Μποτάτσι».

«Ναι. Επιπλέον, σήμερα το μεσημέρι περιμένουμε να έρθουν για κατάθεση η οικογένεια Σπαλαντσάνι και ο Μικέλε Τροβαϊόλι».

Ο Τζαμάνι συγκατένευσε. «Παρεμπιπτόντως», πρόσθεσε, «κοίταξες αν στη λίστα υπάρχει κάποιος με το επώνυμο Σπαλαντσάνι;»

«Δεν υπάρχει κανείς με αυτό το επώνυμο, ωστόσο υπάρχει κάποιος Κάρλο Κόκι», απάντησε ο πράκτορας.

«Καταλαβαίνω», είπε ο Επιθεωρητής. «Τουλάχιστον, χαίρομαι που κάναμε βήματα μπροστά, σε αυτή την έρευνα. Δεν βλέπω την ώρα να φτάσουμε στο τέλος της».

Όταν επέστρεψαν στο Αρχηγείο, πήγαν στο γραφείο του Αρχηγού Λούτσι, για να του πουν τις τελευταίες εξελίξεις κι εκείνος τους συνεχάρη για την καλή τους δουλειά.
«Θα δείτε ότι, σύντομα, θα έχουμε στα χέρια μας αυτούς τους κακοποιούς».

«Γιατί κάνατε τόση ώρα να απαντήσετε;» ρώτησε η *Φωνή*.
«Μιλούσα με δύο αστυνομικούς», είπε ο Αντόνιο Μποτάτσι. «Δεν ξέρω τι ακριβώς έψαχναν;».
Ο πρόεδρος της «Άτροπος» εξήγησε αναλυτικά το διάλογο με την Αστυνομία κι η *Φωνή* τον συμβούλεψε να κρατά, πάντα, την ψυχραιμία του, σε περίπτωση που ξανάρχονταν.
«Αυτοί οι δύο αστυνομικοί σας έδειξαν τα σήματά τους, σωστά; Όταν έφτασαν εκεί, εννοώ».
Ο άντρας δίστασε, για λίγο, αλλά μετά συνέχισε: «Νομίζω πως ναι. Προσπαθώ να θυμηθώ...ναι, ναι, είπε ότι λέγεται... Τζα..Τζαμάνι. Έτσι, σωστά. Επιθεωρητής Στέφανο Τζαμάνι. Είμαι σίγουρος ότι λεγόταν έτσι».
«Είπατε ότι ήταν δύο, σωστά;»
«Μάλιστα».
«Θυμάστε το όνομα του άλλου;» ρώτησε η Φωνή.
«Λοιπόν», είπε ο άντρας, «μία στιγμή να σκεφτώ».
Έκανε μία σύντομη παύση για να σκεφτεί και, μετά, είπε με σιγουριά: «Μάρκο Φινόκι. Πράκτορας Μάρκο Φινόκι».
«Κατάλαβα...», είπε η Φωνή, από την άλλη άκρη της γραμμής.
«Προφανώς, δεν έχουμε τίποτα να φοβηθούμε, σωστά;» ρώτησε ο άντρας.
«Δεν έχουμε τίποτα να φοβηθούμε. Μείνετε ήσυχος και προσπαθήστε να συμπεριφέρεστε, κάθε φορά, όπως και σήμερα. Θα δείτε ότι δεν θα γίνει τίποτα».
Η *Φωνή* χαιρέτισε τον Αντόνιο Μποτάτσι κι έκλεισε.

XXX

«Τι σκέφτεσαι;» ρώτησε ο Μάρκο Φινόκι τον Τζαμάνι.

«Δεν μπορώ να πω με ακρίβεια τι συμβαίνει, εδώ στη Μπολόνια, αλλά σίγουρα δεν μου αρέσει. Η κατάσταση είναι πολύπλοκη», απάντησε ο Επιθεωρητής. «Το μόνο καλό στοιχείο που έχουμε είναι μία λίστα με άτομα που συνεργάζονται με την 'Άτροπος'. Από αυτό το μοναδικό δεδομένο, πρέπει να καταλάβουμε όλες τις πληροφορίες που λείπουν, για να λύσουμε αυτή την περίπλοκη υπόθεση».

«Οι καταθέσεις, που θα πάρουμε σε λίγο θα μας βοηθήσουν σε αυτό, σωστά;»

«Ας ελπίσουμε».

Όταν ο Μικέλε Τροβαϊόλι παρουσιάστηκε στο Αρχηγείο, τον παρέλαβε αμέσως ο Επιθεωρητής Τζαμάνι, ο οποίος τον συνόδευσε σε μία από τις δύο αίθουσες ανακρίσεως και, λίγα λεπτά αργότερα, έφτασε κι ο Πράκτορας Φινόκι.

Ο Επιθεωρητής τοποθέτησε το φορητό μαγνητόφωνο, πάνω στο τραπέζι, το έθεσε σε λειτουργία και άρχισε να μιλά: «Κύριε Τροβαϊόλι, μπορείτε να μας εξηγήσετε τι συνέβη στη Μαριολίνα Σπατζέζι; Αυτοκτόνησε ή τη δολοφονήσατε εσείς; Για ποιο λόγο το κάνατε;»

«Αυτή η γυναίκα δεν έπρεπε να συμπεριφερθεί έτσι στον αδελφό μου», ξεκίνησε ο άντρας.

«Μας εξηγείτε λίγο καλύτερα, σας παρακαλώ;» τον παρότρυνε ο Επιθεωρητής.

«Η Σπατζέζι ευθύνεται για το θάνατο του αδελφού μου».

«Γιατί;» θέλησε να μάθει ο Τζαμάνι. «Σε ποια βάση το στηρίζετε αυτό;»

«Εκείνη ήταν πάντοτε ερωτευμένη με τα λεφτά του αδελφού μου, όχι με τον ίδιο», είπε ο άντρας. «Μία μέρα, ο αδελφός μου μου είπε ότι ήταν προβληματισμένος για τη σχέση του με εκείνη, γιατί εκείνη προσποιούταν, όλο και περισσότερο, και εκμεταλλευόταν την καλή οικονομική κατάσταση του αδελφού μου. Ο Μάσιμο ήταν πολύ σημαντικό στέλεχος στην εταιρία που εργαζόταν κι έτσι αμειβόταν πολύ καλά. Κι εκείνη, μου έλεγε ο αδελφός μου, του είχε γίνει βδέλλα. Στην αρχή, ο αδελφός μου της έκανε κάποιο ακριβό δώρο, όπως κολιέ, δαχτυλίδια, όλα ικανά να την κάνουν να καυχιέται τα βράδια που έβγαιναν οι δυο τους με φίλους, αλλά μετά άρχισε να του λέει ότι θα της άρεσε να πάει ένα ταξίδι στο τάδε μέρος, στο δείνα, ότι θα της άρεσε να δειπνήσει στο τάδε εστιατόριο που ήταν της μόδας, τέτοια πράγματα. Εκείνη ζητούσε κι ο αδελφός μου ικανοποιούσε κάθε της επιθυμία».

«Καταλαβαίνω», συγκατένευσε ο Τζαμάνι. «Και γι' αυτό το λόγο ο αδελφός σας δεν ήταν ικανοποιημένος από τη σχέση του με αυτή τη γυναίκα;»

«Ακριβώς. Στην αρχή, ο αδελφός μου της είχε μιλήσει γι' αυτό το θέμα, αλλά εκείνη έλεγε: θες να μου κάνεις ένα μικρό δώρο; Να το αντέχεις οικονομικά, έτσι; Τέτοια πράγματα. Σε κάποια φάση ο αδελφός μου δεν άντεχε άλλο, δεν τον ευχαριστούσε πια αυτή η κατάσταση, γιατί καταλάβαινε ότι, στο τέλος, εκείνη ήταν εκεί μόνο για τα λεφτά του. Έτσι, μία μέρα μάλωσαν, αλλά ακόμη και σ' εκείνη την περίπτωση εκείνη δεν ήθελε να μάθει, του είπε ότι δεν είχε λόγο να θυμώνει μαζί της γι' αυτά τα πράγματα, ότι ήταν ερωτευμένη μαζί του, όπως εκείνος μαζί της. Αυτά τα πράγματα, πάντα, μου τα έλεγε ο αδελφός μου. Εκείνο το βράδυ ήταν στο σπίτι της. Εκείνος βγήκε τρέχοντας, μπήκε στο αυτοκίνητο κι πήγαινε προς το σπίτι. Όταν μου τηλεφώνησε, για να μου πει για τον καυγά τους, είχε ήδη φτάσει στο Καζαλέκιο ντι Ρένο. Του είπα ότι λυπόμουν για αυτό που του συνέβαινε και για απάντηση μου είπε ότι δεν μπορούσε άλλο, ότι η κατάσταση είχε γίνει ανυπόφορη. 'Θα σκοτωθώ', μου είπε, 'αποφάσισα να σκοτωθώ'. Δεν μπορούσα να πιστέψω εκείνες τις λέξεις. Του ζήτησα να μου επαναλάβει εκείνο το τελευταίο, γιατί νόμιζα ότι δεν είχα καταλάβει καλά. Κι εκείνος μου το επανέλαβε. Μετά, πρόσθεσε ότι εκείνη τη στιγμή είχε φτάσει στον ποταμό Ρένο κι ότι θα βούταγε».

«Πολύ λυπηρή ιστορία», σχολίασε ο Τζαμάνι. «Και, προφανώς, φαντάζομαι ότι κι εσείς το πήρατε πολύ άσχημα».

«Δεν θα μπορούσα να το πάρω διαφορετικά», είπε ο Μικέλε

Τροβαϊόλι.

«Και τι κάνατε μετά;» ρώτησε ο πράκτορας Φινόκι.

«Αρχικά, δεν ήξερα τι να κάνω. Έγιναν όλα τόσο γρήγορα, που μου πήρε λίγο καιρό για να καταλάβω τι είχε συμβεί. Πέρασα ένα διάστημα σύγχυσης. Ήμουν λυπημένος για το χαμό του αδελφού μου και, ταυτόχρονα, δεν μπορούσα να καταλάβω τι μπορούσε να κάνει έναν άνθρωπο να συμπεριφερθεί όπως η Σπατζέζι».

«Μιλήσατε με κανέναν γι' αυτό; Με τους γονείς σας, ίσως;» ρώτησε ο Επιθεωρητής.

«Γι' αυτό που έγινε;» ρώτησε ο Μικέλε Τροβαϊόλι.

«Ναι», είπε ο Τζαμάνι, «και γι' αυτό που αισθανόσαστε εσείς. Για την ψυχολογική κατάσταση στην οποία βρισκόσαστε. Μιλάμε για κατάθλιψη; Για επιθυμία να εκδικηθείτε; Για τι πράγμα;»

«Δυστυχώς, δεν ξέρω να σας πω», παραδέχτηκε ο άντρας. «Όπως σας είπα, αισθανόμουν συγχυσμένος, ήμουν μπερδεμένος, με πήρε καιρό να συλλάβω την κατάσταση».

«Και, μετά, τι κάνατε;» θέλησε να μάθει ο Τζαμάνι. «Πώς αντιδράσατε;»

«Όταν μία μέρα περπατούσα, όπως συνήθως, ένα παιδί στο δρόμο μου έδωσε ένα φυλλάδιο και το έβαλα στην τσέπη χωρίς να το σκεφτώ. Το πέρασα για τα συνηθισμένα διαφημιστικά: μαθήματα ξένων γλωσσών, καινούργια μαγαζιά, τέτοια πράγματα. Δεν ήξερα πού να το πετάξω και γι'αυτό το έβαλα στην τσέπη, μέχρι να βρω έναν κάδο».

Ο Φινόκι κοίταξε τον Τζαμάνι χωρίς να πει κάτι και, μετά, ο Επιθεωρητής ρώτησε: «Και το πετάξατε;».

«Όχι», παραδέχτηκε ο άντρας. «Όταν ετοιμαζόμουν να το πετάξω, διάβασα τι έγραφε και το κράτησα, σκεπτόμενος ότι μπορεί να μου φαινόταν χρήσιμο».

«Τι έγραφε εκείνο το φυλλάδιο;»

«Μιλούσε για μία οργάνωση που ήταν σε θέση να βοηθήσει όποιον είχε χάσει κάποιο αγαπημένο πρόσωπο».

«Την Οργάνωση 'Άτροπος';» μάντεψε ο πράκτορας Φινόκι.

Ο άντρας συγκατένευσε.

«Κι εκείνη τη στιγμή αποφασίσατε να κάνετε μία βόλτα από εκεί, για να καταλάβετε καλύτερα περί τίνος επρόκειτο;», ρώτησε ο Επιθεωρητής.

«Ναι», είπε ο άντρας, «ήμουν περίεργος να μάθω περισσότερα».
«Καταλαβαίνω», συγκατένευσε ο Τζαμάνι. «Κι έτσι πήγατε εκεί».
«Ακριβώς», είπε ο άντρας.
«Και, λίγο καιρό μετά, η δεσποινίς Σπατζέζι αυτοκτόνησε βουτώντας από το παράθυρό της», είπε ο Φινόκι.
Ο Μικέλε Τροβαϊόλι το επιβεβαίωσε.
«Με κάποιο τρόπο παρακινήσατε αυτή την αυτοκτονία;»
Ο άντρας αποδέχτηκε την ενοχή του.
«Μας λέτε, ακριβώς, τι κάνατε;» είπε ο Τζαμάνι.
«Στην πραγματικότητα δεν έκανα και πολλά», άρχισε να εξηγεί ο άντρας. «Μου προτάθηκε, απλά, να βρω κάποια πράγματα που ανήκαν στον αδελφό μου...που είχαν σχέση με εκείνον».
«Στο διαμέρισμα της Σπατζέζι βρέθηκε ένας φάκελος, μαζί με τα λουλούδια, ο οποίος περιελάμβανε μία επαγγελματική κάρτα του αδελφού σας», εξήγησε ο Επιθεωρητής, «όπως κι ένα κουτί που, μεταξύ άλλων, περιείχε το κηδειόσημο του Μάσιμο Τροβαϊόλι. Εσείς τα ετοιμάσατε αυτά;»
«Ναι», είπε ο άντρας, μετά από μία στιγμή δισταγμού, «εγώ τα ετοίμασα».
«Και κάνατε και ανώνυμα τηλεφωνήματα στη γυναίκα αυτή;» ρώτησε ο πράκτορας Φινόκι.
«Όχι. Κανένα τηλεφώνημα».
Μετά από μία ματιά, χωρίς λόγια, προς τον συνάδελφό του, ο Τζαμάνι συγκατένευσε.
«Μετά από όλα αυτά τα γεγονότα, τα λουλούδια, την επαγγελματική κάρτα, το κηδειόσημο και τα ανώνυμα τηλεφωνήματα...τα οποία δεν κάνατε εσείς...η γυναίκα αυτοκτόνησε. Δεν ήθελε να υποστεί άλλα από αυτά τα παράλογα πράγματα».
«Ναι», είπε ο Μικέλε Τροβαϊόλι. «Θεωρώ ότι γι' αυτό το λόγο έγινε».
«Και πώς αισθανθήκατε, όταν μάθατε αυτή την είδηση;» ρώτησε ο Επιθεωρητής.
«Αρχικά, ανακούφιση. Μετά, δεν ήξερα τι να κάνω και σε αυτή την περίπτωση».
«Κι αποφασίσετε να μη μιλήσετε», είπε ο πράκτορας Φινόκι.
«Φοβόμουν για το τι μπορούσε να μου συμβεί».

«Ωστόσο, χθες, όταν ήρθαμε σπίτι σας, δεν αργήσατε πολύ να ομολογήσετε αυτό που έγινε», παρατήρησε ο Τζαμάνι.

«Ναι», παραδέχτηκε ο άντρας. «Δεν με πήρε πολύ, γιατί δεν ήξερα, πλέον, ποια ήταν η σωστή λύση, είχα εξαντληθεί ψυχολογικά και κατάλαβα ότι όσο αργούσα να παραδεχτώ την ευθύνη, τόσο πιο άσχημα θα αισθανόμουν και θα χειροτέρευα και τη θέση μου, απέναντι στον νόμο».

«Καταλαβαίνω», συγκατένευσε ο Επιθεωρητής.

«Αντιλαμβάνεστε ότι, μετά από αυτή την παραδοχή, θα πρέπει να σας συλλάβουμε για πρόκληση αυτοκτονίας;»

Ο Μικέλε Τροβαϊόλι παρέμεινε στη θέση του, ακίνητος και σιωπηλός για αρκετά λεπτά, με τον Τζαμάνι και τον Φινόκι να τον κοιτούν στα μάτια, χωρίς να μιλούν και, μετά κατάφερε να πει μόνο: «Ναι, το καταλαβαίνω».

Στο τέλος της κατάθεσης, ο Επιθεωρητής Τζαμάνι έκλεισε το μαγνητόφωνο.

Όσο περίμεναν την άφιξη του ζεύγους Σπαλαντσάνι, ο Τζαμάνι κι ο Φινόκι ανέλυαν τις τελευταίες εξελίξεις της υπόθεσης.

«Θεωρητικά, ο κύριος Τόζι θα πρέπει, πλέον, να βρίσκεται εκτός κινδύνου, σωστά;» παρατήρησε ο Φινόκι. «Στη λίστα, με τους συνεργάτες της 'Άτροπος', βρήκαμε τον Κάρλο Κόκι, τον γιο του Λεάντρο Κόκι, ο οποίος απεβίωσε».

«Ναι, θα πρέπει να βρίσκεται εκτός κινδύνου. Σε κάθε περίπτωση, θα προτιμούσα να διατηρήσουμε όλα τα προληπτικά μέτρα που έχουμε λάβει, ως τώρα. Μέχρι να συλλάβουμε τους πραγματικούς ενόχους».

Ο Φινόκι συγκατένευσε και, στη συνέχεια, πρόσθεσε: «Όντως... τους πραγματικούς ενόχους...τους οποίους, για την ώρα, δεν γνωρίζουμε».

«Θα πρέπει να έχουμε υπό έλεγχο τον πρόεδρο της 'Άτροπος'. Για την ώρα, αυτός είναι ο πιο πιθανός ένοχος».

«Συμφωνώ», είπε ο Φινόκι. «Και τι θα κάνουμε με τους συνεργάτες της 'Άτροπος' που ομολογούν το έγκλημα;»

«Δεν ξέρω πώς ακριβώς», παραδέχτηκε ο Επιθεωρητής. «Φαντάζομαι να καταφέρουμε να πετύχουμε, τουλάχιστον, μείωση των ποινών. Τον τελευταίο λόγο τον έχουν, σίγουρα, οι δικαστές».

«Εντάξει», συγκατένευσε ο Φινόκι. «Και, τώρα, τι κάνουμε;»

Ο Επιθεωρητής παρέμεινε σκεπτικός για αρκετή ώρα και, μετά, απάντησε: «Πρώτα απ'όλα θα ακούσουμε τι έχουν να πουν οι Σπαλαντσάνι, σχετικά με το τι συνέβη στον Νταβίντε Παλιαρίνι. Μετά, θα ήθελα να μιλήσουμε ξανά με την Τζανιμπόνι ή με τον δικηγόρο της, για να καταλάβουμε τι πραγματικά συμβαίνει μέσα στην 'Άτροπος'».

Οι δύο αστυνομικοί καταλάβαιναν ότι πλησίαζαν, αν και με αργούς ρυθμούς, στο να ρίξουν φως στην υπόθεση, αλλά δεν παρέλειπαν να παρατηρούν, κάθε τόσο, ότι η υπόθεση ήταν μπερδεμένη κι ότι η αλήθεια θα μπορούσε να είναι ακόμη μακριά.

«Υπάρχει και κάτι άλλο», είπε ο Φινόκι.

«Ναι;» θέλησε να μάθει ο Επιθεωρητής.

«Τα ανώνυμα τηλεφωνήματα», απάντησε ο πράκτορας. «Αν θυμάμαι καλά, στην ανάκριση του κυρίου Τροβαϊόλι, εκείνος δεν παραδέχτηκε κάτι για τα ανώνυμα τηλεφωνήματα που λάμβανε η Σπατζέζι. Αλλά, αν δεν ήταν εκείνος, ποιος την καλούσε;»

«Καλή ερώτηση», παραδέχτηκε ο Τζαμάνι. «Αν, πράγματι, θεωρήσουμε ότι είμαστε στο σωστό δρόμο για την επίλυση της υπόθεσης, θα μπορούσαμε να ρωτήσουμε γι' αυτό τον κύριο Μποτάτσι. Ίσως να ήταν εκείνος ή κάποιος άλλος από την Οργάνωση, που έκανε αυτά τα τηλεφωνήματα».

Υπήρξε μία μικρή παύση και, μετά, ο Επιθεωρητής συνέχισε να λέει: «Επιπλέον, δεν γνωρίζουμε ούτε από ποια άτομα αποτελείται η 'Άτροπος'. Ο πρόεδρος μας ανέφερε τα ηχογραφημένα μαθήματα...τι είναι αυτά; Ποιος τα ηχογραφεί; Ο ίδιος; Ή έχουν αναθέσει τη δουλειά αυτή σε κάποιον, επί πληρωμή;»

Η άφιξη του ζεύγους Σπαλαντσάνι διέκοψε τη συζήτηση, αφήνοντας αυτά τα τελευταία ερωτήματα να αιωρούνται.

Τους είπαν να περάσουν σε μία αίθουσα, για να περιμένουν να ετοιμαστεί η αίθουσα ανακρίσεως, μετά ο Τζαμάνι κι ο Φινόκι τους συνόδευσαν και τους έβαλαν να καθίσουν στο τραπέζι που βρισκόταν στο κέντρο.

Αφού ενεργοποίησε το μαγνητόφωνο, ο Επιθεωρητής είπε: «Λοιπόν, όπως σας είπαμε και χθες, τώρα θα πρέπει να σας κάνουμε μερικές ερωτήσεις, σχετικά με τον θάνατο του κυρίου Παλιαρίνι».

Οι δύο σύζυγοι έμειναν σιωπηλοί, περιμένοντας να συνεχίσει ο Τζαμάνι.

«Όπως προκύπτει, ο κύριος Παλιαρίνι βρέθηκε νεκρός στον κήπο της πολυκατοικίας στην οποία έμενε και στο σώμα του εντοπίστηκε μελατονίνη. Είναι γνωστό ότι, όταν η μελατονίνη ληφθεί σε υπερβολική δόση, μπορεί να προκαλέσει ίλιγγο και, ως εκ τούτου, είναι λογικό να θεωρηθεί ότι ο άντρας μπορεί να έπεσε από το μπαλκόνι, επηρεασμένος από τον ίλιγγο, ή να τον έσπρωξε ο δολοφόνος του και να έπεσε».

Ο Επιθεωρητής περίμενε για λίγο, προτού συνεχίσει, για να δει τις αντιδράσεις των Σπαλαντσάνι.

Βλέποντάς τους να παραμένουν απαθείς, συνέχισε: «Ξέρουμε και κάτι άλλο: τις μέρες που ακολούθησαν τον θάνατο του Παλιαρίνι, κάποιος ένοικος της πολυκατοικίας είπε ότι είδε, φευγαλέα, έναν άνδρα να ανεβοκατεβαίνει τις σκάλες τις πολυκατοικίας. Αν θυμάμαι καλά από την περιγραφή που μας έγινε, ο άντρας αυτός φορούσε γάντια, ενδεχομένως για να μην αφήσει δακτυλικά αποτυπώματα τριγύρω».

Και πάλι, καμία αντίδραση από τους δύο συζύγους, οι οποίοι παρέμεναν απαθείς και άκουγαν. Μην μπορώντας να κάνει κάτι άλλο, τουλάχιστον για την ώρα, ο Τζαμάνι συνέχισε να μιλά.

«Γνωρίζετε την Οργάνωση 'Άτροπος';» ρώτησε.

«Όχι», είπε ο σύζυγος κι η σύζυγος συγκατένευσε.

«Έχουμε λόγους να πιστεύουμε ότι ο θάνατος του κυρίου Παλιαρίνι συνδέεται με αυτή την Οργάνωση. Είστε σίγουροι ότι δεν γνωρίζετε κάτι;»

Οι δύο σύζυγοι συγκατένευσαν.

«Από περιέργεια, κυρία Σπαλαντσάνι, μπορώ να μάθω το μικρό σας όνομα και το πατρικό σας επώνυμο;»

«Γιατί μου τα ζητάτε αυτά;» θέλησε να μάθει εκείνη.

«Γιατί σας παίρνω κατάθεση και χρειάζομαι να μάθω όλα όσα θα μπορούσαν να φανούν χρήσιμα σε μένα και το συνάδελφό μου, για να ρίξουμε φως σε αυτή την ιστορία», απάντησε ο Επιθεωρητής Τζαμάνι.

«Μην εκμεταλλεύεστε την εξουσία που σας δίνει η θέση σας,

παρακαλώ», είπε ενοχλημένος ο σύζυγος. «Μην συμπεριφέρεστε έτσι στη γυναίκα μου».

«Δεν έχω σκοπό να εκμεταλλευτώ την εξουσία μου, ούτε να συμπεριφερθώ άσχημα σε κανέναν», εξήγηση ο Επιθεωρητής. «Απλώς, κάνω τη δουλειά μου. Με συγχωρείτε, αν η συμπεριφορά μου σας φάνηκε αλαζονική».

«Εντάξει, μην ανησυχείτε», είπε ο κύριος Σπαλαντσάνι. «Ωστόσο, είπατε ότι ο ένοχος ενδέχεται να είναι άντρας, σωστά; Άνδρα δεν είδε ο ένοικος της πολυκατοικίας του Παλιαρίνι;»

«Ναι», επιβεβαίωσε ο Επιθεωρητής. «Από ότι φαίνεται, άνδρα είδε. Όπως και να έχει, θα μπορούσαμε να έχουμε το όνομα και το επώνυμο της συζύγου σας;»

«Σύμφωνοι, κανένα πρόβλημα», είπε ο κύριος Σπαλαντσάνι. «Εμπρός, Καρλότα, κάνε όπως σου ζήτησε ο Επιθεωρητής».

Η γυναίκα είπε: «Ονομάζομαι Καρλότα Μπρεβελιέρι».

Ο Τζαμάνι κοίταξε τον πράκτορα Φινόκι να κοιτάζει όσο πιο γρήγορα μπορούσε την ονομαστική λίστα που είχαν πάρει από την έδρα της «Άτροπος».

«Το βρήκα», είπε ο Μάρκο Φινόκι.

«Είστε σίγουρη, κυρία, ότι δεν γνωρίζετε την Οργάνωση 'Άτροπος';» ρώτησε τη γυναίκα ο Τζαμάνι. Το όνομα και το επώνυμό σας υπάρχουν στη λίστα με τους συνεργάτες της Οργάνωσης. Προφανώς, θα μπορούσε να είναι απλή συνωνυμία, αλλά δεδομένων των όσων γνωρίζουμε, το θεωρώ πολύ απίθανο».

Η γυναίκα παρέμεινε σιωπηλή και ο σύζυγός της την κοιτούσε σε τα μάτια, ενώ μετά πήγε το βλέμμα του στους αστυνομικούς και είπε: «Σύμφωνα με τα όσα λέτε, η γυναίκα μου σκότωσε τον κύριο Παλιαρίνι;»

«Ναι», παραδέχτηκε ο Τζαμάνι. «Όπως και να έχει, χρειάζεται να το ομολογήσει η γυναίκα σας».

Υπήρξε μία μικρή παύση, στην οποία κανείς δεν μίλησε και στην οποία ο κύριος Σπαλαντσάνι συνέχισε να κοιτά τη γυναίκα του, για να βρει ένα σημάδι ότι αρνούνταν αυτό που μόλις είχε πει ο Επιθεωρητής Τζαμάνι.

«Έχουμε λόγο να πιστεύουμε ότι μπορεί η γυναίκα σας να δέχτηκε ψυχολογική πίεση, η οποία την οδήγησε σε αυτό το έγκλημα», εξήγησε ο Τζαμάνι. «Αν είναι, πράγματι, έτσι, θα δείτε

166

ότι οι δικαστές θα το λάβουν υπόψη τους στη δίκη. Τώρα, για εμάς είναι σημαντικό να δώσουμε τέλος σε αυτή την υπόθεση και για να το κάνουμε χρειαζόμαστε και την ομολογία της συζύγου σας».

«Πιστεύουμε πως αυτό που έκανε η σύζυγός σας είναι μόνη η κορυφή ενός παγόβουνου και ότι στη βάση του μπορεί να υπάρχει κάτι χειρότερο από μία απλή δολοφονία», παρενέβη ο Φινόκι.

«Δεν είμαστε ακόμη σε θέση να πούμε περί τίνος πρόκειται, αλλά για να το ανακαλύψουμε θα μας βοηθήσει και η δική σας ομολογία, κυρία».

Η γυναίκα κοίταξε πρώτα το σύζυγό της, μετά τους δύο αστυνομικούς και, μετά, είπε: «Ναι, εγώ το έκανα».

Καυτά δάκρυα άρχισαν να κυλούν στα μάγουλα της γυναίκας και ο σύζυγός της, που δεν μπορούσε να το πιστέψει, την κράτησε στα χέρια του.

«Εσύ ήσουν;» τη ρώτησε, έκπληκτος ακόμη, προσπαθώντας να την κρατήσει κοντά στο στήθος του.

Η γυναίκα το επιβεβαίωσε, χωρίς κάποιο δισταγμό, πλέον.

Όταν σταμάτησαν τα δάκρυα, η κυρία Σπαλαντσάνι ξανακάθισε βολικά στην καρέκλα και, μετά ο Επιθεωρητής της ζήτησε να αφηγηθεί πώς έγιναν τα πράγματα.

«Όταν ο γιος μας χτυπήθηκε από αυτόν τον ασυνείδητο οδηγό, εγώ κι ο σύζυγός μου δεν ξέραμε τι να κάνουμε», ξεκίνησε να λέει η γυναίκα. «Λίγες μέρες αφού πέρασε το σοκ, συνάντησα ένα παιδί που μοίραζε φυλλάδια και πήρα ένα, νομίζοντας ότι θα είναι από εκείνα τα διαφημιστικά τρικς για κάτι προφανώς άχρηστο. Το έβαλα στην τσάντα και το άφησα εκεί, μέχρι την επόμενη ημέρα. Επιπλέον, ξέχασα να το αναφέρω και στο σύζυγό μου».

Όλοι την άκουγαν ενόσω διηγούταν τα γεγονότα.

«Το επόμενο πρωί, ανοίγοντας την τσάντα μου ξαναήρθε στα χέρια μου εκείνο το φυλλάδιο και το διάβασα με μεγαλύτερη προσοχή. Αναφερόταν, τουλάχιστον έτσι φαινόταν, σε όλους εκείνους που είχαν χάσει ένα αγαπημένο πρόσωπο κι ένιωθαν να τους λείπει», συνέχισε η γυναίκα. «Εγώ ανήκα σε αυτή την κατηγορία ανθρώπων και γι’ αυτό κοίταξα ακόμη πιο προσεκτικά τα όσα έγραφε εκείνο το κομμάτι χαρτί».

«Μιλάτε για ένα φυλλάδιο σαν αυτό;» ρώτησε ο Τζαμάνι, δείχνοντάς της εκείνο που τους είχε αφήσει η κυρία Τζανιμπόνι.
Η γυναίκα συγκατένευσε.
«Συνεχίστε, παρακαλώ», την παρότρυνε ο Επιθεωρητής.
«Μου είπαν ότι έπρεπε να προσπαθήσω, τουλάχιστον, να περάσω από την έδρα της Οργάνωσης για να ζητήσω πιο αναλυτικές πληροφορίες, σχετικά με το τι θα μπορούσαν να κάνουν για μένα, για την κατάσταση στην οποία βρισκόμουν», είπε η κυρία Σπαλαντσάνι.
«Και πώς δεν σκεφτήκατε, αμέσως, και τον σύζυγό σας;» ρώτησε ο Μάρκο Φινόκι.
«Σκέφτηκα ότι θα ήταν δύσπιστος απέναντι σε τέτοια πράγματα και ότι θα με θεωρούσε τρελή, ότι θα μου έλεγε να το αφήσω γιατί θα ήταν σίγουρος ότι θα επρόκειτο για μία κοροϊδία, για μία απάτη, ότι θα μου έπαιρναν λεφτά, χωρίς να πάρω κάτι σαν αντάλλαγμα».
«Πληρώσατε για την εγγραφή;» ρώτησε ο Τζαμάνι και, βλέποντας τη γυναίκα να συγκατανεύει, ρώτησε: «Πόσα;»
«1000 ευρώ, αλλά μου είπαν ότι θα ήταν ένα ποσό ανάλογο του οφέλους που θα αποκόμιζα ως μέλος της Οργάνωσης».
Καθώς, εκείνη τη στιγμή, μάθαινε αναλυτικές λεπτομέρειες, ο σύζυγός της δεν ήξερε τι να πει και γι’αυτό φαινόταν στο βλέμμα του ότι δεν το πίστευε και περίμενε να ακούσει την υπόλοιπη αφήγηση.
«Καταλαβαίνω. Συνεχίστε, παρακαλώ», την παρότρυνε ο Τζαμάνι.
«Έτσι ξεκίνησα ως μέλος της Οργάνωσης».
«Τι περιελάμβαναν οι επισκέψεις σας εκεί;» ρώτησε ο Φινόκι. «Τι κάνετε;»
«Μας πήγαιναν σε μία αίθουσα γεμάτη ηλεκτρονικούς υπολογιστές, ένα άτομο για κάθε θέση και μας έβαζαν να ακούμε ηχογραφημένα μαθήματα, χρησιμοποιώντας ακουστικά συνδεδεμένα με τον υπολογιστή. Δεν χρειαζόταν να κάνουμε κάτι, πέρα από το να κάνουμε κλικ στο αρχείο ήχου».
«Έχουμε ακούσει να γίνεται λόγος γι’ αυτά τα ηχογραφημένα μαθήματα», είπε ο Επιθεωρητής. «Μπορείτε να μας πείτε τι περιελάμβαναν;»

Η κυρία Σπαλαντσάνι μιλούσε χαμηλόφωνα, σαν να την συνέτριβε το γεγονός ότι καταλάβαινε τι είχε ήδη συμβεί και τι συνέβαινε εκείνη την ώρα.

«Από όσα μας είπε ο πρόεδρος, επρόκειτο για εξατομικευμένα μαθήματα. Γι' αυτό έπρεπε να φοράμε τα ακουστικά: βοηθούσαν να μην ενοχλούμε τα άλλα άτομα που βρίσκονταν στο δωμάτιο. Υπήρχε η φωνή ενός άνδρα που μιλούσε και έλεγε, συνεχώς, κάποια πράγματα. Έμοιαζε με μονότονο τραγούδι, αλλά πιστεύω ότι μας βοηθούσε στο να παραμείνουμε ήρεμοι, κατά τη διάρκεια της ακρόασης. Μέσα μας, είχαμε την απώλεια ενός αγαπημένου μας προσώπου και κάποιοι μπορεί να είχαν ευαίσθητο ψυχισμό. Εκείνη η φωνή απέπνεε ηρεμία. Στα μαθήματα που με έβαλαν να ακούσω, αυτός ο άντρας μας έλεγε να καταλάβουμε την κατάστασή μας και ότι έπρεπε να παραμείνουμε δυνατοί και να μην μας καταβάλλει αυτό που είχε συμβεί. Αν κάποιος ευθυνόταν άμεσα για την απώλειά μας, εμείς δεν έπρεπε να αισθανόμαστε υπεύθυνοι. Αντίθετα, αν γνωρίζαμε ποιος ήταν ο ένοχος, θα μπορούσαμε να πούμε δύο κουβέντες με αυτό το άτομο, για να του ξεκαθαρίσουμε τι μας προκάλεσε, για να καταλάβει πώς αισθανόμαστε».

«Και, στη συνέχεια, τι έγινε;» ρώτησε ο Τζαμάνι. «Θέλω να πω, καθώς προχωρούσαν τα μαθήματα που παρακολουθούσατε».

«Καταλαβαίνω τι εννοείτε», είπε η γυναίκα. «Αρχικά, τα μαθήματα εξακολουθούσαν να είναι πολύ γενικά, μετά φάνηκαν να γίνονται πιο συγκεκριμένα, μιλώντας για τη δική μας προσωπική περίπτωση».

«Θεωρείτε ότι σας ασκούσαν ψυχολογική πίεση;» ρώτησε ο Επιθεωρητής.

«Πιστεύω πως ναι», απάντησε η γυναίκα, μετά από μία σύντομη παύση. «Στο τέλος, κατάλαβα ότι μας προέτρεπαν να διαπράξουμε κάποιο έγκλημα. Σε αυτά τα μαθήματα που άκουσα, σε δεδομένη στιγμή μου είπαν ένα πράγμα του τύπου: 'δεν θα νιώσετε καλύτερα αν ο ένοχος καταλάβαινε τι έκανε; Αυτό το άτομο δεν θα έπρεπε να έχει το ίδιο τέλος με τον γιο σας; Θεωρώ ότι ο ένοχος που σκότωσε τον γιο σας πρέπει να καταλάβει το μέγεθος αυτού που έκανε'. Έπειτα, ένα από τα τελευταία μαθήματα κατέληξε λέγοντας: 'Δεν αισθάνεστε την ανάγκη να κάνετε αυτό το άτομο να νιώσει το κακό που έκανε στον γιο σας; Αν θέλετε να το κάνετε, θα σας βοηθήσω εγώ. Αρκεί να γράψετε εδώ σε ένα αρχείο κειμένου τις λέξεις *Το επιθυμώ* και να το σώσετε στην επιφάνεια εργασίας του υπολογιστή που χρησιμοποιείτε'. Κι έτσι έκανα».

«Πλέον, αισθανόσαστε να αυθυποβάλλεστε ψυχολογικά», επεσήμανε ο Φινόκι.

«Έτσι πιστεύω», είπε η γυναίκα. «Αισθανόμουν την ανάγκη να ακολουθήσω τις υποδείξεις που μου έκανε η φωνή».

«Εκείνη η φωνή, κυρία Σπαλαντσάνι, μήπως έμοιαζε με εκείνη του προέδρου της 'Άτροπος';» θέλησε να μάθει ο Τζαμάνι.

«Όχι», είπε η γυναίκα, χωρίς δεύτερη σκέψη. «Σίγουρα όχι. Ήταν διαφορετική».

Ο Επιθεωρητής συγκατένευσε, μετά ζήτησε από τη γυναίκα να αφηγηθεί τον τρόπο που έδρασε, προκειμένου να σκοτώσει τον κύριο Παλιαρίνι.

Η κυρία Σπαλαντσάνι έμεινε για λίγο σιωπηλή, σαν να οργάνωνε το λόγο της στο μυαλό της και, μετά, είπε: «Έφτασα στο σπίτι εκείνου του άνδρα, είπα ότι έπρεπε να μιλήσω μαζί του, μετά μου είπε να περάσω στο σαλόνι. Άρχισα να τον ρωτώ αν θυμάται κάποιο παιδί που είχε χτυπήσει με το αυτοκίνητο κι εκείνος συγκατένευσε και μου είπε ότι του ήταν αδύνατον να ξεχάσει. Μετά, τον ρώτησα πώς αισθανόταν γνωρίζοντας τι είχε συμβεί και μου είπε ότι αισθανόταν θλίψη, ότι το έβλεπε στον ύπνο του τα βράδια, εν ολίγοις ότι δεν μπορούσε να βγάλει από το μυαλό του αυτό το συμβάν. Μου είπε, επίσης, ότι είχε μόλις ξεκινήσει η δίκη και με ρώτησε ποια ήμουν και γνώριζα αυτά τα γεγονότα».

«Κι εσείς τι του απαντήσατε σε αυτό;» θέλησε να μάθει ο Τζαμάνι.

«Του είπα ότι ήμουν κάποια που γνώριζα καλά εκείνο το παιδί και την οικογένειά του και ότι είχα περάσει από το σπίτι του, γιατί αισθανόμουν ότι έπρεπε να βοηθήσω εκείνη την οικογένεια να νιώσει καλύτερα».

«Ενώ, αντιθέτως, είχατε πάει εκεί γιατί εσείς η ίδια είχατε την ανάγκη», επεσήμανε ο πράκτορας Φινόκι.

Η γυναίκα συγκατένευσε και ο Επιθεωρητής την παρακάλεσε να συνεχίσει την αφήγηση. «Σε εκείνη τη φάση τον ρώτησα αν μπορούσε να μου προσφέρει κάτι να πιω κι αν ήθελε να μου κάνει παρέα. Εκείνος, μάλλον, δεν ήξερε πώς να αντιδράσει στην ξαφνική επίσκεψη που του είχα κάνει, έμοιαζε συγχυσμένος, ωστόσο το δέχτηκε και με ρώτησε τι ήθελα να πιω. Του είπα ότι τρελαινόμουν για χυμό φρούτων, οποιουδήποτε τύπου, έτσι ήπιαμε μαζί, ενόσω συνεχίζαμε να συζητάμε. Σε κάποια στιγμή τον ρώτησα αν τον ενοχλούσε που ήμουν εκεί εκείνη την ώρα και μου είπε ότι είχε χρόνο να μου αφιερώσει. Ενόσω πίναμε, τον ρώτησα αν είχε να μου δείξει κάποια φωτογραφία ενός αγαπημένου του προσώπου και του εξήγησα ότι του το ζητούσα γιατί ήθελα να του δείξω την ευτυχία, εκείνη που είχε αφαιρέσει από την οικογένεια του παιδιού που χτύπησε».

«Την ώρα που έλειπε, ρίξατε τη μελατονίνη στον χυμό του κυρίου Παλιαρίνι;» ρώτησε ο Τζαμάνι.

Η γυναίκα συγκατένευσε.

Ο σύζυγός της παρέμενε πάντα σιωπηλός και άκουγε, πάντα χωρίς να πει λέξη. Δεν πίστευε ότι η γυναίκα του ήταν ικανή να κάνει τέτοια πράγματα.

«Έτσι, όταν ο Παλιαρίνι επέστρεψε με τη φωτογραφία που του είχατε ζητήσει, συνεχίσατε να συζητάτε πίνοντας τον χυμό φρούτων κι εκείνος άρχισε να παρουσιάζει ιλίγγους», είπε ο Φινόκι, απευθυνόμενος στην κυρία Σπαλαντσάνι.

«Μάλιστα», παραδέχτηκε η γυναίκα. «Χρειάστηκε λίγος χρόνος, γιατί η μελατονίνη είχε το επιθυμητό αποτέλεσμα αλλά, στη συνέχεια, ο άντρας άρχισε να νιώθει άσχημα, έχανε συχνά την ισορροπία του και, στο μεταξύ, εγώ συνέχιζα να μιλώ σαν να μη συνέβαινε τίποτα το αφύσικο».

«Καταλαβαίνω», είπε ο Επιθεωρητής. «Και τον πετάξατε κάτω από το μπαλκόνι ή έπεσε μόνος του, χάνοντας την ισορροπία του;»

«Εγώ τον έσπρωξα», παραδέχτηκε εκείνη, «αλλά ήταν πολύ εύκολο, αν σκεφτείτε ότι όταν με ακολούθησε στο μπαλκόνι, για να συνεχίσει να μιλά μαζί μου, κάποια στιγμή είχε βγάλει όλο του το στήθος έξω από τα κάγκελα. Χρειάστηκε, απλά, ένα όχι και πολύ δυνατό σπρώξιμο. Μάζεψα δύναμη και τον έριξα κάτω. Ήταν βολικό ότι από αυτό το ύψος δεν θα μπορούσε να με δει κανείς».

171

Οι δύο αστυνομικοί κοίταξαν τον άνδρα, μετά εκείνη και έμειναν όλοι χωρίς να μιλούν για λίγα λεπτά. Μετά, ο πράκτορας Φινόκι ρώτησε τη γυναίκα πώς ήξερε ότι ο ένοχος για το ατύχημα ήταν ο κύριος Παλιαρίνι και πώς είχε βρει τη διεύθυνσή του».

«Το έμαθα μέσω της 'Άτροπος'», είπε η γυναίκα.

«Με ποιο τρόπο; Ποιος σας έδωσε αυτές τις πληροφορίες;» ρώτησε ο Επιθεωρητής.

«Τα βρήκα όλα σε ένα από εκείνα τα ηχογραφημένα μαθήματα», είπε εκείνη. «Την επόμενη φορά που εμφανίστηκα στην έδρα της Οργάνωσης, αφού αποθήκευσα εκείνο το αρχείο κειμένου που έγραφε *Το επιθυμώ*, στο μάθημα που άκουσα, η φωνή είπε ποιος ήταν ο ένοχος για το ατύχημα και πού έμενε».

Οι δύο αστυνομικοί συγκατένευσαν, ενώ ο κύριος Σπαλαντσάνι φαινόταν εμβρόντητος από τα όσα αφηγούνταν η γυναίκα του.

«Στο τέλος η ηχογραφημένη φωνή με παρότρυνε να πάω στο σπίτι εκείνου του άνδρα, λέγοντάς μου ότι δεν έπρεπε να φοβάμαι τίποτα και ότι έπρεπε να δράσω παραμένοντας ψύχραιμη, γιατί στο τέλος-τέλος ο μόνος ένοχος ήταν εκείνος ο άντρας κι εγώ δεν είχα κάνει τίποτα κακό».

«Και, τελικά, πήγατε», είπε ο Φινόκι.

«Μάλιστα», συγκατένευσε η γυναικά. «Πήγα στο σπίτι του».

«Σε αυτό το σημείο, μόνο ένα πράγμα μπορώ να σκεφτώ», είπε ο Τζαμάνι. «Στις σκάλες της πολυκατοικίας όπου κατοικούσε ο Νταβίντε Παλιαρίνι είδαν έναν άνδρα, όχι μία γυναίκα. Πώς εξηγείται αυτό; Μήπως κρύβεται την ταυτότητα κάποιου άλλου;»

«Δεν κρύβω κανέναν», απάντησε η κυρία Σπαλαντσάνι. «Εκείνος ο άντρας ήμουν εγώ. Όταν αποφάσισα να πάω να μιλήσω με τον κύριο Παλιαρίνι, είχα ταυτόχρονα την επιθυμία να βαρύνω τη συνείδησή του με το λάθος του αλλά φοβόμουν ταυτόχρονα. Φοβόμουν ότι, για παράδειγμα, βλέποντας μία γυναίκα, θα μπορούσε να υπερισχύσει. Σκεφτόμουν ότι μία γυναίκα δεν θα μπορούσε να εκφοβίσει αρκετά έναν άνδρα, έτσι μεταμφιέστηκα, παίρνοντας ρούχα του άνδρα μου και αγοράζοντας ψεύτικο μουστάκι, για να κρύψω την αληθινή μου ταυτότητα».

«Ευχαριστώ», είπε ο Επιθεωρητής. «Πιστεύω πως, τώρα, είναι όλα πολύ πιο ξεκάθαρα».

Υπήρξε μία σύντομη παύση, στην οποία ο Τζαμάνι αντάλλαξε

μία ματιά με τον πράκτορα Φινόκι και, στη συνέχεια είπε, απευθυνόμενος στη γυναίκα: «Πρέπει να σας συλλάβουμε για τη δολοφονία του κυρίου Παλιαρίνι».
Χωρίς να πει άλλη λέξη, η κυρία Σπαλαντσάνι κοίταξε τον σύζυγό της και, μετά, σηκώθηκε και τις πέρασαν χειροπέδες.
Χωρίς να ξέρει τι να πει, ούτε και τι να κάνει, εκείνος έμεινε σιωπηλός να κοιτάζει τη γυναίκα του να βγαίνει από την αίθουσα ανακρίσεως.

Στο φως των τελευταίων αποκαλύψεων για την «Άτροπος», τις οποίες έλαβαν από την ανάκριση της Καρλότα Μπρεβελιέρι, ο Επιθεωρητής Τζαμάνι ήθελε να μιλήσει ξανά με την Μαρία Μαρτσέλα Τζανιμπόνι, για να επιβεβαιώσει ότι κι εκείνη είχε υποστεί τα ίδια.
Έβαλε να την καλέσουν ξανά από το κελί, όπου κρατούνταν, ενώ μετά τη ρώτησε αν αυτά που τους είπε η κυρία Σπαλαντσάνι ήταν αλήθεια. Όχι ότι είχε αμφιβολίες γι' αυτό, απλά ήθελε να ακούσει και άλλον εμπλεκόμενο».
«Μάλιστα», παραδέχτηκε η Τζανιμπόνι. «Έτσι είναι».
«Και σε εσάς ασκήθηκε κάποιος ψυχολογικός πίεση, στην πορεία των ηχητικών μαθημάτων;» ρώτησε ο Επιθεωρητής.
«Μάλιστα. Δυστυχώς, το κατάλαβα αργά, όταν πλέον είχα ήδη σκοτώσει κάποιον και το κακό είχε ήδη συμβεί. Γι' αυτό, κυρίως, ήθελα να ομολογήσω αμέσως μετά το έγκλημα. Ήθελα να πληρώσουν για όλα οι πραγματικοί ένοχοι, έτσι ήρθα σ'εσάς, αφηγούμενη όλα όσα έγιναν και δείχνοντάς σας το φυλλάδιο της Οργάνωσης αυτής. Αυτό το τελευταίο ήταν, για μένα, το πιο σημαντικό που έπρεπε να κάνω, έτσι ώστε η αστυνομία να γνωρίζει τι είχε συμβεί».
Ο Τζαμάνι ευχαρίστησε τη γυναίκα και, μετά, ζήτησε να έρθουν ξανά οι δύο αστυνομικοί που την είχαν συνοδεύσει και ρώτησε τον πράκτορα Φινόκι αν ήθελε να πιει κάτι μαζί του.
Όταν ο τελευταίος συγκατένευσε, πήγαν σε ένα από τους αυτόματους πωλητές που ήταν διάσπαρτοι στο Αρχηγείο
«Κερνάω εγώ», πρότεινε ο Επιθεωρητής.
Ο Μάρκο Φινόκι τον ευχαρίστησε.
Ενόσω έπιναν, ο Τζαμάνι σχολίασε: «Φαίνεται ότι η Οργάνωση

'Άτροπος' είναι μία κανονικότατη εγκληματική οργάνωση».
Ο πράκτορας συγκατένευσε.
Επιπλέον, καταφέρνουν να βρίσκουν πληροφορίες για ατυχήματα, δολοφονίες... για οτιδήποτε όπως φαίνεται»
«Έτσι φαίνεται», είπε ο Μάρκο Φινόκι. «Πώς γνωρίζουν ότι κάποιος είχε μία απώλεια στην οικογένεια από μία αιτία και όχι κάποια άλλη;»
«Ίσως, βάζουν τα άτομα, που σκοπεύουν να εγγραφούν, να συμπληρώσουν κάποια φόρμα, στην οποία ζητούν συγκεκριμένες πληροφορίες, προφανώς, για να τις αξιοποιήσουν στη συνέχεια», σκέφτηκε ο Επιθεωρητής Τζαμάνι.
«Κι αυτή η φωνή ποιος να είναι;» ρώτησε ο Φινόκι. «Εννοώ τη φωνή στα ηχογραφημένα μαθήματα. Αρχικά, σκεφτόμουν ότι είχαν πληρώσει κάποιον με ωραία φωνή, για να ηχογραφήσουν τα μηνύματα αλλά σκεπτόμενος ότι κάποια μαθήματα περιέχουν πραγματικές προτροπές για διάπραξη δολοφονίας, ή για κάτι παρόμοιο, αν πλήρωναν κάποιος εκτός Οργάνωσης, ίσως αυτό το άτομο να αρνούταν».
«Κι εγώ το πιστεύω», παραδέχτηκε ο Τζαμάνι.
«Οπότε, θα πρέπει αναπόφευκτα να είναι κάποιος που συνδέεται με την 'Άτροπος'».
«Ποιος, όμως, αλήθεια;» επεσήμανε ο Επιθεωρητής.
«Πραγματικά, δεν ξέρω να σου το απαντήσω», είπε ο Φινόκι.
«Θα πρέπει να τον ανακαλύψουμε».
Ο πράκτορας συγκατένευσε.
«Στο μεταξύ, πάμε να ενημερώσουμε τον Αρχηγό Λούτσι, σχετικά με αυτά τα πράγματα».

Ο Αντόνιο Μποτάτσι συνέχιζε να κάνει ότι του είχε ζητηθεί για προβάλλει την οργάνωση, αρκούμενος, απλά, στο ότι του απέφερε χρήματα.
Κάθε φορά, που λάμβανε υλικό πολυμέσων το εισήγαγε στους αντίστοιχους υπολογιστές, έτσι ώστε κάθε συνεργάτης να μπορεί να ακούει τα δικά του εξατομικευμένα μαθήματα.
Δεν ασχολούταν με το περιεχόμενο αυτών των μαθημάτων, αλλά δεν προβληματιζόταν με αυτό.
Για εκείνον, το σημαντικό ήταν το οικονομικό όφελος.

174

Γιατί, εξάλλου, η *Φωνή* τον είχε διαβεβαιώσει ότι δεν υπήρχε τίποτε κακό σε αυτό που έκανε. Κι εκείνος εμπιστευόταν τυφλά τη *Φωνή* καθώς, όποιος κι αν ήταν, του είχε αλλάξει τη ζωή προς το καλύτερο. Γι' αυτό δεν μπορούσε παρά να αισθάνεται υπόχρεος απέναντί του και να συνεχίζει να κάνει την εύκολη δουλειά του.

Στο μεταξύ, ο αριθμός των ατόμων, που προσέλκυε η διαφήμιση με τα φυλλάδια, συνέχιζε να αυξάνεται. Ευτυχισμένος και υπερήφανος για το έργο του, ο Αντόνιο Μποτάτσι θα έκανε οτιδήποτε για να διατηρήσει την πληρωμή που είχε από τότε που του προτάθηκε να γίνει πρόεδρος της «Άτροπος», της οποίας μοναδική πρόθεση ήταν να βοηθά όποιον δυσκολευόταν, μετά από την απώλεια κάποιου συγγενούς ή οποιουδήποτε άλλου αγαπημένου προσώπου.

XXXI

Όταν ο Αρχηγός Λούτσι δέχθηκε τον Επιθεωρητή Τζαμάνι και τον πράκτορα Φινόκι στο γραφείο του, εκείνοι του αφηγήθηκαν τις τελευταίες εξελίξεις στην υπόθεση κι εκείνος τους παρότρυνε να συνεχίσουν προς αυτή την κατεύθυνση: αισθανόταν ότι πολύ σύντομα θα έφταναν στο τέλος και θα συλλάμβαναν τους ενόχους για αυτούς τους παράλογους θανάτους.

«Να πάτε πίσω στην έδρα της Οργάνωσης 'Άτροπος' και να συλλάβετε, τουλάχιστον για προληπτικούς λόγους, τον πρόεδρο», είπε ο Λούτσι. «Αν όλο αυτό οφείλεται σε εκείνον, θα πρέπει να πληρώσει μπαίνοντας στην φυλακή. Οι δικαστές θα αποφασίσουν πόσα χρόνια θα του επιβληθούν. Στο μεταξύ, θέλω να ομολογήσει και να μας πει τα πάντα».

Βγαίνοντας από το γραφείο του Αρχηγού, ο Τζαμάνι κι ο Φινόκι δεν περίμεναν στιγμή κι επέστρεψαν στην έδρα της «Άτροπος».

Φτάνοντας εκεί, βρήκαν πολλά άτομα μέσα, ενδεχομένως όλοι συνεργάτες ή άτομα που είχαν σκοπό να γίνουν συνεργάτες.

Μπήκαν και πλησίασαν ξανά τον πρόεδρο.

«Χαίρετε, πώς μπορώ να σας βοηθήσω, αυτή τη φορά;» ρώτησε ο Αντόνιο Μποτάτσι.

«Πρόκειται για επίσημη επίσκεψη», είπε αμέσως ο Τζαμάνι. «Πρέπει να έρθετε μαζί μας».

«Πώς μπορώ να το κάνω αυτό; Πρέπει να μείνω εδώ. Δεν βλέπετε πόσα άτομα είναι εδώ, αυτή την ώρα;»

«Δεν έχει σημασία», απάντησε ξερά ο Επιθεωρητής. «Όλες οι δραστηριότητες αυτής της οργάνωσης αναστέλλονται, μέχρι νεοτέρας».

Το βλέμμα του προέδρου πέτρωσε. Δεν μπορούσε να πιστέψει αυτά τα λόγια.

Αισθανόμενος πάνω του τα μάτια όλων των υπολοίπων, που βρίσκονταν εκείνη την ώρα μέσα στην έδρα της «Άτροπος», μετά από λίγη ώρα που τα είχε χαμένα, ο άντρας άρχισε και πάλι να μιλά ξεστομίζοντας τα εξής: «Δεν μπορείτε να το κάνετε αυτό! Δεν αντιλαμβάνεστε τι κάνει η 'Άτροπος' για όλους αυτούς τους συνεργάτες!»

«Έχουμε λόγους να πιστεύουμε ότι η πραγματικότητα είναι διαφορετική από τα φαινόμενα», εξήγησε ο Τζαμάνι. «Γι' αυτό το λόγο και λόγω όλων των άλλων πληροφοριών, που έχουμε στην κατοχή μας, θεωρούμε σωστό να αναστείλουμε όλες τις δραστηριότητες αυτής της Οργάνωσης, τουλάχιστον μέχρι να διαλευκανθεί η υπόθεση».

Ξαφνικά, ξεσηκώθηκε ένα μουρμουρητό με όλο και μεγαλύτερη ένταση, το οποίο οφειλόταν στο ότι προστίθονταν όλο και περισσότερες φωνές. Φαινόταν ότι όλοι οι παρόντες, συνεργάτες ή μελλοντικοί συνεργάτες, δεν ήξεραν πώς να συμπεριφερθούν.

«Δεν καταλαβαίνουμε τίποτα», είπε μία κυρία. «Είμαι καιρό συνεργάτης της 'Άτροπος'. Τι πρέπει να κάνω;»

«Εγώ κι ο συνεργάτης μου σας ζητούμε να βγείτε όλοι έξω», είπε ο Τζαμάνι στους παρόντες. «Τώρα, ο πρόεδρος θα μας δώσει μία λίστα με τους συνεργάτες, επικαιροποιημένη και θα δούμε πότε θα επικοινωνήσουμε ξανά μαζί σας, μόλις τακτοποιηθούν τα πράγματα».

Μετά από αυτά τα λόγια, μέσα στην έδρα της «Άτροπος» επικράτησε ένα κλίμα δυσπιστίας.

Κανείς δεν ήξερε τι συνέβαινε, ωστόσο μετά από πέντε λεπτά, ο πρόεδρος έμεινε μόνος του με τους δύο αστυνομικούς.

«Τώρα, τι πρέπει να κάνουμε;» ρώτησε ο Αντόνιο Μποτάτσι.

«Πρώτα απ' όλα, όπως είπα ήδη, εσείς θα μας δώσετε μία επικαιροποιημένη λίστα με τους συνεργάτες».

«Σύμφωνοι», είπε ο άντρας, μετά από μία στιγμή διστανμού.

Αφού έδωσε τη νέα λίστα ατόμων, ρώτησε: «Τι θέλετε από την Οργάνωση αυτή; Τι συμβαίνει;»

«Πρέπει να ξεκαθαρίσουμε ορισμένα πράγματα και δεν μπορούμε, προς το παρόν, να επιτρέψουμε να προχωρήσουν οι

δραστηριότητες της 'Άτροπος'», εξήγησε ο Επιθεωρητής. «Τώρα σας παρακαλώ να μας ακολουθήσετε στο Αρχηγείο».
Όλο και πιο φοβισμένος, ο άντρας ρώτησε: «Για ποιο λόγο πρέπει να σας ακολουθήσω;»
«Πρέπει να πάρουμε την κατάθεσή σας, για να μάθουμε τη δική σας εκδοχή των πραγμάτων», απάντησε ο Τζαμάνι.
Μην έχοντας κάτι άλλο να πει, για να αντικρούσει τα επιχειρήματα της αστυνομίας, ο πρόεδρος της «Άτροπος» δεν είχε παρά να κάνει ό,τι του έλεγαν.
Αφού βεβαιώθηκε ότι οι ηλεκτρονικοί υπολογιστές ήταν σβηστοί και ασφαλείς, έκλεισε την έδρα της Οργάνωσης και, μετά, ακολούθησε τους δύο αστυνομικούς.
Φτάνοντας στο Αρχηγείο, ζητήθηκε στον άνδρα να περάσει σε μία από τις αίθουσες ανακρίσεως, μετά ο Τζαμάνι βγήκε, μία στιγμή, στον διάδρομο για να μιλήσει με έναν πράκτορα και, γυρίζοντας, πήρε ένα μαγνητόφωνο και το έθεσε σε λειτουργία. Ο Μάρκο Φινόκι καθόταν μπροστά από τον άνδρα, προσέχοντας κάθε λέξη.
Αφού είπε ώρα και ονόματα των παρόντων, απευθύνθηκε στον πρόεδρο της «Άτροπος».
«Λοιπόν, κύριε Μποτάτσι, εξηγείστε μας τι κάνετε στην οργάνωσή σας».
«Όπως σας έχω ήδη πει, η Οργάνωση 'Άτροπος' έχει σκοπό να βοηθά τα άτομα που δυσκολεύονται μετά από την απώλεια κάποιου αγαπημένου προσώπου», είπε ο άντρας.
«Και πώς βοηθούνται αυτά τα άτομα;»
«Με το να ακολουθούν τα εξατομικευμένα μαθήματα, με σκοπό να ανακουφιστούν ψυχολογικά».
«Ελάτε! Μη μας λέτε ασυναρτησίες!», είπε θυμωμένος ο Επιθεωρητής. «Από τις έρευνές μας προκύπτει ότι η Οργάνωση 'Άτροπος' εμπλέκεται σε μία σειρά θανάτων, το λιγότερο υπόπτων και γι' αυτό σας ξαναρωτώ: τι συμβαίνει μέσα σε αυτή την Οργάνωση;»
«Δεν ξέρω σε ποια γλώσσα να σας το πω. Δεν μπορώ να κάνω κάτι άλλο από το να σας επαναλάβω αυτό που ήδη σας είπα», είπε ο Μποτάτσι.
«Σας συνιστώ να μην αστειεύεστε μαζί μας», εξήγησε ο Τζαμάνι.

«Αυτή τη στιγμή βρίσκεστε σε ιδιαίτερα δυσμενή θέση, γι' αυτό καλύτερα να ομολογήσετε».

«Διάλειμμα», παρενέβη ο Μάρκο Φινόκι, πατώντας το PAUSE στο μαγνητόφωνο. «Ξανασκεφτείτε τα πράγματα που πρέπει να μας πείτε. Στο μεταξύ, εγώ κι ο συνάδελφός μου θα βγούμε για μία στιγμή».

Ο Τζαμάνι κοίταξε τον Μάρκο Φινόκι με απορία. Δεν ήξερε τι συνέβαινε στο μυαλό του πράκτορα, αλλά τον ακολούθησε για να του πει κάτι.

«Τι είναι;», ρώτησε ο Επιθεωρητής.

«Μου ήρθε μία ιδέα», εξήγησε ο πράκτορας.

«Τι ιδέα;»

«Να ακούσουμε τι έχει να μας πει και, μετά, βλέπουμε πώς θα συνεχίσουμε την ανάκριση. Μπορούμε να αλλάξουμε προσέγγιση, ανά πάσα στιγμή, σωστά;»

Ο Τζαμάνι συγκατένευσε και οι δύο αστυνομικοί ξαναμπήκαν μέσα και συνέχισαν την ανάκριση.

«Λοιπόν, τι έχετε να μας πείτε;» ρώτησε τον Μποτάτσι ο Επιθεωρητής, αφού έθεσε ξανά σε λειτουργία το μαγνητόφωνο.

«Τι θέλετε να μάθετε από μένα;», ρώτησε ο άντρας.

«Ό,τι ξέρετε», είπε γρήγορα ο Μάρκο Φινόκι.

«Σας τα έχω πει, ήδη».

«Ακούστε, κύριε Μποτάτσι, μιλήστε μας ξεκάθαρα», είπε ο Τζαμάνι. «Οι εναλλακτικές δεν είναι πολλές. Αν είστε ο πρόεδρος αυτής της οργάνωσης θα πρέπει να ξέρετε τι συμβαίνει στο εσωτερικό. Σε αυτή την περίπτωση, πιστεύω ότι μας λέτε ψέματα, έτσι πιστεύω ότι αυτό δεν είναι σωστό για εσάς. Αν, αντίθετα βρίσκεστε τυπικά μόνο σε αυτή τη θέση, τότε σας παρακαλώ να μας πείτε ποιος είναι σε θέση να μας βοηθήσει για λύσουμε αυτή την υπόθεση. Σας θυμίζω ότι, ως πρόεδρος της 'Άτροπος', αν πραγματικά εμπλέκεται αυτή η οργάνωση, όπως πιστεύουμε, σε μία σειρά δολοφονιών, αυτοκτονιών και ύποπτων θανάτων, μέχρι αποδείξεως του εναντίου, είστε στην πρώτη γραμμή των ενόχων, αν όχι ο μόνος που, υπό το φως των γεγονότων και των δεδομένων που έχουμε στην κατοχή μας, ευθύνεται για όλο αυτό».

Ο πρόεδρος της «Άτροπος» παρέμεινε σιωπηλός για αρκετή ώρα,

σαν να προσπαθούσε να συλλάβει την έννοια των όσων έλεγε ο Επιθεωρητής Τζαμάνι, ενώ μετά πήρε μία βαθιά ανάσα.

«Αν ξέρετε ότι δεν ευθύνεστε για τίποτα και δεν γνωρίζετε καμία παράνομη δραστηριότητα της 'Άτροπος', τότε ησυχάστε και πείτε μας ό,τι ξέρετε», είπε ο Φινόκι.

«Σύμφωνοι», ξεκίνησε ο Μποτάτσι, μετά από άλλη μία βαθιά ανάσα. «Εγώ δεν ξέρω τίποτα για ύποπτους θανάτους, δολοφονίες, αυτοκτονίες κι άλλα τέτοια πράγματα».

«Και πώς βρεθήκατε να είστε πρόεδρος της 'Άτροπος';» ρώτησε ο Τζαμάνι, αφού έκανε νόημα στον Φινόκι ότι είχε τη σωστή διαίσθηση την κατάλληλη στιγμή.

«Όλα ξεκίνησαν πριν από μερικούς μήνες», εξήγησε ο κύριος Μποτάτσι, «όταν δέχτηκα ένα τηλεφώνημα στο σταθερό του σπιτιού».

Ο άντρας σταμάτησε για μία στιγμή, σαν να έπρεπε να οργανώσει ακόμη καλύτερα τις σκέψεις στο μυαλό του.

«Συνεχίστε», τον παρότρυνε ο Επιθεωρητής.

«Ήταν ένας άντρας. Δεν ξέρω από πού καλούσε, γιατί στην οθόνη δεν εμφανιζόταν αριθμός τηλεφώνου. Αφού με ρώτησε αν μιλούσε με τον κύριο Μποτάτσι, ξεκίνησε μία πολύ ιδιαίτερη συζήτηση. Ήταν πολύ συγκινητικό. Με ρώτησε αν θα ήθελα να γίνω πρόεδρος μίας Οργάνωσης που είναι σε θέση να βοηθά ανθρώπους που περνούν δύσκολα, άτομα που, για τον ένα ή τον άλλο λόγο αντιμετώπιζαν την απώλεια κάποιου αγαπημένου προσώπου. Εγώ τόνισα ότι θα μου άρεσε να το κάνω γιατί, πάντα βοηθώ εθελοντικά όσους έχουν ανάγκη, αλλά ότι εκείνη τη στιγμή με έβρισκε να αντιμετωπίζω οικονομικά προβλήματα. Το άτομο εκείνο με διαβεβαίωσε, εκείνη τη στιγμή, ότι θα είχα την ευκαιρία να κερδίσω αρκετά, ώστε να λύσω τα προβλήματά μου».

«Και γι' αυτό δεχτήκατε την πρόταση», είπε ο Φινόκι.

Ο άντρας συγκατένευσε.

«Τι θα έπρεπε να κάνετε, από τη θέση του προέδρου, για να κερδίζετε χρήματα;» ρώτησε ο Τζαμάνι.

«Το άτομο εκείνο μου είπε ότι θα μπορούσα να κερδίζω 500 ευρώ για κάθε άτομο που θα συνεργαζόταν κι ότι θα έπρεπε, μόνο, να συμβάλλω διαφημίζοντας αυτή την οργάνωση».

180

«Πώς πραγματοποιήθηκε η διαφημιστική καμπάνια;» θέλησε να μάθει ο Φινόκι.

«Λάμβανα αρκετά τηλεφωνήματα από αυτό το άγνωστο άτομο και, κάθε φορά, μου έδινε οδηγίες. Όσον αφορά τη διαφήμιση, μου είπε να εμπιστευτώ μερικά παιδιά γιατί, σύμφωνα με το άτομο αυτό, βλέποντας τα ανέμελα πρόσωπα των παιδιών, ο κόσμος θα γλυκαινόταν και θα δεχόταν πιο εύκολα να πάρει ένα διαφημιστικό φυλλάδιο».

«Γνωρίζατε τα παιδιά που θα το έκαναν στη θέση σας αυτό;» ρώτησε ο Τζαμάνι.

«Ειλικρινά, όχι», παραδέχτηκε ο πρόεδρος της «Άτροπος».

«Αλλά έκανα προσπάθεια για να τα βρω. Βάσει των οδηγιών αυτού του ατόμου, κάποιες φορές, πρόσφερα και δώρα σε ορισμένα παιδιά. Έτσι ώστε να δεχθούν πιο εύκολα».

Οι δύο αστυνομικοί συγκατένευσαν.

«Για να είμαι ειλικρινής, ξέχασα μία λεπτομέρεια».

«Ποια;» ρώτησε ο Επιθεωρητής.

«Για να γίνει η διαφήμιση και για να διευρυνθεί το πεδίο γνώσης σχετικά με την οργάνωση, πήγα και σε κάποιους πολυσύχναστους χώρους, όπως τράπεζες, σούπερ μάρκετ, εμπορικά κέντρα... και τοποθετούσαν κι εκεί τα φυλλάδια».

«Πάντα ζητούσατε την εξουσιοδότηση κάποιου;» είπε ο πράκτορας Φινόκι. «Θέλω να πω, για να κάνετε διαφήμιση σε αυτούς τους χώρους».

«Ναι», συγκατένευσε ο άντρας. «Αν και, μερικές φορές, κάποιοι ήταν σκεπτικοί και δεν ήθελαν να συναινέσουν. Αυτό, όμως, συνέβη μία ή δύο φορές».

«Σε αυτές τις περιπτώσεις, πώς συμπεριφερθήκατε;» ρώτησε ο Τζαμάνι.

Υπήρξε μία στιγμή σιωπής και, μετά, ο Μποτάτσι είπε: «Λυπάμαι που το έκανα».

«Ποιο πράγμα;»

«Όταν εκείνος επικοινώνησε μαζί μου και μου πρότεινε να διαφημίζω την οργάνωση σε δημόσιους χώρους, όπως αυτούς που ανέφερα, του έκανα κι εγώ την ίδια ερώτηση: 'πώς πρέπει να συμπεριφέρομαι, στην περίπτωση που δεν δεχθούν να αφήσω φυλλάδια;' Κι εκείνος μου απάντησε: 'γνωρίζετε ότι το να προσπερνάτε πιθανές πηγές πελατών, θα μπορούσε να έχει αρνητικές επιπτώσεις και στο μισθό σας, σωστά;' Κι εγώ είχα ανάγκη τα χρήματα, γι' αυτό δεν μπορούσα παρά να συναινέσω. Εκείνη τη στιγμή ο άντρας αυτός μου είπε: 'Θα το φροντίσω εγώ…θα σας δώσω εγώ αυτό που θα σας βοηθήσει'».

«Τι ήταν αυτό;» ρώτησε ο Επιθεωρητής.

«Νομίζω ότι ήταν κάποιο ναρκωτικό ή κάτι παρόμοιο», εξήγησε ο Μποτάτσι. «Δεν έπρεπε να κάνω κάτι παραπάνω από το να το βάζω στο λαιμό του ατόμου που διατηρούσε επιφυλάξεις, όταν δεν το περίμενε».

«Και το κάνατε;»

«Με είχε καταλάβει η επιθυμία να κερδίζω χρήματα», είπε ο άντρας, συγκατανεύοντας.

Οι δύο αστυνομικοί κοιτάχτηκαν, χωρίς να μιλήσουν.

«Αντιλαμβάνομαι το λάθος που έκανα αλλά, εκείνη τη στιγμή, δεν ήξερα τι άλλο να κάνω», παραδέχτηκε ο Μποτάτσι. «Αλήθεια, πέθαναν άνθρωποι, εξαιτίας μου;»

«Όπως φαίνεται, ναι», είπε ο Φινόκι.

Φαινόταν ότι ο κύριος Μποτάτσι δεν πίστευε, ακόμη, ότι πραγματικά είχαν λάβει χώρα τόσοι θάνατοι εξαιτίας του, έστω και έμμεσα,.

«Πείτε μας και τα υπόλοιπα», τον παρότρυνε ο Τζαμάνι.

«Τι άλλο υπάρχει;» ρώτησε ο άντρας, περισσότερο τον εαυτό του, παρά τους δύο αστυνομικούς.

«Πείτε μας τι γινόταν, όταν εμφανιζόταν κάποιο άτομο που ήθελε να συνεργαστεί, για παράδειγμα», είπε ο πράκτορας Φινόκι.

«Ωραία…το άτομο ερχόταν στην έδρα της 'Άτροπος' και, αν ήθελε να συνεργαστεί, του δίναμε να συμπληρώσει μία φόρμα με τα προσωπικά του στοιχεία και το λόγο για τον οποίο ήθελε να συνεργαστεί».

«Εννοείτε ότι σε αυτή τη φόρμα το άτομο θα έπρεπε να γράψει και το όνομα του προσώπου που είχε χάσει;», ρώτησε ο Φινόκι.

«Ακριβώς», συγκατένευσε ο άντρας.

«Κι εσείς αναφέρατε αυτά τα στοιχεία στο άτομο που επικοινωνούσε σταθερά μαζί σας;»

«Ναι, μου τα ζητούσε».

«Εξηγήστε μας καλύτερα», είπε ο Επιθεωρητής.

«Κάθε φορά που μου τηλεφωνούσε, με ρωτούσε αν υπήρχαν νέοι συνεργάτες, από την τελευταία φορά που είχαμε μιλήσει. Γι' αυτό, αν υπήρχαν, μου ζητούσε όλα τα στοιχεία που έγραφε η φόρμα, την οποία είχε συμπληρώσει το νέο μέλος».

«Καταλαβαίνω», είπε ο Τζαμάνι. «Γι' αυτό, με τον τρόπο αυτό, εκείνος ήξερε το όνομα του εκλιπόντος αγαπημένου προσώπου». Το βλέμμα, που αντάλλαξε με τον Φινόκι, μίλησε καθαρά: οι δυο τους συνεννοήθηκαν με το βλέμμα, για τα βήματα που αυτό το άτομο, που ήρθε από το πουθενά, είχε ακολουθήσει, κάθε φορά.

«Γνωρίζετε, ότι κάνοντας αυτό, δίνατε συνεχώς προσωπικά στοιχεία και ότι αυτό το άτομο, που επικοινωνούσε μαζί σας, ήταν σε θέση, μέσω αυτών, να μάθει την αιτία θανάτου και να εκμεταλλευτεί αυτές τις πληροφορίες για δευτερεύοντες σκοπούς;»

Ο Μποτάτσι ήταν δύσπιστος.

«Θέλετε να πείτε ότι αυτές οι πληροφορίες χρησιμοποιούνταν για να δολοφονηθούν άλλα άτομα;» ρώτησε ο άντρας.

«Γιατί να μην μπορεί να γίνει;», ρώτησε ο Επιθεωρητής. «Εσείς παρείχατε τα δεδομένα ενός νεκρού ατόμου, ίσως μαζί και με άλλα στοιχεία, όπως για παράδειγμα την αιτία θανάτου, κι έτσι μπορούσε να βρει αυτόν που ευθυνόταν, άμεσα ή έμμεσα, γι' αυτό το γεγονός και να βασιστεί σε αυτές τις πληροφορίες για να επωφεληθεί από αυτές».

Υπήρξε μία μικρή παύση, στην οποία ο πράκτορας Φινόκι κι ο πρόεδρος της οργάνωσης έμειναν να ακούν, χωρίς να λένε τίποτα και να επεξεργάζονται τις σκέψεις του Τζαμάνι, ο οποίος συνέχισε: «Ας δούμε ένα παράδειγμα: εγώ είμαι σε άσχημη ψυχολογική κατάσταση, γιατί έχασα έναν αγαπημένο φίλο ή έναν συγγενή και γι' αυτό στράφηκα στην 'Άτροπος'. Συμπληρώνω μία φόρμα εγγραφής και τα δεδομένα που παρέχω δίδονται σε ένα τρίτο πρόσωπο. Αν αυτό το άτομο είναι κακοπροαίρετο και, ποιος ξέρει με πόσο νοσηρές αντιλήψεις, θα μπορούσε να αναζητήσει πληροφορίες σε σχέση με τα όσα έδωσα εγώ, εν αγνοία μου, και να τα χρησιμοποιήσει για να φτάσει στο θάνατο άλλων ατόμων. Ένα είδος παρακίνησης για εκδίκηση, ποιος ξέρει για ποιον προσωπικό λόγο».

«Και για να το κάνει αυτό, εκμεταλλεύτηκε την ψυχολογική

κατάσταση των ατόμων», παρενέβη ο Φινόκι.

«Σωστά», παραδέχτηκε ο Επιθεωρητής. «Δεν υπάρχει περισσότερο ψυχολογικά αδύναμο άτομο, από εκείνο που πενθεί».

«Ή από εκείνον που έχει οικονομική ανάγκη», κατέληξε ο πράκτορας Φινόκι, κοιτάζοντας τον κύριο Μποτάτσι.

«Είστε βέβαιοι ότι αυτοί οι θάνατοι που αναφέρετε, συνδέονται με την Οργάνωση 'Άτροπος';» ρώτησε ο άντρας.

«Στη λίστα που μας δώσατε εσείς, εκείνη με τα ονόματα των συνεργατών της «Άτροπος», προέκυψε ότι υπάρχουν άτομα που συνδέονται με δολοφονίες και αυτοκτονίες, που έλαβαν χώρα αυτό τον καιρό στη Μπολόνια», εξήγησε ο Τζαμάνι. «Γι' αυτό θεωρούμε ότι είναι λογικό να θεωρηθεί ότι υπάρχει σχέση μεταξύ των γεγονότων αυτών και της 'Άτροπος'».

Ο άντρας έμεινε ακίνητος στην καρέκλα, χωρίς να πει κάτι, σαν να περίμενε ότι οι δύο αστυνομικοί θα πρόσθεταν κάτι.

«Ξέρετε ότι, εκτός από τον Φούλβιο Φαλκέτι, τον ανθοπώλη στον οποίο αναθέτατε τις παραδόσεις, πέθανε και ο κύριος Κάρλο Κόκι, που συνεργαζόταν με την 'Άτροπος';» ρώτησε ο Επιθεωρητής.

«Δεν ξέρω τι άλλο να πω, πέρα από το ότι είμαι ο χειρότερος άνθρωπος. Αισθάνομαι ένοχος για ό,τι συνέβη», είπε ο Αντόνιο Μποτάτσι. «Πώς πέθανε ο κύριος Κόκι;».

Ένας πράκτορας χτύπησε το τζάμι της αίθουσας, στην οποία βρίσκονταν ο Τζαμάνι, ο Φινόκι κι ο κύριος Μποτάτσι, διακόπτοντας, για μία στιγμή την ανάκριση.

«Με συγχωρείτε», είπε ο Τζαμάνι. «Πρέπει να βγω για λίγο».

«Κι αυτός δολοφονήθηκε από ένα χτύπημα με πυροβόλο όπλο και με αδιαμφισβήτητη ακρίβεια», εξήγησε ο πράκτορας Φινόκι, όταν ο Επιθεωρητής βγήκε στον διάδρομο.

«Δεν έχω λόγια», είπε ο Μποτάτσι.

«Ξέρετε κάτι για το λόγο για τον οποίο αυτά τα άτομα, εννοώ τον ανθοπώλη και τον κύριο Κόκι, δολοφονήθηκαν;»

«Όχι», είπε ο άντρας. «Ξέρω μόνο ότι την τελευταία φορά που είδα τον ανθοπώλη, φαινόταν ότι δεν ήθελε να κάνει τις παραδόσεις για την Οργάνωση. Όταν το ανέφερα στο άτομο, που με καλούσε κάθε φορά, μου είπε να μη με απασχολεί και ότι θα

το φρόντιζε εκείνος».
«Αυτό το άτομο φρόντισε τον ανθοπώλη;» ρώτησε ο Φινόκι.
«Ναι, έτσι μου είπε».
«Και όσον αφορά τον κύριο Κόκι;»
«Πριν μερικές ημέρες, εμφανίστηκε στην έδρα της Οργάνωσης λέγοντας ότι δεν ήθελε πια να είναι μέλος. Δεν εξήγησε τους λόγους».
«Και όταν αναφέρατε στο άτομο αυτό για τον κύριο Κόκι, πήρατε πάλι την ίδια απάντηση;» προσπάθησε να μαντέψει ο πράκτορας. Ο άντρας συγκατένευσε.
«Μπορώ να μάθω το όνομα αυτού του ατόμου; Δεν σας το έχει πει ακόμη;»
«Δεν ξέρω», παραδέχτηκε ο Μποτάτσι. «Δεν το έμαθα ποτέ, λυπάμαι».
«Σύμφωνοι. Σας ευχαριστώ, ωστόσο», είπε ο πράκτορας Φινόκι. «Μείνετε εδώ μία στιγμή».
Ο Μάρκο Φινόκι βγήκε κι εκείνος με τη σειρά του, αφήνοντας τον Αντόνιο Μποτάτσι μόνο του στην αίθουσα ανακρίσεως και πήγε στον Τζαμάνι, για να τον ενημερώσει για όσα ειπώθηκαν στο τέλος.
«Λοιπόν, τι έχουμε στα χέρια μας;», ρώτησε ο Επιθεωρητής.
«Έναν άνδρα, τον κύριο Μποτάτσι, που έχει ανάγκη να βγάλει χρήματα και που, προφανώς, δεν ασχολείται με κάτι άλλο, κάποια άτομα που έχουν χάσει πρόσφατα κάποιο σημαντικό άτομο, από προσωπικής άποψης, που βλέπουν στην 'Άτροπος' τη δυνατότητα να αισθανθούν καλύτερα και κάποιον, του οποίου το όνομα δεν γνωρίζουμε, ο οποίος χειρίζεται όλους τους άλλους, σαν να ήταν μαριονέτες…α, ξέχασα, έστειλα να καλέσουν τον κύριο Τόζι, για να δούμε αν θα μπορέσει να αναγνωρίσει τον Μποτάτσι, σε περίπτωση που τον έχει δει να τριγυρίζει κοντά στο σπίτι του. Αυτός ο άντρας θα μπορούσε, πάντα, να κρύβει και κάτι άλλο».
«Χαίρετε», χαιρέτισε ο Τζόρτζιο Τόζι.
Ο πράκτορας Φινόκι ανταπέδωσε τον χαιρετισμό και, στη συνέχεια, πρόσθεσε : «Εκτός από την ταυτότητα του ατόμου που χειρίζεται τους άλλους απέξω και το κίνητρο για το οποίο τα κάνει όλα αυτά, μένει μόνο να μάθουμε αυτόν που κάνει τα ανώνυμα τηλεφωνήματα».

185

«Ναι», παραδέχτηκε ο Επιθεωρητής. «Ίσως ο κύριος Μποτάτσι να ξέρει κάτι που δεν μας έχει πει ακόμη».

Οι δύο αστυνομικοί είπαν στον Τζόρτζιο Τόζι να περάσει σε μία αίθουσα δίπλα σε εκείνη που λάμβανε χώρα η ανάκριση και του είπαν να προσέξει, όταν θα μετέφεραν εκτός Αρχηγείου, τον άνδρα που ήταν μαζί τους, για να μάθουν αν τον είχε ξαναδεί ποτέ και, μετά, ξαναμπήκαν για να μιλήσουν με τον πρόεδρο της «Άτροπος».
«Λοιπόν, κύριε Μποτάτσι, υπάρχουν άλλα πράγματα που ξεχάσατε να μας πείτε και θέλετε να μας τα πείτε τώρα;» ρώτησε ο Τζαμάνι.
«Δεν έχω κάτι άλλο να πω».
«Εντάξει. Σε αυτό το σημείο θα σας κάνω μία πρόταση».
«Τι πρόταση;» ρώτησε ο Αντόνιο Μποτάτσι, περιμένοντας να του εξηγήσει ο Επιθεωρητής τι είχε στο μυαλό του.
«Αν, πράγματι, επιβεβαιώνετε ότι δεν γνωρίζετε τίποτα για τις πραγματικές προθέσεις της Οργάνωσης 'Άτροπος' και ότι μας είπατε μόνο την αλήθεια, κατά τη διάρκεια της ανάκρισης, μπορούμε να σταματήσουμε εδώ την κατάθεση, για την ώρα και, αν θέλετε, μπορείτε να συνεργαστείτε μαζί μας, για να ανακαλύψουμε την ταυτότητα εκείνης της φωνής, που σας καλεί συνεχώς και που μπορεί να είναι ο πραγματικός θύτης, όσων συνέβησαν τον τελευταίο καιρό».
«Και τι θα κερδίσω;» θέλησε να μάθει ο άντρας.
«Στην περίπτωση που δεχτείτε, θα μιλήσω προσωπικά στους δικαστές, που θα αναλάβουν τη δίκη, έτσι ώστε να λάβουν υπόψη τη βοήθεια που θα μας παρέχετε».
«Εντάξει», είπε ο Μποτάτσι. «Τι θέλετε να κάνω;»
«Σκέφτομαι αν μπορέσουμε να καταγράψουμε τη φωνή αυτού του ατόμου, έτσι ώστε να τον αναγνωρίσουμε με κάποιο τρόπο», εξήγησε ο Τζαμάνι. «Πιστεύω ότι η τεχνολογία θα μπορέσει να μας βοήθησε. Είστε σε θέση να καταγράψετε ένα τηλεφώνημα από αυτή τη φωνή; Θα μπορούσαμε να φτιάξουμε ένα φωνητικό προφίλ για εκείνον».
«Μπορώ να το προσπαθήσω».
«Τέλεια», είπε ο Επιθεωρητής. «Τώρα, μπορούμε να σας

συνοδεύσουμε ως την έξοδο, αν θέλετε».

Ο άντρας τους ευχαρίστησε, ενώ ο Τζαμάνι έσβηνε το μαγνητόφωνο.

Πέρασαν από το πλάι της αίθουσας στην οποία βρισκόταν ο κύριος Τόζι και, όταν βρίσκονταν λίγα βήματα πριν την έξοδο του Αρχηγείου, χτύπησε το κινητό του Αντόνιο Μποτάτσι.

«Εκείνος είναι», είπε ο άντρας, βλέποντας ότι στην οθόνη εμφανιζόταν αριθμός με απόκρυψη, κάτι το σύνηθες για εκείνο το άτομο. «Δεν θυμάμαι την ακριβή ημέρα, αλλά του έδωσα και αυτόν τον αριθμό. Μου το ζήτησε, για να μπορεί, πάντα, να επικοινωνεί μαζί μου».

«Σύμφωνοι», είπε ο Επιθεωρητής, «Με αυτό το τηλέφωνο μπορείτε να απαντήσετε βάζοντας ανοιχτή ακρόαση;»

Ο πρόεδρος της «Άτροπος» συγκατένευσε και, μετά πάτησε το πράσινο κουμπί στο κινητό και, αμέσως μετά, το κουμπί που έβαζε την ανοικτή ακρόαση. Ταυτόχρονα, ο Τζαμάνι έθεσε σε λειτουργία το μαγνητόφωνο, το οποίο ακόμη είχε στην τσέπη του, μετά το τέλος της ανάκρισης.

Εκείνη τη στιγμή, στην είσοδο του Αρχηγείου δεν υπήρχε κανείς άλλος εκτός από εκείνους, έτσι η φωνή του καλούντος ακουγόταν καθαρά, χωρίς ενοχλήσεις από το περιβάλλον γύρω τους.

«Παρακαλώ;» είπε ο Αντόνιο Μποτάτσι.

«Χαίρετε», είπε η Φωνή. «Πώς πάνε τα πράγματα;»

Ενόσω μιλούσαν οι δυο τους στο τηλέφωνο κι ο Τζαμάνι ηχογραφούσε, συνέβη κάτι ξαφνικό, το οποίο αποδείχθηκε βασικό.

Η κυρία Έμμα Σιμόνι, η γειτόνισσα του Επιθεωρητή, όταν έμενε στο διαμέρισμά του στην οδό Σαν Λατζάρο ντι Σαβένα, στην είσοδο της πρωτεύουσας της Εμίλια, μπήκε από την κύρια είσοδο κρατώντας μία χάρτινη σακούλα, που περιείχε κάποια σπιτική γαστρονομική λιχουδιά.

Όταν την κατάλαβε, ο Επιθεωρητής της χαιρέτισε βιαστικά με το ένα χέρι και με το άλλο της έκανε νόημα να κάνει ησυχία.

Εκείνη, ακούγοντας τη φωνή στο τηλέφωνο, άλλαξε έκφραση από ευτυχής σε τρομοκρατημένη.

Ενώ όλα προχωρούσαν με άψογο τρόπο, στο τέλος της ταυτοποίησης της φωνής του καλούντος, υπήρξε μία ανταλλαγή βλεμμάτων μεταξύ της κυρίας Σιμόνι και του Στέφανο Τζαμάνι, από την οποία ο Επιθεωρητής ξαφνιάστηκε, γιατί δεν καταλάβαινε το λόγο που το πρόσωπο της γυναίκας άλλαξε, ξαφνικά, έκφραση.

Φαινόταν ότι, ξαφνικά, κάτι την φόβισε.

Στο τέλος του τηλεφωνήματος, ο Τζαμάνι έκλεισε το μαγνητόφωνο και, μετά, ευχαρίστησε τον Αντόνιο Μποτάτσι και είπε: «Πιστεύω ότι τον έχουμε στο χέρι».

Αμέσως μετά, ο Τζόρτζιο Τόζι ήρθε από την αίθουσα στην οποία τον είχαν συνοδεύσει, πριν λίγο, πήρε κατά μέρος τον πράκτορα Φινόκι και του επιβεβαίωσε ότι δεν είχε ξαναδεί ποτέ τον άντρα που ήταν μαζί τους. Ταυτόχρονα, ο Επιθεωρητής χαιρέτισε την κυρία Σιμόνι με επίσημο τρόπο, συστήνοντάς την και στους υπόλοιπους που ήταν παρόντες εκείνη τη στιγμή και τη ρώτησε τι την έφερνε ως εκεί.

«Ω, απλά οι χαζομάρες που κάνω εγώ», απάντησε η γυναίκα, αφού χαιρέτησε τον πράκτορα Φινόκι και τους άλλους δύο άνδρες που βρίσκονταν εκεί, εκείνη τη στιγμή.

«Πώς κι από τα μέρη μας;» τη ρώτησε ο Στέφανο Τζαμάνι.

«Δεν σας έχουμε δει εδώ και καιρό», εξήγησε η Έμμα Σιμόνι, «έτσι, σκέφτηκα να σας κάνω μία επίσκεψη και να σας φέρω κάτι, γιατί πάντα με θυμάστε, κατά τη διάρκεια της δύσκολης δουλειάς του αστυνομικού».

«Σας ευχαριστώ πολύ», είπε ο Επιθεωρητής, κοιτώντας μέσα στη χάρτινη σακούλα. «Βλέπω ότι δεν έχετε σταματήσει να φτιάχνετε αυτά τα καλούδια. Θα το βάλω στο γραφείο».

«Μπορώ να σας ρωτήσω κάτι;» είπε η γυναίκα.

Ο Επιθεωρητής συγκατένευσε.

«Τι κάνατε, λίγο πριν, όταν έμπαινα;»

«Είναι μία έρευνα, κυρία», εξήγησε ο Τζαμάνι. «Καταγράφαμε ένα τηλεφώνημα, επειδή θέλαμε να αναγνωρίσουμε το άτομο που καλούσε. Τον θεωρούμε ένοχο για διάφορα εγκλήματα. Με την ευκαιρία, γιατί πήρατε τόσο φοβισμένη έκφραση; Μου φάνηκε ότι χαμογελούσατε όταν μπήκατε».

«Την ξέρω αυτή τη φωνή».

«Την ξέρετε;» ρώτησε ο Τζαμάνι, που δεν το πίστευε. «Πώς την ξέρετε; Μήπως τυχόν έχετε ακούσει ποτέ για την Οργάνωση

'Άτροπος';»

«Όχι», απάντησε η γυναίκα. «Τη θυμάμαι από τότε που μου τηλεφώνησε, πριν καιρό. Δεν θυμάμαι ακριβώς πόσος καιρός έχει περάσει».

«Σας παρακαλώ, εξηγείστε μου καλύτερα», την παρότρυνε ο πράκτορας Φινόκι.

«Μου τηλεφώνησε κάποιος με αυτή τη φωνή και δεν είπε ποιος ήταν. Είπε ότι θα έπρεπε να σας προσέχω, κύριε Στέφανο, γιατί είστε επικίνδυνος».

«Εγώ;» ρώτησε ο Επιθεωρητής. «Ωραίο αυτό».

«Θυμάμαι ότι ήταν την περίοδο που έλαβα ένα γράμμα ή κάτι τέτοιο. Δεν θυμάμαι τι έγραφε, όμως θυμάμαι ότι το πέταξα μόλις συλλάβατε εκείνον τον άνδρα...με συγχωρείτε, δεν θυμάμαι το όνομά του. Ή ίσως να μην το ξέρω καν».

«Δεν αναφέρεστε στον Ντανιέλε Σαντοπιέτρο;» ρώτησε ο Μάρκο Φινόκι, όποιον μπορούσε να του δώσει μία απάντηση.

«Ο Ντανιέλε Σαντοπιέτρο έχει πεθάνει», θυμήθηκε ο Τζαμάνι.

«Ενόσω ερευνούσαμε εκείνη την υπόθεση, αν θυμάμαι καλά, υπήρξε ένα ανώνυμο τηλεφώνημα. Μπορεί να ήταν το ίδιο άτομο; Αν η κυρία αναγνώρισε τη φωνή, τότε προφανώς έτσι θα είναι», παραδέχτηκε ο Επιθεωρητής. «Πρέπει να πάμε να ξεσκονίσουμε εκείνη την υπόθεση. Ευχαριστώ, για τη βοήθειά σου, Έμμα».

Η γυναίκα συγκατένευσε ευχαριστημένη.

«Ίσως, τώρα, να είναι καλύτερα να δώσουμε τέλος στη ζωή της 'Άτροπος'», πρότεινε ο Μάρκο Φινόκι.

«Σίγουρα ναι», συμφώνησε ο Τζαμάνι. «Ένα πράγμα τη φορά».

Ο Αρχηγός Λούτσι ενημερώθηκε αμέσως για τις τελευταίες εξελίξεις της υπόθεσης και, μετά, ζήτησε ο ίδιος να ανακτηθεί όλο το υλικό σε σχέση με τον Ντανιέλε Σαντοπιέτρο, από τα αρχεία της αστυνομίας.

Στο μεταξύ, ο Τζαμάνι κι ο Φινόκι ασχολήθηκαν, προσωπικά, με το κλείσιμο της έδρας της «Άτροπος» στην Μπολόνια.

Όταν έφτασαν εκεί, μαζί με τον κύριο Μποτάτσι, οι δύο αστυνομικοί βρήκαν ένα πλήθος ατόμων να περιμένουν να ανοίξουν οι πόρτες.

«Λυπούμαστε που θα σας απογοητεύσουμε», είπε ο Επιθεωρητής, «αλλά είμαστε υποχρεωμένοι να σας πούμε να επιστρέψετε στα σπίτια σας. Από αυτή τη στιγμή η Οργάνωση κλείνει».

Ξεσηκώθηκε μία σειρά παραπόνων, από μέρους των παρευρισκομένων, η οποίοι πείστηκαν, ωστόσο, να γυρίσουν πίσω. Μετά, ο πρώην πρόεδρος της Οργάνωσης «Άτροπος», έβαλε το κλειδί στην πόρτα, αφήνοντας τους Τζαμάνι και Φινόκι να περάσουν μέσα.

Αφού ζήτησαν από τον κύριο Μποτάτσι να ανοίξει και την αίθουσα στην οποία βρίσκονταν οι υπολογιστές, οι δύο αστυνομικοί παρατήρησαν τον τεράστιο χώρο που χρησιμοποιούνταν για την άσκηση ψυχολογικής πίεσης των συνεργατών και ο Τζαμάνι αναφώνησε μόνο, με πικρία στον τόνο της φωνής: «Τι απαίσιο!»

Ο πράκτορας Φινόκι συμφώνησε και ρώτησε: «Τα αποσυναρμολογούμε όλα;»

Ο Τζαμάνι συγκατένευσε και πρόσθεσε: «Κανείς δεν πρέπει να ξαναμπεί εδώ μέσα».

Τις επόμενες ημέρες κατασχέθηκε όλο το υλικό που υπήρχε μέσα στην έδρα της Οργάνωσης, συμπεριλαμβανομένου του ηλεκτρονικού υλικού των ηχογραφημένων μαθημάτων.

Όταν ξαναβγήκαν στον δρόμο, ο Επιθεωρητής ένιωσε ένα ρίγος στην πλάτη του.

Ο Αντόνιο Μποτάτσι ρώτησε αν μπορούσε να γυρίσει μόνος στο σπίτι και ο Τζαμάνι συγκατένευσε λέγοντας ότι έπρεπε να παραμείνει στη διάθεσή τους, για όσο θα γίνονταν στην Οργάνωση «Άτροπος», όταν θα αναγνωριστεί ο πραγματικός θύτης, ή εκείνη η φωνή που άκουσαν στο τηλέφωνο να μιλά με τον πρώην, πλέον, πρόεδρο.

Ο άντρας συγκατένευσε και, μετά, άφησε τους δύο αστυνομικούς.

Ο Τζαμάνι κι ο Φινόκι επέστρεψαν στο αυτοκίνητο και, στη διαδρομή προς το Αρχηγείο, συζητούσαν τα ανεξήγητα, όπως φαινόταν, γεγονότα που αντιμετώπισαν, ενώ ερευνούσαν τον Ντανιέλε Σαντοπιέτρο και που, τώρα, ήξεραν ότι με κάποιο τρόπο συνδέονταν με κάποιον άνθρωπο με σάρκα και οστά.

XXXII

Την επόμενη μέρα, όλα τα άτομα που συνεργάζονταν με την «Άτροπος» έφτασαν στην έδρα, για να παρακολουθήσουν τα εξατομικευμένα μαθήματά τους, με την ελπίδα ότι θα επαναφέρουν την ψυχολογική τους ισορροπία, τη βρήκαν κλειστή, με την ταινία της αστυνομίας «ΜΗΝ ΠΕΡΝΑΤΕ».

Προφανώς, απαγορευόταν η πρόσβαση, για κάτι που συνέβη πρόσφατα, αλλά δεν ήξεραν για ποιο πράγμα επρόκειτο και, όλη την ημέρα, δεν εμφανίστηκε κανείς από την Αστυνομία, τον οποίο θα μπορούσαν να ρωτήσουν.

Στο εσωτερικό του κτιρίου, όλα τα φώτα ήταν σβηστά, σαν να ήταν μία κοινή μέρα που ήταν κλειστά κι οι σκηνές που έβλεπε κανείς περνώντας από εκεί ήταν πάντοτε, σχεδόν, οι ίδιες: άτομα έρχονταν, έμεναν μπροστά από την είσοδο για λίγα δευτερόλεπτα, κάποιες φορές και για ένα λεπτό, μετά γύριζαν εκεί απ'όπου είχαν έρθει με έκφραση έκπληξης και περιέργειας, να διαγράφεται στο πρόσωπό τους.

Όταν έτυχε να βρίσκονται μαζί δύο ή περισσότεροι συνεργάτες, μπορεί να τύχαινε να μιλήσουν για λίγο για να ρωτήσουν ο ένας τον άλλον αν ήξεραν κάτι για τον λόγο που ήταν κλειστή η «Άτροπος» μετά, ωστόσο, ο καθένας έπαιρνε τον δρόμο του.

Έτσι πήγε τις αμέσως επόμενες ημέρες, από την τοποθέτηση των ταινιών της αστυνομίας, μέχρι που κάποιο από τα άτομα που ήταν μέσα, χτύπησε το τζάμι για να ζητήσει πληροφορίες.

Με τη σειρά, οι άνδρες της Επιστημονικής Αστυνομίας που δούλευαν στο εσωτερικό, έβγαιναν για να εξηγήσουν γρήγορα την κατάσταση και μετά έμπαιναν πάλι μέσα.

Μόλις η είδηση για το κλείσιμο της «Άτροπος» έφτασε στους δημοσιογράφους της Il Resto Del Carlino και σε άλλες εφημερίδες της χώρας, εμφανίστηκαν άρθρα στα πρωτοσέλιδα με ποικίλους τίτλους: από τον πιο γενικό Η ΑΣΤΥΝΟΜΙΑ ΤΗΣ ΜΠΟΛΟΝΙΑ ΕΚΛΕΙΣΕ ΤΗΝ ΥΠΟΘΕΣΗ ΜΙΑΣ ΣΕΙΡΑΣ ΥΠΟΠΤΩΝ ΘΑΝΑΤΩΝ στον πιο ειδικό Η ΟΡΓΑΝΩΣΗ ΑΤΡΟΠΟΣ ΕΚΛΕΙΣΕ ΑΠΟ ΤΗΝ ΑΣΤΥΝΟΜΙΑ: ΥΠΟΨΙΕΣ ΓΙΑ ΠΡΟΚΛΗΣΗ ΔΟΛΟΦΟΝΙΩΝ.

Ενώ γινόταν όλο αυτό, ο Τζαμάνι, ο Φινόκι κι ο Αρχηγός Λούτσι προσπαθούσαν να εξηγήσουν αυτό που συνέβαινε με την υπόθεση του Ντανιέλε Σαντοπιέτρο.

Έβαλαν να ανακτηθούν τα προσωπικά αντικείμενα του άνδρα και τα διάφορα τεκμήρια εις βάρος του, που είχαν βρεθεί τον καιρό των ερευνών, ενώ στο μεταξύ οι τρεις αστυνομικοί εξέφραζαν τις απόψεις τους για το θέμα.

«Το είχα διαγράψει αυτό το άτομο», είπε πρώτος ο Επιθεωρητής «και πίστευα ότι δεν θα χρειαζόταν να γυρίσω ξανά στην υπόθεση αυτού του τρελού. Ποιος θα πίστευε ότι ο Σαντοπιέτρο θα συνδεόταν, με κάποιο τρόπο με κάτι ακόμη μεγαλύτερο;»

«Έχεις δίκιο», παραδέχτηκε ο Αρχηγός, παίρνοντας τη σύμφωνη γνώμη από το βλέμμα του Μάρκο Φινόκι.

«Θυμάμαι ότι, όσο ερευνούσαμε, συνέβαιναν διάφορα ανεξήγητα, κατά τα φαινόμενα, γεγονότα. Ίσως, σε αυτό το σημείο, να μπορούσαμε να βρούμε κάποια πιο λογική εξήγηση» επεσήμανε ο πράκτορας, «μα ποια εξήγηση;»

«Δεν ξέρω», είπε ο Τζαμάνι, «αλλά, μάλλον, υπάρχει κάποια εξήγηση και ίσως το ίδιο το γεγονός ότι θεωρήσαμε προφανώς παράλογα αυτά τα πράγματα, να είχε σκοπό μας τρελάνει».

Ο Φινόκι κι ο Λούτσι συγκατένευσαν.

«Για παράδειγμα, θυμάμαι ότι την πρώτη μέρα που συνάντησα τον Σαντοπιέτρο, ενώ επιχειρούσε ληστεία στο φαστ-φουντ του Μάουρο Ρομάνι, σε κάποια στιγμή, διέφυγε από πίσω και, ενώ τον ακολούθησα, δεν μπόρεσα να τον ξαναβρώ».

«Ίσως ο Σαντοπιέτρο να είχε μελετήσει τέλεια όλες τις λεπτομέρειες εκείνης της ληστείας κι έτσι ήξερε καλά την περιοχή. Ίσως να κρυβόταν προσωρινά σε κάποιο μέρος, περιμένοντας να περάσεις, ή να κρύφτηκε σε κανένα φρεάτιο ή σε κανέναν υπόνομο που ήξερε ότι θα τον έβγαζε έξω, μέσω κάποιας αποχέτευσης», υπέθεσε ο Φινόκι.

«Σωστή παρατήρηση», είπε ο Λούτσι.

«Και το βιβλίο;», ρώτησε ο Επιθεωρητής. «Εκείνος ο άντρας είχε μαζί του ένα κόκκινο βιβλίο. Θα πρέπει να ήταν μέσα στις βασικές αποδείξεις. Εξέπεμπε μία παράξενη κόκκινη λάμψη, μέχρι να το πάρεις στα χέρια, όπου η λάμψη έφευγε και γινόταν ένα κανονικό βιβλίο. Δεν το ξεφύλλισα ποτέ, σκεπτόμενος ότι θα μπορούσε να εξεταστεί από την Επιστημονική Αστυνομία..»

«Νομίζω ότι αυτά τα αποδεικτικά στοιχεία έχουν παραμείνει κλεισμένα στο αρχείο από τότε που έκλεισε η υπόθεση», είπε ο Αρχηγός. «Δεν ξέρω σε τι οφείλεται αυτή η λάμψη».

«Ίσως στο εσωτερικό του καλύμματος να υπάρχει ένα μικρό ηλεκτρικό κύκλωμα», είπε ο Φινόκι, «ή πιο απλά να ήταν ένα απλό ειδικό εφέ, που οφειλόταν στο υλικό από το οποίο ήταν φτιαγμένο το κάλλυμα».

«Δεν ξέρω», παρενέβη ο Επιθεωρητής Τζαμάνι. «Αλλά τώρα, που

όλα οδηγούνται σε ένα άτομο με σάρκα και οστά, σε αυτή τη φωνή που ακούσαμε στο τηλέφωνο και όχι σε κάτι μεταφυσικό, νιώθω ότι μπορώ να υποθέσω πως και όσον αφορά εκείνο το βιβλίο, θα πρέπει να υπάρχει μία λογική εξήγηση».

Ο Λούτσι κι ο Φινόκι συγκατένευσαν.

«Υπήρχαν κι άλλα πράγματα που φαίνονταν να μην έχουν λογική», συνέχισε ο Τζαμάνι.

«Τα ανώνυμα γράμματα θα μπορούσαν να αποστέλλονται από εκείνο τον άνδρα που οργάνωσε και όλο αυτό το χάος στην Οργάνωση 'Άτροπος'», είπε ο Φινόκι. «Όπως και τα ανώνυμα τηλεφωνήματα να συνδέονταν τόσο με την 'Άτροπος' όσο και με την περίπτωση του Σαντοπιέτρο».

«Ναι, θα μπορούσε να ισχύει αυτό», παραδέχτηκε ο Αρχηγός.

«Και όσον αφορά το αυτοκίνητό μου; Εκείνη η έκρηξη;» ρώτησε ο Τζαμάνι. «Θυμάμαι ότι σε κάποια στιγμή βρέθηκα να παλεύω με φίδια».

«Ένα παγιδευμένο αυτοκίνητο είναι εύκολο να το καταλάβεις», είπε ο Λούτσι, «αρκεί κάποιος να έβαλε, εν αγνοία σου, μία ωρολογιακή βόμβα κάτω από το αυτοκίνητό σου. Το ίδιο ισχύει και για τα φίδια: κάποιος θα πήρε τα φίδια και θα τα έκρυψε μέσα στο αυτοκίνητό σου. Κι εκεί που δεν το περίμενες, εμφανίστηκαν».

«Και αυτό που έγραψε;» ρώτησε ο Επιθεωρητής, σαν να ήθελε να δει μέχρι που μπορούσε να φτάσει η ανθρώπινη φαντασία.

«Ποιο;» ρώτησε ο Φινόκι, «δεν θυμάμαι».

«Φαινόταν ότι έγραφε *Θα επιστρέψω*», απάντησε ο Τζαμάνι. «Εμφανίστηκε μετά την έκρηξη».

«Μπορεί να το έκανε από τον αέρα;» πρότεινε ο Αρχηγός. «Από τα λίγα που ξέρουμε, αυτό το άτομο που φαίνεται να οργάνωσε τα πάντα γύρω από την «Άτροπος» και που φαίνεται να έχει κάποια σχέση με τον Σαντοπιέτρο, ίσως εκείνο τον καιρό να οργάνωσε τα πάντα, έτσι ώστε να εκφοβίσει εσάς που τον εμποδίζατε».

«Όμως, εξακολουθώ να μην καταλαβαίνω το κίνητρο αυτού του άνδρα», παραδέχτηκε ο Τζαμάνι, μετά από λίγη σκέψη.

«Με συγχωρείτε, μήπως μπορώ να πάω να πάρω έναν καφέ;» παρενέβη ο Φινόκι. «Μπορούμε να κάνουμε ένα ολιγόλεπτο

194

διάλειμμα;»

Ο Αρχηγός και ο Τζαμάνι συγκατένευσαν και, μετά, πήγαν μαζί στους αυτόματους πωλητές ποτών και ροφημάτων που βρισκόταν κατά μήκος του διαδρόμου και, μετά από δέκα λεπτά, επέστρεψαν στο γραφείο του Τζόρτζιο Λούτσι.

«Πού είχαμε μείνει;» ρώτησε ο πράκτορας. «Λυπάμαι που διέκοψα τη συζήτηση που γινόταν, αλλά αισθανόμουν την ανάγκη να ηρεμήσω λίγο».

«Δεν υπάρχει πρόβλημα», είπε ο Αρχηγός. «Πιστεύω ότι έκανε καλό και σ'εμάς. Για να επιστρέψουμε στην κουβέντα που κάναμε, ούτε κι εγώ μπορώ να υποθέσω το κίνητρο για το οποίο μπορεί αυτό το άτομο να οργάνωσε όλο αυτό που σχετίζεται με την 'Άτροπος' και το Σαντοπιέτρο, αλλά ξέρω σίγουρο ότι θα τον ρωτήσουμε, όταν θα τον βρούμε, κι ας είναι το τελευταίο πράγμα που θα κάνω στην καριέρα μου ως αστυνομικός».

«Συμφωνώ», συγκατένευσε ο Τζαμάνι. «Και τι μπορούμε να πούμε για αυτά που έγραφε στους τοίχους και εκεί που εμφανίζονταν, μετά εξαφανίζονταν;»

«Καλή ερώτηση», παραδέχτηκε ο Αρχηγός.

«Κάποιος ήρθε έξω από τα διαμερίσματα, τα έγραψε στους τοίχους κι έφυγε», αστειεύτηκε ο πράκτορας Φινόκι.

«Παιδιά, δεν μπορούμε να αποκλείσουμε ούτε αυτή την πιθανότητα», είπε σοβαρός ο Λούτσι.

«Αν ήταν έτσι, οποιοσδήποτε έγραψε αυτή τη φράση στους τοίχους μπαίνοντας και βγαίνοντας στα κρυφά, θα πρέπει να τα έκανε όλα πολύ βιαστικά και, δεν είναι απίθανο, να είχε μαζί του κλειδί για να ανοίξει τις πόρτες», είπε ο Επιθεωρητής.

«Ένας πασπαρτού», είπε ο Φινόκι, παίρνοντας την έγκριση και του Αρχηγού.

«Εν ολίγοις, θέλετε να πιστέψω ότι όλα αυτά, για τα οποία μιλάμε, μπορεί να ανταποκρίνονται στην αλήθεια και να εξηγούνται λογικά;» ρώτησε ο Τζαμάνι.

«Απ'ό,τι φαίνεται, ναι», απάντησε ο Λούτσι.

«Και τώρα, πώς εξηγείται το γεγονός ότι ο Σαντοπιέτρο είχε στο διαμέρισμά του όλα όσα είχε δει η Αλίτσε Ντάνε;» θέλησε να μάθει ο Επιθεωρητής.

«Σε τι πράγμα αναφέρεσai;» ρώτησε ο πράκτορας Φινόκι.

195

«Έδενε τα άτομα σε εκείνο το ταχυδακτυλουργικό κόλπο με τους σωλήνες...το είχε πει η Αλίτσε...κι εκείνος φαινόταν σαν δαίμονας».

«Αν ήταν τρελός, θα μπορούσε να κάνει το οτιδήποτε», επεσήμανε ο Λούτσι. «Θα δείτε ότι, όταν βρούμε αυτό τον άνδρα, τον ένοχο για όλα αυτά, θα ανακαλύψουμε σίγουρα το λόγο που ο Σαντοπιέτρο συμπεριφερόταν έτσι».

Ο Φινόκι κι ο Τζαμάνι συγκατένευσαν.

«Υπάρχει κάτι άλλο;» ρώτησε ο Αρχηγός. «Άλλα πράγματα που φαίνονται παράξενα και ανεξήγητα και τα οποία συνέβησαν κατά τη διάρκεια της υπόθεσης Σαντοπιέτρο και πρέπει να τα συζητήσουμε; Αρχίζω να αισθάνομαι λίγη κούραση και το βασανιστικό αίσθημα της πείνας».

«Θα έλεγα πως δεν υπάρχει κάτι», απάντησε ο Επιθεωρητής.

«Ωραία, λοιπόν, μπορούμε να πάμε για μεσημεριανό, τι λέτε;» πρότεινε ο Λούτσι.

«Α...κάτι τελευταίο που μου ήρθε στο μυαλό», πρόσθεσε ο Τζαμάνι, «εκείνος ο φύλακας...»

Έκανε μία σύντομη παύση και, μετά τελείωσε τη φράση του.

«Θυμάσαι τη ληστεία στο σούπερ μάρκετ του Σαν Λατζάρο ντι Σαβένα;» είπε ο Επιθεωρητής, απευθυνόμενος στον Μάρκο Φινόκι. «Κατά τη διάρκεια εκείνης της ληστείας, φαίνεται ότι εξαφανίστηκε ο φύλακας που ήταν, συνήθως, στην είσοδο».

«Ναι, θυμάμαι», παραδέχτηκε ο πράκτορας. «Θα ήθελες να μάθεις πού κατέληξε;»

«Θα με ευχαριστούσε», απάντησε ο Τζαμάνι. «Είναι άλλο ένα ανεξήγητο πράγμα σε αυτή την υπόθεση».

«Μπορεί να τον σκότωσε ο Σαντοπιέτρο;» πρότεινε ο Αρχηγός Λούτσι. «Ή κάποιος δολοφόνος που τον πλήρωσε ο άντρας ο οποίος, όπως φαίνεται, οργάνωσε όλα όσα συνδέονται με αυτόν;»

Ο Τζαμάνι κι ο Φινόκι συγκατένευσαν και, μετά, ο Επιθεωρητής κατέληξε: «Δεν βλέπω την ώρα να πιάσουμε αυτόν τον εγκληματία, για να σταματήσει να κυκλοφορεί και γιατί έχω αρκετές ερωτήσεις να του κάνω. Το πρόβλημα είναι ότι δεν ξέρω πού να τον ψάξω».

«Αν είναι, έστω και στο ελάχιστο, λογική αυτή η σκέψη που έκανα γι' αυτό το άτομο, για μένα θα εμφανιστεί μόνος του», είπε ο Αρχηγός. «Σε αντίθετη περίπτωση, θα βρούμε τρόπο να τον ανακαλύψουμε».

«Σύμφωνοι», συγκατένευσε ο Επιθεωρητής. «Πάμε για μεσημεριανό;».

Από την έδρα της «Άτροπος» στην Μπολόνια κατασχέθηκε όλο το έγγραφο υλικό, το οποίο περιελάμβανε τις λίστες με τους συνεργάτες της Οργάνωσης και τις καρτέλες συνεργασίας, καθώς και όλο το ηλεκτρονικό υλικό, ξεκινώντας από τους ηλεκτρονικούς υπολογιστές, που χρησίμευαν στους συνεργάτες στην παρακολούθηση των ηχογραφημένων μηνυμάτων, και τελειώνοντας με τα ίδια τα μαθήματα και κάθε μέσο αποθήκευσης, που χρησιμοποιούνταν για τη μεταφορά των μαθημάτων.

Η έρευνα όλου του υλικού έφερε στο φως τη λεπτομερή ακρίβεια, με την οποία είχαν οργανωθεί τα πράγματα.

Απ΄ό,τι φαινόταν, κάποιος που ήθελε να συνεργαστεί, έπρεπε να συμπληρώσει μία φόρμα στην οποία ζητούνταν διάφορα στοιχεία: καταρχήν, τα προσωπικά δεδομένα του μελλοντικού συνεργάτη, μετά τα δεδομένα του αγαπημένου προσώπου που είχαν χάσει και για το οποίο ζητούσαν τη βοήθεια της «Άτροπος», την αιτία θανάτου και άλλα στοιχεία, για να μπορέσουν να τα εκμεταλλευτούν προς όφελος του πραγματικού ενόχου, εκείνου του ατόμου που εμφανιζόταν μόνο ως μία Φωνή στους αιθέρες.

Όταν τελείωνε η διαδικασία για να γίνει συνεργάτης, το άτομο πλήρωνε το τέλος εγγραφής και καταγραφόταν, μάλλον από τον πρώην πρόεδρο, τον κύριο Μποτάτσι, σε μία από τις γεμάτες ονόματα λίστες.

Πιθανόν, αφού ανέφερε τα στοιχεία στη *Φωνή*, ο κύριος Μποτάτσι παραλάμβανε τα ηχογραφημένα μαθήματα, για να τα εισάγει στον υπολογιστή και, μέσω αυτών των μαθημάτων, ο συνεργάτης δεχόταν ψυχολογική πίεση και προτροπή για να διαπράξει δολοφονία ή, εναλλακτικά, να παρακινήσει, με τη σειρά του, μία αυτοκτονία.

Μέσω μίας απλής οδού πληροφοριών, ανακαλύφθηκαν ανάλογες έδρες της ίδιας οργάνωσης και σε άλλες πόλεις, εκτός από τη Μπολόνια. Έκλεισαν κι εκείνες.

Σε διάστημα λίγων μηνών, όλο το δίκτυο της «Άτροπος» φαίνεται να έκλεισε, με την αντίστοιχη κατάσχεση όλου του υλικού, το οποίο θα χρησιμοποιούνταν σαν αποδεικτικό στοιχείο στη δίκη.

Όταν μαθεύτηκε το κλείσιμο όλων των εδρών της Οργάνωσης στην Ιταλία, η *Φωνή* θεώρησε ότι είχε προσωρινά χάσει τη μάχη, αλλά όχι τον πόλεμο και ότι είχε πετύχει, έστω και μερικώς, εκείνο που ήθελε.

Ο Αντόνιο Μποτάτσι βρέθηκε νεκρός ένα πρωί, περίπου μία εβδομάδα μετά τη διάλυση της έδρας της «Άτροπος» στην Μπολόνια.

Το πτώμα ήταν ανάμεσα σε μερικούς κάδους σκουπιδιών, με ένα τραύμα στο κέντρο του μετώπου.

Όταν τον είδαν οι σκουπιδιάρηδες, ειδοποίησαν αμέσως τους υπευθύνους τους και εκείνοι, με τη σειρά τους, ειδοποίησαν την Αστυνομία.

Μέσα σε δύο ώρες, ο πρώην πρόεδρος της «Άτροπος» αναγνωρίστηκε από τον Επιθεωρητή Τζαμάνι ο οποίος, απευθυνόμενος στον πράκτορα Φινόκι, που βρισκόταν μαζί του εκείνη την ώρα, σχολίασε απλά: «Άλλο ένα θύμα. Είπε πολλά».

Ο Μάρκο Φινόκι συγκατένευσε.

Όταν έφτασε η Επιστημονική Αστυνομία για τις σχετικές έρευνες στο πτώμα του άνδρα, ο Επιθεωρητής Τζαμάνι κι ο πράκτορας Φινόκι επέστρεψαν στο Αρχηγείο, για να σκεφτούν την πιθανή ταυτότητα εκείνης της *Φωνής*, που είχε επικοινωνήσει με τον κύριο Μποτάτσι, για να ανοίξει την έδρα της «Άτροπος» στην Μπολόνια και, προφανώς, και με άλλα άτομα για να ανοίξει άλλες έδρες στην Ιταλία, ο οποίος είχε να κάνει με τον Ντανιέλε Σαντοπιέτρο και ήταν, μάλλον, ένοχος ποιος ξέρει για πόσα άλλα εγκλήματα.

«Επιτέλους, έχει ανακτηθεί όλο το υλικό, σχετικά με τον Σαντοπιέτρο», ανακοίνωσε ο Αρχηγός Λούτσι, υποδεχόμενος τον Επιθεωρητή Τζαμάνι και τον πράκτορα Φινόκι στο γραφείο του.

«Τι θα λέγατε να αρχίσουμε να βλέπουμε ξανά όλα τα αποδεικτικά στοιχεία; Θα μπορούσαν να αποτελέσουν σημαντικές και χρήσιμες ενδείξεις».

«Ναι», είπε ο Τζαμάνι, χωρίς να πει πολλά λόγια και με πρόθεση

να αναλάβει, άμεσα, δράση.
Ο Φινόκι συγκατένευσε.
«Ωραία, καλή δουλειά», είπε ο Αρχηγός.

Πλέον, οι ειδήσεις για την Οργάνωση «Άτροπος» έκαναν τον
γύρο των εφημερίδων και των τηλεοπτικών δελτίων ειδήσεων
και, κάθε φορά που γινόταν κάτι καινούργιο, οι ενημερώσεις
δημοσιεύονταν πυρετωδώς.
Άρχισαν κι οι δίκες των Μαρία Μαρτσέλλα Τζανιμπόνι, Μικέλε
Τροβαϊόλι, Καρλότα Μπρεβελιέρι και όλων εκείνων που, όταν
εξακριβώθηκε η αλήθεια για την Οργάνωση «Άτροπος», είχαν
ομολογήσει την ενοχή τους ή που, επειδή ήταν στη λίστα με τους
συνεργάτες, στη συνέχεια ανακρίνονταν. Σε κάθε περίπτωση,
ελήφθη υπόψη η ψυχολογική πίεση που είχαν υποστεί.
Δύο μέρες μετά την εύρεση του κυρίου Μποτάτσι, ο Επιθεωρητής
Τζαμάνι έλαβε έναν λευκό φάκελο, απευθυνόμενο σ' εκείνον και
χωρίς όνομα αποστολέα.
Όταν τον άνοιξε, βρήκε μόνο ένα γράμμα διπλωμένο στα τρία και
το κείμενό του έλεγε:

Σαλωε ισπεττορε Ζαμαγνι,
ηο νοτατο χηε ιν θυεστο υλτιμο περιοδο τυττι ι θυοτιδιανι ε
 ι τελεγιορναλι παρλανο δι Λει χομε λα περσονα χηε ηα σχ
ονφιττο Ατροποσ, χοσα χηε νεσσυν αλτρο ⎣ριυσχιτο α φαρ
ε.
Ιμμαγινο σαρ◊ χοντεντο περ λα φαμα χηε στα ρισχυοτενδο
ορμαι α λιϖελλο ναζιοναλε, μα μι σεντο ιν δοϖερε δι ινφορ
μαρΛα χηε ιο αλ μομεντο σονο ανχορα ινϖινχιβιλε ε ιντρο
ϖαβιλε.
Σι γοδα θυεστο μομεντο δι γλορια.
Χρεδο νον σια ινδισπενσαβιλε αππορρε λα μια φιρμα ιν χα
λχε α θυεστα λεττερα.
Α πρεστο

«Τι σημαίνει αυτό;» τον ρώτησε ο πράκτορας Φινόκι, όταν ο
Επιθεωρητής του έδειξε το γράμμα. «Και κρυπτογραφημένο;»

«Δεν ξέρω τι σημαίνει», απάντησε ο Τζαμάνι. «Ωστόσο φαίνεται να είναι γραμμένο με ελληνικούς χαρακτήρες. Θα πρέπει να δώσω το κείμενο σε κάποιον ειδικό, για μετάφραση».

Ο Μάρκο Φινόκι συγκατένευσε και το ίδιο έκανε κι ο Αρχηγός Λούτσι, όταν του εξήγησαν την κατάσταση.

Μία μέρα μετά την παραλαβή του γράμματος, ο Στέφανο Τζαμάνι δέχθηκε μία κλήση στο κινητό, από αριθμό με απόκρυψη.

«Παρακαλώ;», είπε ο Επιθεωρητής.

«Γεια σου, Τζαμάνι», είπε το άτομο στην άλλη άκρη της τηλεφωνικής γραμμής.

«Με ποιον έχω τη χαρά να ομιλώ;»

«Λάβατε το γράμμα;» ρώτησε, αντί να απαντήσει, ο συνομιλητής του.

«Ποιο γράμμα;» ρώτησε ο Τζαμάνι.

«Δεν σου παρέδωσαν κάτι; Θα έλεγα ότι θα έφτανε αμέσως. Στο μεταξύ, θα ήθελα να σας συγχαρώ».

«Με ποιον μιλώ;» θέλησε να μάθει ο Επιθεωρητής, αλλά δεν πήρε απάντηση. Το τηλεφώνημα τερματίστηκε, μετά την ερώτησή του.

Δύο λεπτά, αργότερα, το τηλέφωνο χτύπησε ξανά.

«Ποιος είναι;» ρώτησε ο Τζαμάνι.

«Επίσης, ήθελα να σας ενημερώσω και για κάτι άλλο», είπε ο άνθρωπος στην άλλη άκρη της γραμμής. «Καλό είναι ο καθένας να κοιτάζει τη δική του δουλειά, χωρίς να ανακατεύεται στις δουλειές των άλλων. Πίστευα ότι το γνωρίζατε, αλλά μου φαίνεται ότι έκανα λάθος».

Χωρίς να του δοθεί η ευκαιρία να απαντήσει, η κλήση διακόπηκε.

Ο Τζαμάνι έβαλε πάλι το κινητό του στην τσέπη και, μετά, τα ανέφερε όλα στον Μάρκο Φινόκι, ενώ, λίγο μετά, ενημερώθηκε και ο Αρχηγός για το τηλεφώνημα και το γράμμα.

«Πιστεύω ότι έχει σκοπό να μας γίνει εμμονή, αν όντως πρόκειται γι' αυτόν που θεωρούμε ένοχο για τα γεγονότα που σχετίζονται με τον Σαντοπιέτρο και την 'Άτροπος'».

«Και τι κάνουμε τώρα;» θέλησε να μάθει ο πράκτορας Φινόκι.

«Θεωρώ ότι, προς το παρόν, εσείς οι δύο χρειάζεστε λίγες μέρες ξεκούραση. Μετά, ξαναμιλάμε», απάντησε ο Αρχηγός. «Όταν επιστρέψετε, θα προσπαθήσουμε να εξετάσουμε τα αποδεικτικά στοιχεία που ανακτήθηκαν από το αρχείο, για να ψάξουμε για πληροφορίες που μπορούν να μας επιτρέψουν να αποκαλύψουμε την ταυτότητα του κρυμμένου άνδρα. Ελπίζω, στο μεταξύ, να παραμείνουν όλα ήσυχα και να μη συμβεί κάτι έκτακτο».

«Και με το γράμμα; Τι θα κάνουμε; Πρέπει να το μεταφράσει κάποιος», είπε ο Τζαμάνι.

«Το έχω εγώ», πρότεινε ο Αρχηγός. «Θα το αποκρυπτογραφήσω αυτές τις ημέρες και, όταν επιστρέψετε, θα το λάβουμε υπόψη μαζί με όλα τα άλλα αποδεικτικά στοιχεία».

Ο Τζαμάνι κι ο Φινόκι συγκατένευσαν και, στη συνέχεια, ευχαρίστησαν τον Αρχηγό Λούτσι, που τους έδωσε λίγο χρόνο να ξεκουραστούν.

«Θα ήθελες να φας πίτσα για βραδινό, απόψε;» πρότεινε ο Επιθεωρητής στον Μάρκο Φινόκι, όταν βγήκαν από το Αρχηγείο.

«Δεν είναι κακή ιδέα. Πού;»

«Υπάρχει μία πιτσαρία στην Άμολα, ένα χωριουδάκι στο Σαν Τζοβάνι ιν Περζιτσέτο, όπου φτιάχνουν την περίφημη ελαφριά πίτσα», είπε ο Τζαμάνι «έχει καλό φαγητό».

«Κατοχυρώθηκε», είπε ο πράκτορας Φινόκι. «Να βρεθούμε εκεί στις επτά;».

«Τέλεια», απάντησε ο Επιθεωρητής. «Κερνάω εγώ».

«Σύμφωνοι, την επόμενη φορά πληρώνω εγώ».

«Έγινε».

Γνωρίζοντας ότι επιστρέφοντας θα έπρεπε να ασχοληθούν με τα αποδεικτικά στοιχεία σχετικά με τον Ντανιέλε Σαντοπιέτρο και με εκείνο το γράμμα, με τους ελληνικούς χαρακτήρες, και οι δύο αστυνομικοί ήθελαν να απολαύσουν λίγες μέρες πολύτιμης ξεκούρασης και σκέφτηκαν ότι μία πίτσα με παρέα, θα μπορούσε να είναι ένας καλός τρόπος, για να ξεκινήσουν εκείνη τη σύντομη περίοδο χαλάρωσης και για να ξεφύγουν από τις στιγμές έντασης, που είχε φέρει εκείνη η έρευνα.

Τζαμάνι...πώς λέγεται;...Τζαμάνι...Στέφανο...Αστυνομία της Μπολόνια...υπεύθυνος για την έρευνα σχετικά με την Οργάνωση «Άτροπος»...ναι...αυτός είναι...Τζαμάνι Στέφανο...Τηλεφωνικός Κατάλογος...Μπολόνια...Δεν βρέθηκε κανένα αποτέλεσμα... Νοικιάζει έναν διαμέρισμα στην Μπολόνια;...Να δούμε τι θα γίνει,

αν ψάξουμε όλους τους Δήμους της Περιφέρειας...Αρτζελάτο...
Μπούντριο...Καζαλέκιο ντι Ρένο...τίποτα...ψάξτε κι άλλο...ψάξτε
κι άλλο...ψάξτε κι άλλο...Καστέλ Ματζόρε...Αλφρέντο Τζαμάνι...
ορίστε η διεύθυνση...να είναι ο αδελφός του;...Καστέλ Σαν
Πιέτρο...κανένα αποτέλεσμα...Ίμολα...ψάξτε κι άλλο...ψάξτε κι
άλλο...τίποτα...Σαν Τζόρτζιο ντι Πιάνο...τίποτα...Σαν Λατζάρο ντι
Σαβένα...τον βρήκα! Βιάλε ντε λα Ρεπούμπλικα, 96 στο Σαν
Λατζάρο ντι Σαβένα...το τηλέφωνο...πού το έβαλα...εδώ, το
βρήκα...
«Παρακαλώ;» είπε ο άντρας στην άλλη άκρη της γραμμής.
«Τώρα είμαι κουρασμένος. Είναι η σειρά του Τζαμάνι».

ΤΕΛΟΣ

Σημείωση του Συγγραφέα

Η ιστορία που εξιστορήθηκε σε αυτές τις σελίδες τριγυρνούσε
πολύ καιρό στο μυαλό μου και ήταν πολύ εύκολο να τη γράψω,
σκεπτόμενος ότι θα μπορούσε να είναι ένας κρίκος σε μία
αλυσίδα, μία ιστορία που θα μπορούσε να σταθεί μόνη της, με

μία αρχή κι ένα τέλος, αλλά και μία ψηφίδα σε ένα ευρύτερο μωσαϊκό μιας πιο σύνθετης ιστορίας, που μπορεί να ήταν πολύ μεγάλη, για να μπορεί να εξιστορηθεί σε ένα μέρος.

Για την ώρα, δεν ξέρω τι θα γίνει στη συνέχεια, αλλά υπάρχουν ήδη κάποιες ιδέες μέσα στον κυκεώνα της δημιουργικότητας (οποιεσδήποτε αναφορές σε ένα θεϊκό περιβάλλον, καθαρά τυχαίες).

Λέγοντας αυτό, τα μέρη που αναφέρονται σε αυτή την ιστορία είναι καθ'όλα αληθινά και οι χαρακτήρες συχνάζουν σε αυτά όπως θα έκανε ο οποιοσδήποτε περνώντας από την περιοχή, ενώ κάθε αναφορά σε πραγματικά πρόσωπα και γεγονότα δεν ήταν σκόπιμη, αλλά δημιούργημα της φαντασίας μου και όσων πέρασαν από το μυαλό μου, κατά τη δημιουργία της ιστορίας.

Για να καταλήξω, δεν μου αρκεί να δώσω μία τυπική ευχαριστία στον Στέφανο Μ. για τη συμβολή του στη δομή της ιστορίας, που διάβασε το προσχέδιο και για την ηθική υποστήριξη τις ώρες του «δημιουργικού κενού», όπως και όλους τους υπόλοιπους, πέρα από εκείνον, οι οποίοι συνέβαλαν με κάποιο τρόπο, έστω και στο ελάχιστο, στο να γίνει πραγματικότητα αυτό το έργο.

ΑΤΡΟΠΟΣ

205